上野千鶴子がもっと文学を社会学する

上野千鶴子
Ueno Chizuko

朝日新聞出版

上野千鶴子がもっと文学を社会学する／目次

1 家族はどこからどこへ 9
妻は無用になったか 梅棹忠夫家庭論再考 9
食を切り口にした鮮やかな戦後女性史 18
どぶろくと女への二千年の愛と怒り 22
2 女はどう生きるのか 38
女ひとり寿司は最後の秘境 38
女のための下着革命をなしとげた鴨居羊子 43
日本初のセクシュアリティの心理学 47
「一一歳でわたしはパパの愛人になった」 ニキ・ド・サンファルの「自伝」から 54
「極道の妻」から弁護士へ 69
「なんで昔にもどれましょう」 いわさきちひろの闘い 75
喪失のあとに おひとりさまになってから 82

3 男はどう生きるのか　85

すれっからしの京都人の『美人論』　85

なぜ魔女のキキは一三歳なのか？　91

モテたい男のカン違い　103

男なのに、フェミニストです　112

4 文学と社会学のあいだ　117

東アジア儒教圏の負け犬たち　酒井博士の比較社会学　117

女たちの「処女生殖」の夢　川上未映子が越えた深淵　123

母性賛美の罠　父の不在と母の過剰　128

長島有里枝が書きかえた写真史のher story　134

メタ小説としての回想録　瀬戸内寂聴の評伝をめぐって　146

「単なるフェミニズム文学ではない」？　李昂文学に見るジェンダー・民族・歴史　151

5
色と恋　171
春画はひとりで観るもんじゃない　171
江戸人から学ぶセックス　178
生ける春画事典　185
夜這いを実践した民俗学者　192
柳田国男の「恋愛技術」　202

6
老いと介護　222
介護でもなく、恋愛でもなく　222
老い方に「技法」はあるか　228
「息子介護」に学ぶ　もうひとつの男性学　234

老後の沙汰も金しだい　246
7
思いを受け継ぐ　253
てっちゃんはNPOの先駆者だった　253
京おんなは稀代のネットワーカー　265
*
あとがき　272
注と参考文献　275
初出一覧　289

上野千鶴子がもっと文学を社会学する

1　家族はどこからどこへ

妻は無用になったか　梅棹忠夫家庭論再考

「主婦論争」にまきこまれて

わたしの初期の著作のひとつに『主婦論争を読む　全記録』二巻［上野 1982］がある。そのなかにわたしは梅棹忠夫さんの論文を三つも収録している。だからわたしと梅棹さんのご縁は、研究者としてのスタート以来、三〇年以上にわたる。「女と文明」［梅棹 1957］、「妻無用論」［梅棹 1959a］、「母という名のきり札」［梅棹 1959b］の三本である。上下巻合わせて計三三本の論文を採用したうちの三本だから、約一割の比重を占める。編者としてのわたしがこの三つの論文を重視していた証拠だろう。

第一次主婦論争とは一九五〇年代に「婦人公論」誌上を舞台に、識者のあいだで闘わされた論争である。石垣綾子の「主婦という第二職業論」をきっかけとして、福田恆存、大熊信行、平塚らいてう、田中寿美子など、保革・男女の論者が入り乱れて活況を呈した［上野 1982］。ところがあとになってご本人の弁によると、「論争に参加しているという自覚がなかった」とおっしゃる。

「そのとき、わたしは論争に参加しているという意識は、まったくなかった。だれの説に賛成するでもなく、反対するでもなく、自分のかんがえたことをかきしるしただけであった。しかし、上野氏によってまとめられたこの『論争』の経過をみると、たくさんの人たちがわたしの論稿を批判し、言及している。わたしは、わたし自身のしらないあいだに論争にまきこまれていたのであった」［梅棹 1991: 132］

梅棹さんを論争に「まきこんだ」のは、当時の「婦人公論」の「三枝佐枝子《さいぐさ》編集長と宝田正道《しょうどう》次長の名コンビ」のしかけであったことをご本人が証言している［梅棹 1991: 4］。論争とは多くの場合メディア・イベントであり、そのしかけ人であったおふたりの鋭敏なジャーナリスト感覚が、この画期的な論文を世に送りだした功績は、何度でもたたえられてよい。

梅棹家庭論の驚異的な予測力

『梅棹忠夫著作集　第九巻　女性と文明』［梅棹 1991］の編集を担当し、その解説を書いた端信行によれば、「梅棹家庭論、女性論のほとんどは一九五〇年代の後半、一九五九年に集中的に書かれている」［端 1991: 495］。それ以前一九五五年に梅棹さんは京都大学カラコラム・ヒンズークシ学術探検隊の一員として現地調査に赴き、その経験にもとづいて一九五七年に「文明の生態史観」という比較文明論を世に問い、注目を浴びていた。同じ時期に書かれたこれらの論文は、比較文明論の家庭版というべきものであった。同じころ、かれは家庭をつくり、子育てにもかかわっていたから、かれ自身の暮らしと家庭への関心も、動機にあっただろう。事実、エッセイには「妻のおともをして百貨店へ行った」などのエピソードが記されている。

一九五九年は梅棹家庭論にとって多産な年であった。一月三日から二〇回にわたってほぼ毎日よみきりエッセイ「新しい家庭づくり」が「朝日新聞」朝刊家庭面に連載された。しかけ人は平井徳志記者。名伯楽はいるものだ。

計二〇回の連載のテーマは多岐にわたるが、そのなかからいくつかを紹介しよう。「梅棹は、三〇年前に、文明論的家庭論の手法によって、きたるべき社会を予測した。その当否はどうであったか。本巻の読者は、その楽しみを享受するにちがいない」〔端 1991: 496〕と端がいうように、梅棹家庭論の驚異的な予測力をたんのうするためである。ちなみに端自身は適中率を「九〇％以上」と判定している。

「独身ものというと、どこへいっても半ぱもののあつかいをうける。（中略）人間なにも結婚しなければならないときまっているわけではない。一生独身ですごすひとが、たくさんでてきたところで、おどろくにはあたらない」〔梅棹 1991: 172〕

なにもわたしが「おひとりさま」シリーズの著者だからという理由で、ことさらに引用したわけではない。これが「新しい家庭づくり」と題された連載の第一回なのである。そのなかに「『月収五万円あれば、女房は完全に不必要だ』という計算をする男もあらわれてくる。そういう意味での独身生活者は、今後大量にあらわれてくる可能性がある」〔梅棹 1991: 173〕とあるから、このときすでに、

「妻無用論」の趣旨は胚胎していたというべきだろう。
「お料理を家庭から追放したらどうだろう。家庭ではお料理はいたしません、ということにしたら、たちまち主婦はらくになるではないか。（中略）すでに料理してあるもの、つまりレディー・メードの食品を買ってくればよい」［梅棹 1991: 176］
「食事における主婦の役わりは、ただの盛りわけ係というだけになってしまうだろう。わたしは、それでよいのだとおもう」［梅棹 1991: 182］
「だいたい家族の着るものを、家庭において、家庭の主婦が自分でつくるなどというやりかたは、きわめて原始的なやりかただ。着るものなんか、既製品を買ってくるか、あるいは専門家につくってもらうかすべきものである。自給自足体制はばかげている。（中略）これからの女は、どちらにせよ裁縫なんかできなくてもよいのである。既製品のなかから自分にあうものをみつけだすセンスさえもっていたら、それでじゅうぶんではないか」［梅棹 1991: 193］
とまあ、すすんでひんしゅくを買うような発言が続出する。一九五〇年代のことだ。発言の主が女であれば、社会的なバッシングを受けただろう。いや、男であっても、猛烈な反発を受けたことを、梅棹さんは証言する。が、それから半世紀後に、現実はそのとおりになった。「コンビニ弁当を持ちこんでも、食卓をともにすれば団欒」と女性の識者が公言し、できあいのお総菜を家庭に持ちこんで食べる中食《なかしょく》市場が急成長した。日本の家庭食の実態が、いまや中食バイキング状態になったことは、岩村暢子《のぶこ》の食の三部作［岩村 2003, 2005, 2007］が、写真データにもとづく調査結果を赤裸々に示している。めいめいがかってに箸をのばすバイキング方式なら、「盛りわけ」係すら不要になる。着るものについても、まったくかれの予想通りになった。

「妻無用論」後の国民皆婚社会化

「意地わるい見かたをすれば、女はひまをおそれている。ひまになれば、なにをしてよいかわからなくなるのだ」〔梅棹 1991: 174〕

「だいたい、文化とか芸術とかいうものは、ひまの産物である。生活が保障されて、ひまがあれば、そこに文化がうまれるのは当然である。（中略）女こそは、これからの日本の芸術の創造者であり、文化のにない手になるだろう」〔梅棹 1991: 194–195〕

家庭電化による家事の省力化で主婦が特権階級になりつつある予兆をいちはやく発見し、家事＝偽装労働論を展開する素地がもうできていた。そのうえで、梅棹さんは、女は「主婦の座」にいなおれ、とまですすめる。それから三〇年たってからの、家事専業ならぬ「活動専業・主婦」の登場を、かれはみごとに言い当てていた。

だが、そんな女性にたいして「現代の男たちは、こういう（男が女をやしなうという＝引用者注）制度を、しだいにばかばかしいと感じるようになってきたという事実」〔梅棹 1991: 184〕を指摘する。

こういう発言の延長線上に、「妻無用論」が生まれたことをおもえば、その趣旨はけっしてとっぴではない。「妻」無用とは、誤解を避けて言い換えれば、「サラリーマン家庭の専業主婦」はもはや無用である、という説である。そして女性もまた、「男を媒介としないで、自分自身が直接になんらかの生産活動に参加すること」が必要だとする。

「妻無用論」の終わりに、しばしば引用される次の有名な数行がある。

「男と女の、社会的な同質化現象は、さけがたいのではないだろうか。そして、今後の結婚生活というものは、社会的に同質化した男と女との共同生活、というようなところに、しだいに接近してゆくのではないだろうか」［梅棹 1991: 68］

早すぎた、というべきだろうか。というのも、梅棹さんがこう書いたあとの六〇年代に、だれもが結婚する国民皆婚社会がおとずれ、そのもとで、「男はサラリーマン・女は専業主婦」の「家族の戦後体制」［落合 1994］が怒濤のごとく大衆化していったからだ。結婚は「同質化した男女の共同生活」どころか、梅棹さんが忌避する「夫と妻という、社会的にあいことなるものの相補的関係」［梅棹 1991: 68］に堕していった。

「夫無用」を宣告した女たち

「妻無用論」は主として主婦の読者からごうごうたる非難を浴びた。「妻は無用かもしれないが、母はなくてはならない、子どもをどうしますか」という問いに応えて書かれたのが「母という名のきり札」である。かれは現代の妻は、「母という名の城壁」にたてこもって、自分の人生を喪失しているとなげく。

「あたらしい女性たちが、けっきょくはサラリーマンの妻であることを維持してゆこうとするために、母の立場に埋没してゆかねばならぬというなりゆきを、かなしみをもって見まもらざるをえないのである。（中略）母という名の城壁のなかから、一個の生きた人間としての女をすくいだすには、いったいどうしたらよいだろうか」〔梅棹 1991: 80-81〕

「一個の人間であるところの女が、『母』で勝負しなければならないということは、やはりたいへん非人間的なことのようにわたしはおもう」〔梅棹 1991: 80-81〕とかれは同情を示すが、それから半世紀たっても、事態はいっこうに改善されているとはいえない。結婚はいまでは「同質化した男女の共同生活」になったかもしれないが、出産とともにしごとを辞める女性が今日でも最近まで長期にわたって六割に達する横ばいを続けてきた現実（二〇一四年以降一〇ポイント以上低下している）は、「サラリーマンの妻であることを維持するため」ではなく、「女性自身がサラリーマンであること」と両立することがどんなにむずかしいかを証明している。かれが予言するように、女は「はたらく女」になることまではできたが、「はたらく母親」になろうとしたら「母という名の城壁」ではなく、育児に冷淡な「職場の壁」がたちはだかっている。事情は「はたらく父親」とて同様である。昨今の「両立支援」やワーク・ライフ・バランスなどというかけ声を、もし梅棹さんが聞いたら、半世紀もあとにまだこんなことを言わなければならないなんて、と絶句するだろうか。

だが六〇～七〇年代の一時期をピークとして、婚姻率も出生率も低下を始める一方で、既婚女性の有業率は上昇の一途をたどる。それと同時に晩婚化・非婚化がすすみはじめる。「負け犬」〔酒井

2003, 2006］世代の登場である。アグネス論争に加えて二〇〇〇年代の「負け犬」論争までをとおして六次にわたる戦後主婦論争として通時的に比較分析した若い研究者、妙木《みょうき》忍［妙木 2009］は、先行の主婦論争研究者が扱いをもてあました梅棹論の先見性を再評価して、歴史に位置づけた。それは梅棹さんが参加した第一次主婦論争の時期が日本における主婦化の開始の時期にあたること、そして結婚することと主婦であることとを完全に切り離し、主婦であることを争点から脱落させた「負け犬」論争こと第六次主婦論争が、主婦化の衰退期にあたること、その論争の両端に、主婦の役割を全面的に否定する論が登場したことの符合である。この二つの時期は日本における近代家族の大衆的な成立期と終焉期にあたっていると言ってよいだろう。半世紀経って因果はめぐるというべきだろうか。それにしても梅棹家庭論の突出した先駆性は、あらためて認識されてよい。

だがその半世紀のあいだに、事態は反転していた。「負け犬」世代と「おひとりさま」とは、「妻無用」ではなく、「夫無用」を宣告した女たちだったからである。彼女たちは、妻からも母からもおりてしまった。この半世紀のあいだに日本の女は、男に変化を求める代わりに、男に期待することをすっぱりやめてしまった、というのが加藤秀一［加藤 2010］の見立てである。その背後にいるオス「負け犬」たちの暮らしを、主婦なしでもささえているのは家庭電化とコンビニであり、梅棹家庭論はこの方面では完全に予測が当たった。

主婦論争の始点と終点とは、主婦化の開始と終結とに対応しているのみならず、日本社会の経済成長の開始と終結とに対応している。「妻無用論」の半世紀とは、サラリーマン家庭の専業主婦の妻という無用な贅沢品を維持できた半世紀、と言ってよいかもしれない。いまや妻をもとめてえられない男たちが、生涯非婚者となりつつある。

夫となり妻となる必要はなくなっても、男女のあいだに「ほんとうに人間的な愛情にみちた交渉をもつ」ためには「社会的な同質化」はさけられないというのが、梅棹さんの予見だった。

「現代の文明の傾向としては（中略）家族の解体の方向にわれわれはすすみつつある、ということだけは、いえるのではないだろうか。女の力は、そこまでこなくてはとどまらない。よけいなことをつけくわえるようだけれど、それはそれで、もちろんすこしもさしつかえないとわたしはおもうのである」［梅棹 1991: 20］

「妻無用論」にさかのぼること二年前、一九五七年に書かれた文章である。

このひとをフェミニストと呼ぶべきだろうか。

食を切り口にした鮮やかな戦後女性史

食を切り口にすると、こんなにも鮮やかに戦後女性史が描けるのか……阿古真理『昭和の洋食　平成のカフェ飯――家庭料理の80年』［阿古2013, 2017］を一読して、驚嘆した。

人間の欲望は食と性。そう言われるが、性欲は満たさなくても死なないが、食欲は満たさなければ生きていけない。それに性は非日常かもしれないが、食は日常そのものだ。「食べる」ことを切り口にすると、庶民の日常生活の歴史、家族の変貌、主婦の戦後史、台所のエネルギー革命に流通革命、消費と欲望、世代間伝承とその断絶……がからみあって万華鏡のように浮かび上がる。いや、ジグソーパズルのように、というべきだろうか。知っていたはずの断片があるべき場所にひとつひとつはめこまれると、ひとつの時代の絵柄が浮かびあがる。そうか、そうだったのか、と読者は自分が生きてきた同時代史を、ふりかえって確認する思いだろう。

この本は、読者の食歴を通じた自分史のリトマス試験紙にもなるだろう。本書に出てくるメニュー名を見て、そのうちどれだけを実際に食べたことがあるか、あるいはそのなかで何種類を自分で作れるか……多くの読者は、著者が予言しているとおり、食の伝承が断絶していることに愕然とするにちがいない。

その背景にある著者の情報量は膨大なものだ。あとがきでご本人が「われながら『渾身の』という表現がふさわしいエネルギー量」を投入したと言う。もっとていねいに論じたら大部の著作になりそうなてんこ盛りのネタを、こんなに駆け足で走り抜いて、もったいないと思わないのだろうか、と心配になるくらい。

本書は食の実証研究ではない。料理雑誌とドラマを中心にした一種のメディア研究である。本書の後に登場してベストセラーになった同じ著者による『小林カツ代と栗原はるみ——料理研究家とその時代』［阿古2015］でも、目の覚める思いがした。ちなみにこの『昭和の洋食』に、食ドラマのモデルのようなNHK朝の連続テレビ小説「ごちそうさん」が出てこないのは、本書の初版刊行（二〇一三年二月）後に放映されたからだろう。め以子のモデルは小林カツ代と辰巳浜子と言われている。

感心したので、「毎日新聞」の書評欄に、こう書いた。「高度成長期から今日までの主婦と食卓の歴史を『料理本』を素材に、時代が求めたレシピ、それを伝える料理研究家の生き方を縦糸に、女性の主婦化や職場進出を横糸に、戦後女性史の織物を織り上げた秀作。目のつけどころがよい」［上野2016］

ついでにこんなに才気あふれるブリリアントな才能が、どうしてアカデミックな女性学から生まれないのだろう?と八つ当たりしたい気分になった。考えてみれば、阿古さんに限らず、雑誌文化が好きで、雑誌文化にライターとして鍛えられ、雑誌文化のなかで育った女性の書き手が、ぞくぞく生まれているのだった。

だから、本書のメディア研究は、著者の本領発揮のホームグラウンドなのだろう。料理雑誌に限らず女性誌のクッキング頁に登場するレシピを詳細に調べる。好きではまった連続TVドラマやコミックに登場する料理やレシピを採集する。わたしも見ていたはずなのに……読みとばしたり、見過ごしたりした食のディテールを、歴史という比較の文脈に置くと、変化が手にとるようにわかる。

もちろんいくら雑誌や料理本、そしてTVの料理番組やドラマの食卓などのメディアを研究しても、食生活の実態には迫れない。メディアのなかの料理にあこがれたり、料理本のレシピを読んでいる読者が、そのとおりの食生活を送っているとは限らないからである。

著者も、そのことはよくわかっている。日本人の食の実態に迫るには別のアプローチが必要だ。本書の中でも紹介しているが、広告代理店に勤務していた岩村暢子さんの実証研究、『変わる家族　変わる食卓』〔岩村 2003, 2009〕をはじめとする三部作から、衝撃的な食の崩壊の現実を知ることができる。また味の素株式会社が一九七八年から蓄積した貴重な実証データをもとに、食生活の変化を分析した社会学者による共同研究が、品田知美編『平成の家族と食』〔品田 2015〕にまとめられている。

だが著者の関心は、きっとそこにはない。メディアからわかるのは、あくまでメディアに投影された読者の欲望である。その欲望の変化が、そうだったのか、と胸に迫るのだ。

欲を言えば、男の書いたグルメ本、吉田健一や池波正太郎、果ては渡辺淳一の『失楽園』のカップルが心中前に食べた最後の食事……などについても、触れてほしかった。またグルメ評論家と言われる人びとが登場し、職業として成立したことにも。男のための食の雑誌「dancyu」に触れているのだから、男の食への関心（とその不在）についても論じてもらえば、男女の非対称性がよく浮かび上がったことだろう。

だが、たぶん、著者の関心はそこにもない。「男の料理」が非日常であるのに対して、著者の関心はあくまで日々の暮らしのなかの食事だからだ。

「誰かが暮らしを奪おうとしても、私たちはすぐに立ち上がり、今日のご飯を作り始める」……そのとおり、敗戦後の混乱の中でも、三・一一の津波の後の避難所でも、そうやって女たちは日々の食事をつくってきた。

だから……本書を読み終わったら、本を閉じて台所へ向かおう。さあて、今日は何を食べようか。何を作って誰に食べさせてあげようか……著者の動機には、そういうまっとうな暮らしへの希求があるはずなのだ。

どぶろくと女への二千年の愛と怒り[*1]

着眼点の勝利

『どぶろくと女――日本女性飲酒考』［阿部2009］は怪著である。快著であるというべきか。

著者の阿部健さんの仮説はこうである。

その1　古来、酒造りは女のしごとであった

その2　男女の共飲共食もふつうであった

その3　ゆえに女性を酒造りから排除し、女性の飲酒を制約する社会は、女性の地位が低い（その逆もまた正しい）

この簡明な三段論法で、阿部さんは古代から現代に至るまでの「日本における女と酒」の二千年の歴史を、一気通貫に駆け抜ける。そして六百頁もの大著をものしてしまった。

「酒と女」の歴史といえば、ただちに「酒に女はつきもの」と思われ、酒色をめぐる日本史とカンチガイされそうだが、これでは「男性飲酒の歴史」。阿部さんの関心は「男が女と（または女をサカナに）飲む」ではなく、「女が飲む」。だから「女性飲酒の歴史」なのである。

阿部さんによれば、「女性飲酒を左右するのは文明か未開かではなく、社会における男女間の区別の有無、あるいは男女関係である」［阿部 2009: 34］という。まったくそのとおりであろう。

本書の業績は、女性史家の村上信彦さんが、日本の女の服装を、スカートかズボンか、というシンプルな二分法だけで、古代から現代まで論じぬいてしまった大著『服装の歴史』三巻本［村上 1955–1956］に匹敵するかもしれない。村上さんによれば、股割れのズボンスタイル（裳《も》や袴《はかま》、もんぺ、ジーンズ等）は女性の地位の高さの指標、それを脱いで足もとがすかすかで無防備なスカート（着流し、襦袢《じゅばん》、スカート）を穿《は》くようになったのは女性の地位の低下のあらわれ。日本の服飾史には、ズボンとスカートが交互にあらわれる、その謎を読み解いた。アイディアと着眼点の勝利である。

阿部さんの労作も、目のつけどころがよい。

扱っている資料は、古代の歌謡や物語、中世や近世の日記や旅行記など、これまで多くの人々の目に触れ、論じられてきたありふれた文献ばかり。ことさらに新資料の発見や発掘があるわけではない。だが、人口に膾炙《かいしゃ》したテキストを、「女と酒」という視点から改めて読みなおしてみると、思いがけない発見がある。そうか、そうだったのか、知らなかった（見落としていた）という驚きがある。同じ視点で二千年を駆けぬけた効果である。

古代の酒

桑の実やさるなしなどの果実が発酵して酒になることは、猿も知っていたと言われる。縄文時代から酒は知られていた。農耕が始まってからは、稗《ひえ》、粟《あわ》などの雑穀、そして稲から、酒がつくられた。日持ちのしない、濁り酒である。酒つくりの淵源に女がいることは、酒仕込みの職人である「杜氏《とうじ》」の名の由来が嫗《おうな》をあらわす「刀自《とじ》」から来ていることからも言われている。

ところで麹菌の管理はどうしていたのか。俗説で炊いた米を口に入れて嚙《か》んでは吐きだしたのが酒造りの原型で、それが女の役目だった、と聞いたことがあるが、本書ではその説は採用していないようだ。日向のくに、宮崎に友人を訪ねたとき、その老いたご母堂が、朝食に「甘酒」を供してくれたのに驚いた。朝から酒か、と思ったが、出てきたのはおかゆと甘酒の中間、わずかに発酵してうす甘い味のする濃いめのおかゆ、という風情だった。縄文の森、照葉樹林が覆った高千穂山の山麓、綾町《あやちょう》でのこと。気温の高い風土では、前日炊いた米の飯が、自然発酵して翌朝には甘酒状になっていることもあったのだろうか。

阿部さんによれば、古代人は、祭りがあると酒を飲む。弔いがあると酒を飲む。神々とともに酒を飲む。ことあるごとに酒を飲む。古代人は男女とも酒好きであったようだが、酒はハレやケガレのとき、すなわち非日常に用いられた。

なかでもハイライトは歌垣《うたがき》である。歌垣は「古代の〈婚活〉」と阿部さんが言うように、一夜妻もあれば妻問い婚もある。一夫一婦とはかぎらない。歌垣は夜這いのもと、という論者もいるが、歌垣と夜這いとは相当違っていたようだ。夜這い研究によれば、夜這いとは村の若者による村の娘たちの性の集団管理。厳格な共同体統制のもとに置かれたことがわかっている。しかも歌垣と違って歌舞音《かぶおん》曲《ぎょく》や飲酒を伴わない。歌垣は神々と共にある宴の一種で、非日常。酩酊も神との交歓であればこそ。

いつの時代にも権力者は性を統制したがる。やがて歌垣は禁圧され、宮廷行事化され、あそびめは専門化され、遊女や白拍子となる。宮廷ではあいかわらず酒宴がひっきりなしにもよおされ、群飲乱酒がおこなわれ、歌舞音曲が絶えないことが報告される。女房たちもこれに自由に参加したようだ。統制しても統制しても、酒と宴を人々からとりあげることはできない。

中世になってようやく清酒《すみさけ》が登場する。濁り酒に火入れをして日持ちをよくしたものである。このあたりから市が盛んになり、商品経済があらわれ、酒も売り買いされるものになるが、それでも長きにわたって酒は、必要に応じて自家醸造されるものだった。酒が女の手でつくられているあいだは、女を酒から遠ざけることはできない。中世の女は働き者である。その「働く女」は男並みに酒を飲む。それも大酒を飲む。その姿は狂言のなかの「わわしい女」に表現されている［脇田 2005］。

飲酒と女性の地位

阿部さんによれば日本の飲酒の歴史は、ハレからケへ、非日常から日常へ、神の臨在から神の不在へ、男女混在から男女の別へ、とまとめられよう。これに加えて濁り酒から清酒へ、自家醸造から商品へ、女の手から離れて男の独占物へ、さらに国家による統制の対象へ、と歴史をたどった。酒は魔物、だからこそたどった道は、こうやって一望してみると、不幸な歴史である。

一六世紀に日本を訪れたイエズス会の宣教師、ルイス・フロイスが目を丸くして書き留めた日本の女の自由な姿はどこへ行ったのか。一六世紀までは酒色は男の独占物ではなかった。

阿部さんの本の中心は、近代における女性飲酒の「閉塞」にある。だからこそ、およそ六百頁にわたる大部な本書のうち、「第二部　濁酒衰退と女性の酒離れ」と「第三部　女性飲酒の閉塞と再生」にほぼ三分の二があてられている。

阿部仮説によれば、酒造りが女性の手から離れることと、女性飲酒の閉塞とは、女性の地位の低下の指標である。この仮説にしたがえば、古代から中世、近世から近代へ時代が下るにしたがって女性の地位は低下してきたことになる。とりわけ近代における女性の地位の低下は著しい。なぜなら女性飲酒は「はしたない」「女らしくない」ものとすら見なされるようになったからである。

この仮説を、今日の女性史の知見から検証してみるとどうなるだろうか?

わたしの役割は阿部さんの大著をなぞることでも要約することでもないだろうから、この説を検討してみよう。

ひとくちに「女性の地位」というが、それを何で測定するかは、むずかしい。従来の女性史は、井上（清）女性史［井上1949, 1967］にせよ高群（逸枝）女性史［高群1948, 1972］にせよ、抑圧から解放への定向進化説の立場に立ってきた。いや、正確にいうと高群の女性史は、「元始、女性は太陽であった」説を採用したが、それから後は、女の歴史は家父長制のもとでの忍従と屈辱の歴史であり、近代になってから、「女性は解放された」ことになっていた。わけても輝かしい「近代」を日本にもたらした解放者は、アメリカ軍だった。井上ですら、『日本女性史』の初版では、アメリカ軍を解放軍として描いた。それなら敗戦後の日本で、女が解放者米軍兵士の腕にぶらさがったのもよしとしなければならぬ。

家父長制の原型は、武家の家制度だが、古代から中世にかけて、言い換えれば、貴族社会から武家社会への転換にあたって、女性の地位は低下したか？ 今日の中世女性史の知見からは、答えはイエス＆ノーである。かんたんに言えば、「姉妹と娘としては低下し、妻としては上昇した」が正しい。つまり氏族社会のもとで、有力者の姉妹や娘であれば、財産も権力も持つことができたが、中世の家制度のもとでは、女性は財産の相続権を失った。その代わり、嫁いだ先で夫を代行する家の権力者となった。とりわけ、夫亡き後、息子が小さいときには家を代表する権力を行使するようになった。

家制度はいつでも女の敵とばかりはかぎらない。もともと「他家の女」である嫁が、家長権力を代行し、ときには代表できるようになったのは、家制度のおかげである。だからこそ、息子をマザコンに仕立て上げて、「皇太后権力」（と、わたしは呼んでいる）を行使するのが、家制度のもとでの女の「上がり」なんである（と、わたしは思っている）。家制度は女の共犯なしには維持できない［上野 1994, 2020］。

阿部さんは、近世における女性の日記や旅行記を克明に読み解いて、女性飲酒の実態をあきらかにする。川合小梅の『小梅日記』も、三井きよのの旅日記も、すでによく知られた資料であるのに、同じテキストも、「酒」に焦点化して読み直すと、こんなに新発見があるのか、と目からウロコの思いがする。日記の記録から、酒の年間消費量と一日平均の酒量を割り出しているところなど、ほんとに目のつけどころがよい。読み直すと、小梅は飲むわ、飲むわ。酒をほぼ絶やさず、日常的に飲んでいることがわかる。人を呼んではふるまい、自分も飲み、贈り物やもらい物にし、何かにつけて飲んでいる。女が酒を飲むことがタブー視された気配はない。

出色は頼山陽の母、静子の日記の検討である。静子は厳格な儒学者、頼春水の妻であった。彼女は夫の生前、ほとんど飲酒をしていない。酒をたしなまない下戸かと思えばさにあらず。夫の死後は羽が生えたように、息子を伴って京、大坂への旅に出かけ、遊興、酒食に耽っている。「後家楽《ごけらく》」とはよくぞ言ったものである。息子、山陽は父と折り合いが悪かったらしいが、この日のために、息子を味方につけてマザコンに仕立てておいた、というところだろうか。この静子のケースについての、阿部さんのコメントがおもしろい。「酒や煙草などの嗜好を規制するには、いかに特異な家長を必要とするか」[阿部 2009: 461] ……つまり女性飲酒の禁圧は、自然でも文化でもなく、男女の権力関係だということが明晰に述べられる。

江戸時代の女性飲酒が、老女と遊女に限られた、と阿部さんが指摘するのは、もっともであろう。老女は後家で家の権力者、遊女は家を離れて酒色を提供する「職業婦人」だったからである。

近代化は女性の地位の低下か

阿部仮説では、近代化は女性の地位の低下とつながることを述べた。これはこれまでの女性史の「常識」と異なる。

だが、最近の近代女性史の知見では、阿部仮説はみごとに検証されている。たったひとつの視点にこだわることによって、見えてくるものがある。「常識」にとらわれずに、それをくつがえす「真実」に、阿部さんはずばり、切り込んだのである。

「近代化」とは何だろうか。要素に分解してみると、都市化、産業化、雇用者化である。つまり農業社会であった前近代のムラ社会から、農民たちが離れて都会へと大量に移動し、主として製造業中心の第二次産業に就き、雇われ人となって給料取りになり、その給与にぶらさがって女は「無業の主婦」となった。都市雇用者の夫とその無業の妻の組み合わせを「近代家族」と呼ぶが、日本ではこの近代家族が登場したのが明治末期から大正期にかけて、いっきょに大衆化したのが高度成長期である［落合 1994; 上野 1994, 2020］。

「近代家族」の成立と共に女性の地位は低下した、これが現在の女性史の知見である。別な言葉で言えば、「階層は上昇したが、ジェンダー差は拡大した」と言ってよいかもしれない。農家の娘から都市雇用者の妻への移動は、階層上昇だった。だが同じ時期に、男のほうも農家の息子から勤め人へ、と階層上昇を果たしているのだから、同じ階層内でのジェンダー差の方は確実に拡大した。「男は仕事、女は家庭」の性別役割分担のなかで、女性は生産労働から疎外された。遊興や飲酒から疎外されるのは当然だっただろう。

女性飲酒は、だからこそスキャンダルとして制裁の対象となった。酒色の席につくのは女給や芸者、「良家の子女」にはあるまじきふるまいだった。本書は、「青鞜」の「新しい女」、平塚らいてうの

「五色の酒」事件と「吉原登楼」事件とをとりあげている。

「青鞜」研究は、もともと「自己のうちなる天才の発露」にしか興味のなかった内省的ならいてうを、社会派にめざめさせたのは、当時のメディアによるバッシングだったとする。世間知らずのお嬢さんの新風俗に過ぎないふるまいが、何をやっても叩かれた。ようやく「女の社会的地位」にめざめたらいてうが、それ以降、魂の救済を離れて、社会評論に論陣を張るようになった、その順番は逆ではない。フェミニストらいてうの誕生には、メディアのバッシングに感謝しなくてはならない。

飲酒の男女共同参画

女は酒席では酌をするもの、飲酒は、まして暴飲暴食は「女らしくない」と思われていた時代とくらべれば、今日は隔世の感がある。お見合いの席では小食で通し、酒はすすめられても断り、たしなむ程度でほんのり色づくのはよいが、酩酊などもってのほか。「メス虎」といやがられた。

最近ではコンパでも男も女も飲む。合コンでは、男がお酌にまわる。職場の宴席などで女子社員にお酌を強要すると、それだけで「セクハラ」とイエローカードが出るようになった。男の方が鯨飲しなくなったことも原因だろう。飲酒についてはジェンダー差が縮小し、阿部さんの言う「男女混在」「男女共飲」があたりまえになってきた。

酒にも、「女性向き」のものが増えてきた。カクテルや酎ハイ、リキュールなどである。ワインなど、カップル向けを意識したものもある。そういえば日本最初のワインの広告、赤玉ポートワインのポスターは、半裸の美女がグラスを掲げたものだった。ワインは最初から「女人禁制」ではなかったようだ。

これまでの男性飲酒の「聖域」は、日本酒とビールだったのだが、最近はこれも事情が変わった。日本酒の地酒ブームには女性が参入しているし、ビールは真夏の太陽のもと、汗臭い男がぐびぐびと爽快な喉ごしを味わうものだったはずなのに、先日TVで見たばかりの某社のモルツの広告では、おひとりさまの美女が、きんきんに冷えたグラスにビールを注いで、さもうまそうに傾けていた。ビールは「男らしい飲み物」という偏見は、完全にふっきれたように感じる。わたし自身の経験から言っても、ビールについては、すでに八〇年代にママさんバレーのメンバーが終了後に販売機で冷えた缶ビールを立ち飲みする習慣ができていることを確認しているし［上野 2008a］、九〇年代には、夜の新幹線の車中で出張帰りとおぼしきスーツの女性が、弁当を拡げて缶ビールをうまそうに傾けているのを目撃した。

飲酒の「男女共同参画」の推進に貢献したのが、「酒」の編集長、佐々木久子さんだというのは卓見であろう。「酒」の創刊号から終刊号まで四〇年余、五〇一号の検討は、良質の雑誌ジャーナリズム研究を思わせる。そのなかに「文壇酒徒番附」のみならず「女流酒豪番附」もあるのはおもしろい。とりわけ「酒徒番附」から結婚を理由に格付けを落とされた有吉佐和子さんが、「異議申立並びに引退声明」を出しているのは知らなかった。「あえて審議会と全男性に異議を申し立て、あらためて不明朗な世界と訣別するために引退を表明する」［阿部 2009: 551］という声明文は、さすが知性派、有吉さんの面目躍如だ。

女性飲酒のピークは一九七〇年前後の四、五年とある。ぴったりわたしの学生時代と重なっている。そういえば、よく飲んだものだ。一杯飲み屋のカウンターで「酒」といえば、黙って二級酒が、安手のバーやスナックでウイスキーといえば、トリスの赤が出てきた頃の話である。だるまと称されていたサントリーウイスキーは、学生にとっては高嶺の花、いや、文字どおり高値の花だった。

この頃の女性飲酒は男性ご同伴。雑誌「酒」の「女の酒」特集で、「女だけで気軽に飲めるところがほしい」とあるのは、今から半世紀前の一九五七年である。その後、「女ひとりで気軽に飲み食いするところがほしい」という需要が生まれ、それに応える場も次々に生まれるようになった。男の蘊《うん》蓄《ちく》の最後の聖域、高級寿司店のカウンターにも、女おひとりさまは出没するようになった［上野 2007, 2011; 湯山 2004, 2009］。

だが、こうした女性飲酒が、女性の地位の上昇の指標かと言えば、いささか首を傾《かし》げなければならない。酒も煙草も、女性をターゲットにした広告が増え、女性マーケットが拡大したのは、男性市場が飽和状態になり、新しい市場を開拓しなければならなくなったからである。とりわけ煙草については、男性の喫煙率の低下に代わって、女性の喫煙率は上昇した。喫煙を「女らしくない」と思う男女は多いが、それにもかかわらず、女性喫煙者はいったん増えた後、健康被害や禁煙運動のせいで、男女共に低下した。女性飲酒の方は、飲む人の数も、飲む量も増えている。それに伴って女性のアルコール依存症者も増えている。女性のキッチンドリンカーを取り上げたのは『妻たちの思秋期』［斎藤

1982, 1994］の斎藤茂男さんだ。

女は強くなったか？　答えはここでもイエス&ノーである。わたしの答えは、「消費者としては強くなったが、生産者としてはまだまだ不利」というものだ。国連のジェンダーギャップ指数ランキングでは、日本は世界一三四カ国中一〇一位（二〇〇九年）。小遣い稼ぎの小ガネは持ったが、家計を維持するにじゅうぶんな収入はなく、パートや派遣など非正規雇用の使い捨て労働力になっている、というのが現在の女性の状況である。「婚活」が流行し、「新・専業主婦志向」が高まるのも、女性が経済力を持てないからだが、そのなかでも「負け犬」や「シングル・アゲイン」など、結婚の外で生きることを選択するおひとりさまが着実に増えているところをみると、女が誰でも「永久就職」するほかなかった「全員結婚社会」よりは、女性の地位が相対的に向上したことはたしかだろう。

酩酊してどこが悪い

本書が凡百の「酒文化論」と違うのは、日本文化論の源流に深く根をおろしている点である。「酒は飲むべし、飲まれるべからず」などと説教を垂れたり「日本人はどうして酩酊するまで飲むんでしょうね、マナーが悪いわ」などと眉をひそめたりしない。酒を飲むのは酩酊するため。それには男も女もない。阿部さんが引用する近世の女性の日記には、「昨晩はしたたかに酔った」という記述がなんども登場する。

「飲めば酔うのは当然であり、しこたま飲みかつ酔っぱらうことは誇りとされていた」［阿部 2009:

192］と阿部さんは書く。飲むのは酔うため。飲んでも酔わなければ、何のために飲むのかわからない。飲むだけもったいない。

「大酒乱酔」は「恥辱」でも「不名誉」でもなかった。

「飲酒は無条件で、善いこと、尊いこと、めでたいことと信じられていた」と、阿部さんは断固たる調子で主張する。こういうところで、ヨーロッパ化されたマナーなど持ち出さないところがよい。

会社でもサークルでも新人歓迎会で前後不覚になるまで酒を飲ませるのは、一種の加入儀礼だった。それが一気呑みで急性アルコール中毒者が出たり、酒の強要がパワハラにあたる、などと言われるようになった。そのうち、若い世代では、酒を飲む機会は増えたが、酒量は男女ともに減少した。

「酒は善きものであるという観念が、古代から近代まで日本全土を覆っていたから」という阿部さんの仮説は、この点に関しては、今日くつがえりつつあるようだ。阿部さんはこれを「日本文化の危機」と感じるのだろうか。

愛と怒り

阿部さんにこれだけの大著を書かせた動機は、いったい何だろう。

本書を貫くのは、阿部さんの濁り酒に対する愛と、それに劣らぬ女性に対する愛である。そしてこのふたつは阿部さんの中では切り離せない。

阿部さんはただの酒好きではない。空前の地酒ブームで、各地の銘酒店がにぎわう昨今、古今東西の地酒を評して蘊蓄を傾け、酒ソムリエを気取ることもできるのに、阿部さんはそうしない。

阿部さんの信念のなかには、酒は誰でもその気になればつくれるもの、という前提がある。日本は世界に冠たる醸造文化の国だが（フランスにまで醸造の指導に行っているくらいだ）、プロの職人の経験と勘を必要とする清酒づくりと違って、濁り酒は日本人なら誰でも食べている日常食、米からかんたんにつくれる。やってみたら、ハードルは高くない。その濁り酒を、暮らしと女の手から奪った権力に対する怒りが、本書には満ちている。

本書の白眉は、明治期の自家醸造禁圧とそれ以降の密造とのいたちごっこを鮮明に描いた点にある。そもそも「密造」と書いて「いんぺい（隠蔽）」と読ませるとは知らなかった。インペイは、濁り酒の別称ともいう。それというのも清酒製造業の保護のため、それもそもそもは、酒税確保のためだ。その背後にあるのは、明治国家の日清・日露戦争と軍備拡張、そのための増税である。国民国家とは濁り酒の敵、だったことがよくわかる［上野 1998a, 2012］。

第一三章で出てくる「明治のどぶろく統計」は貴重な資料だ。そもそも統計資料がとられるようになったこと自体、酒造が官の統制の対象となったことを意味する。第一四章の密造検挙者数のデータも貴重なものである。禁止と密造、隠蔽と摘発のいたちごっこは、官に対する民の抵抗がいかに根強かったかをものがたる。

「そもそも……自分の米でつくって自分で飲むのがなぜいけないのか」［阿部 2009: 320］は、阿部さん自身の思いだろう。明治三二（一八九九）年の自家醸造禁止から平成一五（二〇〇三）年のどぶろく特区の誕生によるその一部解除に至るまでの百年間の歴史記述には、阿部さんの怒りがあふれている。この無体な抑圧に抗して、どぶろくを造りつづけた前田俊彦さん、どぶろく造りのマニュアル本を出版しつづけた農文協などは、抵抗の英雄扱いである。

自家醸造はなしくずしに認められるようになったが、現在でも酒税法による禁令はなくなっておらず、高額の酒税は継続している。どぶろくのみならず、自家用の葡萄酒をつくるひともいるし、ビールの製造キットを求めて、ホーム・ブルワリーを楽しむひとも登場した。商品にさえしなければ、自家醸造は黙認されるようになってきた。法律を変えないまま、その運用の手綱だけをゆるめたり、締めあげたりする方法で市民をコントロールするのは、日本政府のお得意である。刑法のわいせつ物頒布等罪はなくなっていないのに、ポルノ系の写真集や出版物は官憲のお目こぼしによって流通しているが、ときたま篠山紀信さんなどが見せしめのように検挙される。また刑法堕胎罪もなくなっていないのに、「経済的理由」を拡張解釈して、日本は中絶がイージーアクセスできる「中絶天国」の異名をとっている。

ほんとうなら、阿部さんの目的は、自家醸造禁止の完全廃止に違いない。日本の歴史数千年のうちのたかだか百年間。こんな禁令をつくるなど、日本の文化伝統に対して失礼というものだろう、と言いたげな阿部さんの顔が浮かぶ。

ところでどぶろくの禁止は女の抑圧と同義だった。それなら転じて、どぶろくの解放は、女の解放と同義だろうか。もはやそうはならないだろう。どぶろくの自家醸造を解禁してもどぶろく造りはもう女の手には戻ってこない。法律の制約は解けても、商品化の波には抗せない。趣味としての自家醸造は、もはや男女共同のたのしみとなるだろう。グルメブームを受けて、酒ソムリエはより高級酒を求め、製造の安定しないどぶろくを見向きもしないだろう。

そのせいか、後半以降になると、どぶろくについての記述と女についての記述とがちぐはぐになってくる。『どぶろくと女』の歴史は、どぶろくと女が一体化していた時代から、どぶろくと女が分離するようになった時代への移行なのかもしれない。それは女が食や台所から解放される時代、ひるがえってキッチンへの男女共同参画が実現する時代と言ってもよい。

女性史は女に特化した歴史の領域である。女の経験が男の経験といちじるしい非対称性を持っているかぎり、女性史は必要とされるし、なくならないだろう。阿部さんの本書が女性史の終焉を告げてくれるものならうれしいが、とうぶんそうはなりそうもない。

2　女はどう生きるのか

女ひとり寿司は最後の秘境

『おひとりさまの老後』［上野 2007, 2011］を書くきっかけのひとつが、湯山玲子さんの『女ひとり寿司』［湯山 2004, 2009］と知ったら、驚く人もいるだろうか。

年下のおなじくおひとりさまの女友だちが、おもしろい本がありますよ、と言って薦めてくれたのが、この本だった。読んでみて、凡百のグルメ本をぶっとばすおもしろさに、唸《うな》った。なにしろ、この本には、料理の品評のみならず、料理人、それに相客まで、みごとに料理されて板の上に載せられているからだ。

いまや女性はあらゆる分野に進出している。なかでもこれまでタブーだった分野への女おひとりさまの進出はいちじるしい。これまで女ひとり客は、旅館では自殺するかもしれないあやしい女と疑われ、飲み屋では客単価の上がらない下々《げげ》の客として、歓迎されないできた。「女性客歓迎」や「レディース・デー」も、その実、女性客が来ればおのずと男性客も増えるとあてこんだからこそ。本命は客単価の高い男性客で、女はグループで来るもの、と決まっていた。

都会の女は群れない、つるまない。男のふところもアテにしない。行きたいところがあったら、誰にも許可を得ないで出かけ、欲しいものがあったら誰にも遠慮しないで自分の財布を開ける。食べたいものがあったら、誰にも「連れてって」とせがまないで自分で食べに行く。それどころか、このところのグルメブームで、酒やクルマにカネを使う男たちより、可処分所得の高い女のほうがすっかりグルメになっていることは先刻ご承知ずみ。デートのときには、ワンランク格落ちのレストランにこっこり満足「してあげる」女たちが、ミシュラン星付きのレストランへは、女友だちといそいそ出かけることに、わたしは気づいていた。そのほうが相手のふところ具合を気にしながらごちそうに「なってあげる」より、ずっと気楽だからだそうだ。男は女性を連れて行ったレストランで、自分が値踏みされていることをゆめゆめ忘れてはならない。それだけでなく、「どうだった?」「おいしかったわ」という女の答えを、額面どおり信じてはならない。

いまや、女はオヤジの聖域をA級からC級まで、次々に制覇しつつある。飲み屋やバーの女ひとり客はめずらしくなくなったし、吉野家や駅の立ち食いそばもタブーではなくなった。新幹線の最終便では、缶ビールと弁当というオヤジの定番セットをいかにもうまそうに平らげる出張帰りとおぼしいキャリア女性がいるし、深夜の高速道路のサービスエリアでも、女がひとりでラーメンをすすっている(わたしのことだ)。

いまや聖域なき女性進出の波のなかで、いまだに高い壁がある。それが名店寿司屋のカウンターと、もひとつ言うならひとり焼き肉だろうか。寿司と焼き肉、この組み合わせが最後に残るのもおもしろい偶然だ。どちらも女が男に連れられて足を踏み入れる場所、そしてたいがいの場合は、とっくに「できてる」男女の食事風景だからだ。とくに深更の寿司屋のカウンターは、くろうとのお姐《ねえ》さんをお得意の男性客が連れて行くところと相場が決まっていた。わたしが行きつけにしていた京都の板前割烹《かっぽう》のあるじはこう言ったものだ。

「こんなうまいもん、ヨメはんに食わすアホはおらん」

いや、まったく……。

湯山さんは、果敢にこの壁に挑んだ。

彼女は言う。

「旅や冒険は、なにも、遠くに移動しなくても、日常のそこここに転がっているという考え方が私は好きだが、女ひとり寿司行為はその最たるもの。私は時々、自分がコロンブスや植村直己よりも冒険家だと思うことがある」［湯山 2009: 28–29］

湯山さんにこの「課題」を出したのは、女性誌の編集者。そう言えば中村うさぎさんをそそのかしてとうとうデリヘル嬢体験をさせてしまった女性編集者がいたが、編集者という名の仕掛け人は、予想もしない作品をこの世に送り出す産婆役である。ファッション誌「ヴォーグ　ニッポン」（現「ヴォーグ　ジャパン」）の石井伊都子さんが、湯山さんに課題を課し、舞台を設定し、そのうえに立たせたからこそ、彼女がこれまできたえぬいたグルメ嗜好と、辛辣《しんらつ》な人間観察眼とがスパークする稀代の作品が生み出された。読者にとっては、食べものと人間の風味が両方いっきょに味わえるおトクな本だ。

だが、人間観察はただのおまけではない。お店の雰囲気をつくりだすのは、客だからだ。女ひとり客は、しゃべる相手がいない代わりに、相客のふるまいやおしゃべりに聞き耳を立てる。湯山さんの観察眼は、相客同士の関係、会話、身なり、持ち物などをすばやくチェックする。考えてみれば、寿司屋のカウンターほど、無防備な場所はない。プライバシーなどないも同然なのに、酒とうまいものの勢いで、客たちは互いに踏みこんだ話を始めるからだ。カウンターに湯山さんのような女ひとり客がいたら、おお、こわ。これからは警戒した方がよい。

彼女の言うとおり、「この本は、一見グルメうんちく本の体裁を取っているが、寿司屋という場になぜだか異様に立ち上がってしまう、私たちの住んでいる社会や人間の性《さが》、男と女の関係についての観察&考察ノート」[湯山 2009: 29] なのである。

『おひとりさまの老後』を書いてから、わたしは湯山さんに自分の本を献呈した。彼女とは一面識もなかったが、あなたの『女ひとり寿司』が本書のきっかけでしたよ、というメッセージを伝えたかったからだ。ご本人から一緒にお食事でも、というお誘いを受け、どんなご指定が来るかしら、といいそとお出かけした先の、彼女の行きつけらしい隠れ家のようなレストランは、その三日後に、『ミシュランガイド 東京』の三つ星店に上がっていた。さすが。

この人にもうひとつ、べつの「課題」に取り組んでもらいたい、とわたしの「編集者」魂がむらむらとわき上がったのは、文藝春秋臨時増刊で「おひとりさまマガジン」[上野編 2008b] の編集長をつとめたときのことだ。なるほど、高級寿司屋のハードルは女には高いだろうが、A級ばかりがグルメではない。同じひとりの女性に、A級からB級、C級まで、すべて女の行かない／行きにくい食べもの屋にチャレンジしてレポートを書いてもらいたいと思ったとき、湯山さん以上の適任者はいないと確信した。彼女の食欲と体力、好奇心をもってしてなら、どんなハードルも越えてくれるだろう。どんな華麗な越え方を見せてもらえるかと、どきどきしながらレポートを待った。

結果は大当たり！だった。「女ひとりメシの天国と地獄──『はりこんで』グルメ、『ふだん着』のグルメ、『オトク』なグルメ」と題するレポートでは、フレンチのグランメゾン、ジョエル・ロブションから下町の立ち食い寿司、果ては最難関のひとり焼き肉にまで挑戦してくださった。「湯山のおすすめ」リストまでついて超おトクなこの企画は、「おひとりさまマガジン」の目玉のひとつになった。

冒頭にいわく。

「『あの女、金夜なのに一緒にゴハンを食べる友達も男もいないんだ……』と、かつてひとりメシの背中にビシバシ突き刺さっていた異性の、いや同性のイタイ視線は、今やその強度を急速に弱めている。（中略）一度、処女をぶっちぎっちゃえば後はラク、のたとえのごとく、ひとりメシはかくて女の日常行動になった」

もう、おわかりだろう。

本書はグルメ談義とみせかけた最強のフェミニズム本なのである。

女のための下着革命をなしとげた鴨居羊子

鴨居羊子さんが金沢で少女時代を過ごされたとは知らなかった。北陸の保守的な街で、どんな少女時代を経験されたことだろう。

絵描きになりたかったのだという。実際、彼女の下着のデッサンはダイナミックで才能を感じさせる。一九二五（大正一四）年生まれ。生きておられたら九〇代半ばだ。その世代の女が絵描きとして身を立てるのは難しかっただろう。ジャーナリストも経験し、エッセイストとしても本を何冊も出しておられるのだから、多彩な才能の持ち主だったのだろう。才能とエネルギーにあふれ、規格に合わないばかりに世の中からはずれる女の一人だったのだろうか。

彼女は「下着デザイナー」として名を残した。下着メーカーのチュニックを起業し、実業家として成功した。

それよりも何より、わたしは彼女を「革命家」と呼びたい。「下着革命」を引き起こした「革命家」だ。女が下着を語るだけでもひんしゅくを買う時代のことだ。ましてや下着を作り、それを売る。その下着も、貞淑《ていしゅく》な女の定番だった白のズロース（と呼ばれていたのだ！）ではなく、カラフルでセクシィなパンティのいろいろ。

女の下着を盗みだす下着フェチの男は今でも後をたたないが、下着を干すなら人目につかないところに、というのが「女のたしなみ」と思われていた時代のことだ。盗む男より、盗まれるような目につくところに下着を干しておいた女が悪い、と責められた。それも白のズロースではなく、カラフルなパンティなど干した途端、「ん？　ムスメも色気づいたのか？」「あそこん家《ち》のオクサン、何かあったのかしら？」といらぬ疑いまでかけられかねなかった。そんな時代に女が下着を作って売る、それも自分が着たいような夢のある下着の製造販売を、ビジネスにしてしまうなんて。今では想像もつかないような勇気と才覚が要ったに違いない。

　鴨居さんとわたしの接点は、わたしの著書『スカートの下の劇場――ひとはどうしてパンティにこだわるのか』［上野 1989, 1992］にさかのぼる。当時、京都に住んでいたわたしは、下着といえばワコール、という大手の下着メーカーが地元にあったため、その会社を取材した。だが、当時のワコールの主力商品はファウンデーション、つまり、ブラジャー、ガードルなどの「補整下着」だ。そのほうが一点あたりの単価が高いから、下着メーカーとしては売りこみたいメインのラインアップだったのだろう。だが、わたしにはファウンデーションがすなわち「下着」とは、どうしても思えなかった。

　なにしろあんなにカラダを締め付け、締め上げ、食事をすると胸やけし、長時間身につけているとしだいに肩が凝ってくるような「矯正具」が？　アメリカのリブの女たちが、ブラジャーを焼きたくなる気分も分かる。

　それなら、と思って調べてみると、のびのび、はればれ、女なら思わず手が出るキモチよさと美しさとを兼ね備えた下着を作っている女性がいた。鴨居羊子さんだ。だから、会いに行った。

チュニックのオフィスをお訪ねした時には、鴨居さんは展示会の準備の最中だった。商品がところ狭しと並ぶ倉庫のようなオフィスの一角で、商品ラックの陰から、小柄でエネルギッシュな女性が姿を現した。見るなりその人だと分かった。

女が身につけるものは、快適さだけでは十分ではない。たとえ誰にも見せなくても、女のナルシシズムをくすぐるものでなければならない。そのツボを、よく心得ている人だなあ、と感心した。

「勝負下着」などという品のない言葉はまだ登場していなかった。下着は見せるためのものでもなく、脱がせられるためのものでもない。誰の目にも触れないが、わたしだけが今日の下着にどんなものを選んだかを、知っている。それがわたしにほんの少しの、はれがましさと自信を与えてくれる……だから、わたしは自分の本のタイトルに『スカートの下の劇場』とつけた。そもそも、今日はどのパンティを穿《は》こうかしらと迷うほどの選択肢を与えてくれたのが、この人だった。

補整下着の広告はヒップを上げ、バストを上げ、スリムでスレンダーな体形を強調する。鴨居さんは、ご自身がゆったりとラクな、体形の隠れるファッションを身につけておられた。その中にも誰にも見せない「わたしだけの劇場」があるに違いない。

「わたしのファンはね、年配の女性が多いのよ。だからサイズもLを作ってくれ、っていう希望が多いねん」と彼女は言って笑った。豪快な笑いだった。

二〇歳過ぎたらオバサン、三〇歳過ぎたら女でない、と言われていた時代のことだ。

女の、女による、女のための下着。それを作ることだけで、どのくらい「革命的」だったことか、若い女たちには、たまには想像してほしい。今では下着ショップが街中にあふれ、ブラジャーとパンティ姿のマネキンが駅なかの通路に露出する。ひと昔前ならドキッとしたはずの光景に、サラリーマンもOLも目もくれずに通り過ぎる。それが「あたりまえ」になるまでの道筋に、どれだけの「カモイヨーコ」さんたちがいたことか。

わたしがやってきた女性学は、女の、女による、女のための学問。「学問」に「下着」を代入してもいっこうにかまわない。学問と下着の間に、貴賤《きせん》はない。鴨居さんのような女性に会っていつも感じるのはそのことだ。彼女と同時代に生きてきてよかった。その上、彼女が生きている間にお会いできてほんとに幸運だった。

日本初のセクシュアリティの心理学

鮮烈なデビューを果たした『セックス神話解体新書――性現象の深層を衝く』［小倉1988, 1995］から一三年。『松田聖子論』［小倉1989, 2012］や『アイドル時代の神話』［小倉1990, 1994］で次々ヒットを飛ばしたあの小倉千加子が、満を持して放つ書。「性の心理学」や「性差の心理学」はあったが、「セクシュアリティの心理学」はなかったと本人が自負するとおり、『セクシュアリティの心理学』［小倉2001］とタイトルを冠する書物はこれが最初ではないだろうか。構成も、講演録の形をとっていた『セックス神話解体新書』と似ていて、全九章からなる講義録の体裁をとった。話し言葉で書かれていることは、本書の内容が軽いことを意味しない。学術書でありながら、むずかしいことをこんなにわかりやすく、いりくんだことがらをこんなにときほぐして、解説や評論でなく自分の血肉となった思想をほんねで語りかける研究者は、どれだけいるだろうか。

彼女は本書の中で立場を鮮明にしている。ひとつはフェミニズムの立場。もうひとつは構築主義の立場。それなら彼女は『セックス神話解体新書』のときから、同じことを試みていたのではなかったか。だがそれに加えて、前著にはない新しさがあるとすれば、一九九〇年代を経てセクシュアリティの探究が実践的にも理論的にも可能になったことである。小倉さんの時代がとうとう来たのだ。

本書の意図は次の「はしがき」に尽くされている。「ジェンダーとセクシュアリティの混乱を整理した上で、現在セクシュアリティそのものが構築主義的に解明されている最先端まで読者とともに辿り着きたい」。それが可能になったのは、何より「ジェンダー研究も研究者より当事者の方が新しい優れた研究をしているのが実情」だからだ。このなかには、彼女自身ひとりの「当事者」としてのひそかな自負が含まれているはずだ。

本書の射程はまことに壮大である。とはいえ「第3章　ダーウィン革命と性科学の誕生」「第4章　性差に関する科学的言説の歴史」「第5章　近代結婚制度と女性の病」と、どれひとつとっても大著が一冊書けそうな数世紀にわたる歴史を、各一章分およそ二〇〜三〇頁、駆け足で語りおろされるのはいかにも息が切れる。それにこれらの章はこれまでに積み上げられたジェンダー／セクシュアリティ研究の成果をつまみぐいしてまとめたもので、それ自体にオリジナリティはない。

小倉さんの本領は「第1章　摂食障害と女性のジェンダー化」「第6章　女性のセクシュアリティと母娘関係」などで発揮される。ご本人は「本著は、厳密にはセクシュアリティをめぐる差別の心理学をその内容とするもの」で、したがって「セクシュアリティの心理学」とは僭称《せんしょう》であるとの誹《そし》りは甘んじて受ける、と言うが、「ジェンダー化されたセクシュアリティ」とはあきらかに権力関係であり、したがって差別を含む。だからジェンダー中立的で「客観的」な「セクシュアリティの心理学」など存在しえない。

摂食障害を導入部に持ってきた構成に、読者はひきこまれる。彼女が摂食障害を重要視するのは、これが「ジェンダーとセクシュアリティの結節点に位置する」からである。摂食障害が別名「思春期やせ症」とも言われることをとりあげ、小倉さんは女性の思春期をこう定義する。「自分の身体が自分のものではなく、誰かの快楽の道具であり、誰かに見られることに気づく時期」のこと。つまり「女の身体は消費される記号である」という感覚を女の子が持つ時期。「思春期」について、こんなに卓抜な定義を聞いたことがあるだろうか。女性役割が、自分より上位にある対象との関係で定義され、他人の欲求を自分の欲求に優先させることであれば、そのような女性のジェンダー化に抗して、唯一コントロール可能な自分の身体を絶望的な闘いの舞台とするのが摂食障害である……という解釈は説得力を持っている。その観点から摂食障害の治療の歴史をふりかえると「男性医師による女性のセクシュアリティの矯正の歴史」であった、という指摘もうなずける。小倉さんの得意技は、理論的な命題に適切な表現を与えるだけでなく、文脈に応じた絶妙のたとえや事例を持ち込むことにもある。わたしたちは、この文脈の中で、一九九七年に起きた東電OL殺害事件に出会う。被害者の女性には、摂食障害の過去があった。そのヒントで読者は、セックスへの嗜癖《しへき》と食べ物への嗜癖とが置き換え可能なこと、関係性の中で自己定義してもらわなければ安心できない「女らしさの病」の根はどちらも共通していること……をいっきょに了解する。

同じことは第6章にも言える。思春期に娘に対する母の要求が「やればできる」から「女らしく」へと変わる、言い換えれば「男子に負けるな」から「男子に勝ちをゆずれ」へとメッセージが変化する……その実、母親の生きている現実は、「結婚しなさい。そうすれば幸せになれるよ」と「結婚をしているけど私は不幸せだ」というダブルバインドな（互いに矛盾しあう）メッセージを送ることによって、娘は引き裂かれる。フェミニズムがその当初から一貫して問題にしてきた「母と娘の関係」の困難を、こんなにわかりやすく言い表してしまう才能は、彼女が対面してきた若い女性の聴衆とのあいだできたえられたものだ。「ヤンキー早婚の法則」などの具体的な事例は生き生きとした臨場感を伝える。少女マンガの具体例は、このジャンルに対する著者の耽溺を示すだろう。

現代の文明批評や風俗時評について小倉さんの切れ味は定評があるが、そのうまみは本書でも随所に発揮されていて、読者は思わずにんまりしたり、うーむとうなったりさせられる。理論書を読みながら良質のエッセイのおもしろさを併せ持つ本書は「一粒で二度おいしい」本だが、とはいえ、本書の真骨頂は、構築主義のセクシュアリティ理論の最先端をふまえたうえで簡明に記述し、それを具体的で卑近な事例とむすびつける、という、理論書の正道を行きながらだれにでもできるわけではない貢献を達成しているところにある。その構築主義のセクシュアリティ理論とは、クイア理論のことである。

「ジェンダーとセクシュアリティはべつのものであるから、区別して論じられなければならない」とわたしは「セクシュアリティの社会学」［上野 2002, 2015］（岩波講座現代社会学第10巻『セクシュアリティの社会学』岩波書店、一九九六年）に書いた。だが、ジェンダーとセクシュアリティを区別したあとで、両者のあいだにどんな関係があるかを解明する作業が次に待っている。上野は課題を設定したが自らその課題に答えているわけではない、と竹村和子さんから『フェミニズム』［竹村 2000］のなかで批判を受けた。そのとおりである。小倉さんのこの本もその課題に答えようとし、みごとにバーをクリアしている。

その理論的な力量は、「第2章　ジェンダー概念の登場――J・マネーの功績と限界」「第7章　ジェンダー、セックス、そしてノーマルという概念」「第8章　クイア理論とセクシュアリティ」「第9章　ジェンダー／セクシュアリティの本質主義／構築主義を超えて」（最終章）に、遺憾なく発揮されている。マネーは「セックス」という概念と「ジェンダー」という概念を切り離した功績でジェンダー理論の領域ではよく知られた人物だが、性自認の臨界期を設定したことで、決定論に道を拓いた。「ジェンダー・アイデンティティにも可塑性があることを、完全に否定するのは危険」という小倉さんの指摘は重要である。そしてこういう知見こそ、理論のなかからではなく、現場の当事者の生きられた現実から学ばれたものである。マネーを「中途半端な生物学的決定論者」と呼ぶ、小倉さんの批判は当たったっていよう。

フロイトの性欲理論を正当に踏まえながら、小倉さんは「ジェンダーとはアイデンティフィケーション（同一化）の次元にあり、セクシュアリティは欲望の次元にあり、両者は別物です」と言い切る。したがって「男に欲望するために、女にアイデンティフィケーションする必要はない」と。ところがセクシュアリティがジェンダー化されているところでは、「ホモセクシュアルの男性は、女性に同一化して……しまう」。裏返していえば、ヘテロ（異性愛）の男性は、同性へのホモセクシュアルな欲望を抑圧せざるをえず、したがってホモフォビア（同性愛嫌悪）になる。ジェンダーとセクシュアリティの権力的な結びつきのなかで、ヘテロの女性とヘテロの男性のセクシュアリティを、次のような表現ほど簡明に叙述したものをわたしは知らない。

「母に対するレズビアニズムの抑圧と否認が、ヘテロセクシュアルな女性のジェンダーを形成するのです」「自分が否定（軽蔑）している者を愛の対象としなければならないという背理をヘテロセクシュアルな男性はみな生きています」。したがって女性にとってのジェンダー化は「禁じられる対象（と）のセックスを禁止して内面化する一種のメランコリー」になり、男性にとってのジェンダー化は、ミソジニー（女性嫌悪）のホモソーシャルな男性集団に加入していくことになる。

フェミニズムはジェンダーをセックスから解放したが、小倉さんはさらにセクシュアリティをジェンダーから解放することで、構築主義の先にまで行こうとする。彼女はセジウィックの、セクシュアリティは「内在的不変的な所与のものであるどころか、ジェンダーよりもはるかに、関係性によって規定され、社会的／象徴的であり、構築され、可変的で表象的である」という文章を引いて、「セクシュアリティはジェンダーと比べるとはるかにセックスに従属して」いない、と主張する。

フェミニズムという構築主義の本道を歩み尽くそうとする小倉さんは、セクシュアリティの現場では、構築主義／本質主義という対立は、ただそのときどきの文脈に応じて採用される戦略にすぎない、という種明かしもやってのける。ゲイが「自然」ならその「治療」という名の「矯正」は強制されないし、性別再指定手術に医療保険が適用できるなら「病理化」も引き受けよう、という当事者のしたたかな戦略が見える。だとしたら構築主義か本質主義か、という対立のなかで理論のための理論の整合性や一貫性にこだわるよりも、「何のための理論か？」こそが問われる。この点でも、小倉さんの立場ははっきりしている。クイア理論に深くよりそいながら、彼女はクイア理論の戦略的立場には立たない。女性のアイデンティティも、セクシュアル・アイデンティティもなくなっているわけではなく、「フィクションであっても、必要なフィクション」だと言う。

わたしたちは「構築主義以後」のフェミニズムの戦略を問われている。アイデンティティを捨てるのではなく、「新しいアイデンティティを創り上げる」こと。そのためには、クローゼットからのカミング・アウトというささか愚直な戦略を、彼女は評価する。見えないものを、まず可視化すること。この結論には、異論のある人もいるかもしれない。だが、ここでも彼女の戦略の基準は、理論のための理論ではなく、実践のための理論、つまり「セクシュアリティをジェンダーから解放する」という目的に向かって、理論が役に立つかどうか、である。

女性学がジェンダー研究と呼ばれるようになってから、理論と運動の乖離が言われるようになった。女性学は、そのはじめフェミニズムから誕生した時に、「運動のための理論的武器」を自任していたものだ。本書はただの研究書や概説書ではない。本書の著者と志向をともにするひとにとっては、共感し納得できる知識と知恵の宝庫だろうが、そうでない人たちにとっては反発を招くだろう。本書はフェミニズムから生まれ、フェミニズムに奉仕しようとする点で、旗幟《きし》鮮明《せんめい》なフェミニスト心理学と言ってよい。

「一一歳でわたしはパパの愛人になった」　ニキ・ド・サンファルの「自伝」から

ふたつの「自伝」から

一九三〇年生まれのニキ・ド・サンファルは、九四年、六四歳になって初めて『私の秘密 *Mon secret*』[Saint Phalle 1994] という自伝のなかで、自分が実の父親から性的虐待を受けたことを告白した。さらに九九年、六九歳になってから書かれた『痕跡 *Traces*』*2 [Saint Phalle 1999] という自伝のなかで、父からの性的虐待を公表し、それからの回復を主題とした。

『痕跡』のまえがきには、こう書かれている。

「一一歳のわたしを自分の愛人にしようとした父を許したかった。心には怒りと強烈な憎しみだけが渦巻いていた」

もっとも親密な関係にある他者からの性的侵入は、なんと長期にわたって心に「痕跡」を残すことだろう。人生の黄昏《たそがれ》になってはじめて、このエネルギーとウィットにあふれた女性のアーティストは、こう書くことができた。

「『痕跡』を書きつづること、記憶をたどることはわたしの心象風景を変え、父が非常に複雑な人物であり、多くの面で自分が父に似ていることを気づかせてくれた。（中略）書きつづることによって、私自身の内なる眼を開き、距離を置いて、許し、先へ進むことができたのである」

性的虐待のトラウマはかくも長期にわたって継続する。晩年になってから、父に「許し」を与えることができるようになるまで、ニキはそれだけの時間を必要とした。そう考えれば彼女がその年齢まで生きのびたことを、喜ばないわけにはいかない。たとえ父親がそのときにはすでに亡くなっていたとしても、死者との関係は、その死後も変容する。死者との関係が「許し」へと成熟するまで、別のことばで言えば、自分自身との関係がまったき自己肯定へと変容するまでの成熟の時間を、彼女の寿命が中断しないでいたことを、わたしたちはニキとともに喜ばないではいられない。

『ダディ Daddy』における告発

ニキは一九七二年、四二歳のときに、『ダディ *Daddy*』というタイトルのフィルムを制作し、翌年カンヌ映画祭に出品している。「ひとりの精神病の女の日記」と副題のつけられたこのフィルムは、父とのインセストを暗示する妄想のシーンの連鎖で、公開されるや観衆のひんしゅくを招いた。[*3]

だが、このフィルムのなかでもインセストは「暗示」の域にとどまっており、また副題が示唆するように、フィルムの全体が「精神病の女」の妄想の産物であるかのように、想像的な出来事として描かれている。フィルムのリリースにあたってニキは、「この映画は、私達が告発する家族の原型をもとにしています」と書き、わたしはそれを受けて、誘惑者としての「父の娘」の宿命を、近代家族に固有のジェンダー構造として論じた［上野 1998b, 2015］。そのなかでも、父と娘の関係は、「インセスト的な」関係として比喩の域にとどまっていた。「インセスト的な」関係なら、近代家族で育ったエレクトラにとっては、だれにも覚えのある普遍的な経験だったからである。

過去の想起は新たな怒りを呼び起こし、彼女は作品のなかでの追体験によってそのときにはかたちを与えられていなかった自分の怒りの感情を、攻撃的に表現する。父を暗喩する貴族的な紳士は、フィルムのなかで、縛られ、ひざまずかされ、踏みつけにされる。

『女の書く自伝』[Heilbrun 1988=1992]の著者、キャロリン・ハイルブランは「自伝は何度でも書き換えられる」として、一九七三年を「女の自伝の転回点」と呼ぶ。というのはこの年に、メイ・サートンは自伝『独り居の日記』[Sarton 1973=1991]のなかで、それ以前に書いた自伝『夢見つつ深く植えよ』[Sarton 1968=1996]のなかには含まれなかった怒りの感情を書き直したからだ。そしてハイルブランによれば、「怒りの感情以上に、女性にとって禁止されている感情はなかった」からである。

だが、ニキはこのフィルムをつくったことで、深い抑鬱状態に陥ったことを告白する。自分があのときほんとうに経験したことは何だったのか、を知るためには、成熟してのちの性的な言語が必要だった。子ども時代の経験は再定義される。そしてそれを通じて、新たな怒りと苦しみが彼女に襲いかかる。

ニキが「インセスト的な」関係を、子どもへの性的虐待として認めたのは、それから三〇年も経ってからのことである。「やっぱり」と、わたしは衝撃を受けなかったが、そのいっぽうで、「まさか」とそのためにかかった時間に呆然とする。そして経験のリアリティに向き合うためには、それを受容するだけの当事者の成熟が必要だったことを知る。

トラウマとの闘い

もちろん、ニキが性的虐待のトラウマから回復するにあたって力があったのは「書くこと」ばかりではない。彼女はなによりもアーティストであり、彼女にとっては「描くこと」が、その象徴的な創造過程のすべてが、トラウマとの「たったひとりの闘い」だった。それは彼女の作品歴を見ればよくわかる。

射撃ペインティングというパフォーミング・アートで世間の耳目をあつめた初期のニキ作品は、神経症的な表現に満ちている。そこからは、後年の色彩と生命力にあふれたおおらかなニキ・アートの片鱗をうかがうことすらむずかしい。事実ニキは、二〇歳のときから継続的に精神科医にかかったことを認めている。

射撃ペインティングは、実物大の人間の男のかたちをした標的に、絵の具をこめた銃を発射し、血しぶきのように絵の具が飛び散るさまを実演するパフォーマンスである。雑誌「ヴォーグ」の表紙モデルをつとめたこともある美貌のニキが、射撃服に身を固めて標的を狙いすますすがたは、じゅうぶんにスキャンダラスで、アート界の注目を集めるにじゅうぶんだった。『痕跡』のなかでニキはこう書いている。

「私は絵画が血を流し、死んでいくのを見ることに魅了され、作品を撃った。あの魔法の瞬間を味わうために撃ったのだ。エクスタシー。まさに蠍座《さそりざ》的な真実の瞬間だった」

射撃ペインティングのイマジナリーには前史があった。

「父とのことがあってから……空想の世界で復讐を試みた。ブリアリーにあったギリシャの彫像のいちじくの葉をすべて赤く塗ってしまったのだ。（中略）後に私は自分の暴力を絵画を撃つことに使うことにした。被害者なき殺人」［Saint Phalle 1999］

ブリアリーとは、一一歳で父から性的虐待を受けたニキが、一二歳で母親に送り込まれた全寮制の女子校である。学校側は、少女のニキに精神的に問題があると考え、両親に精神科医にかからなければお嬢さんをこれ以上受けいれられない、と告げた。おかしいのはニキの精神のほうだったか、それとも環境のほうだったのか？　彼女はこれ以降、自分が気がちがったのではないか、と苦しむようになる。「ブリアリーで私はフェミニストになった」［Saint Phalle 1999］とニキは書く。

もうひとつの前史となるエピソードがある。彼女の大好きな叔父、風変わりなファル叔父はチリ出身のマリー・ルイザ・ボンバールと結婚した。マリーは一八歳のときにチリの大統領の愛人となった。あるとき大統領がマリーの恋文をおもしろ半分で彼の友人に大声で読み上げているのを聞いて、彼を殺そうと決心した。「彼女は彼のあの部分（おわかりになるでしょう！）を銃で撃って、麻痺状態に陥らせた」［Saint Phalle 1999］。そのせいで国を追われたマリーの話を、ニキは何度も彼女にせがんだという。

射撃ペインティングとは、あまりにもあからさまな男性への攻撃性の直喩である。「被害者なき殺人」と彼女は呼ぶが、直接の攻撃対象を撃つ代わりに、彼女はそれを象徴的行為に置き換える。このアクティング・アウトを精神分析なら、置換 displacement と、そしてトラウマ的な経験を反復することでそれを操作可能な対象とする徹底操作 working through と呼ぶだろう。ニキは、だれからの助けも借りずに、そのプロセスを自分で歩んだ。

忘却・否認・共犯

『私の秘密』は、性的虐待の体験を、もっとあからさまに書いている。

ニキが一一歳の夏、ニューイングランドの田舎にある夏の家で、当時三五歳だったニキの父は、「彼の手を私のパンツの中に滑り込ませました」[Saint Phalle 1994]

「突然、私の父の両手が私の体を全く今までに私が知らなかったような方法で探り始めました。恥、悦楽、不安、恐怖が私の胸を締めつけました。私の父は私に言いました。『動かないで』私はロボットのようにいうことをききました」[Saint Phalle 1994]

「一一歳で私は社会から追放されたと感じました。あんなに愛していた父が憎しみの対象となり、世界は私にその偽善を示していました」[Saint Phalle 1994]

こうして「あの夏」は、「私の父が、あの銀行家、あの貴族が、自分のセックスを私の口の中に入れた夏」として記憶される。

だが、実はニキはこの経験を忘却する。神経症になり、問題行動を起こし、上唇を変形するほどどかみしめる奇矯な性癖の持ち主になったニキは、二二歳で精神科病院に入院し、電気ショック療法を受ける（なんという拷問だろう！）。

娘の入院におどろいた父親は、娘に手紙を送る。その手紙が金曜日の午後に着いたせいで、それから二年間、ニキは毎週金曜日の同じ時間に、二四時間つづく偏頭痛持ちになる。

手紙はこうつづられていた。

「君はきっと君が一一歳の時のこと、君を僕の情婦にしようとしたときのことを覚えているだろう」

ニキはこう書く。

「私は何にも覚えていませんでした。忘却が耐えられない真実から私を守っていたのです」［Saint Phalle 1994］

ニキは、父の手紙をかかりつけの精神分析医に示した。

「彼はマッチをとってその手紙を燃やしました。彼は言いました。『あなたのお父さんは気が狂っています。何にも起こらなかったんです。（中略）』と」

父の娘に対する「レイプを信じることを拒否した」精神分析医に対して、ニキは理解を示しさえする。「フロイトだって近親姦を訴える女たちはすべてヒステリー患者だと思っていたのですから」。自身一家の父であり、彼女と同年齢の娘を持っている精神分析医にとって、それはあってはならない、それ以上に自分自身が認めたくない事実だった。そして彼は、この手紙を、父親自身の幻覚の産物とみなす。これもまた見慣れたストーリーである。精神分析医はフロイトの定石どおり、専門家の権威をもって患者の経験を否認することで、家父長制の共犯者となる。

「私の彼に対する愛は、軽蔑に変わりました。彼は私の中の人間に対する信頼を打ち壊してしまったのです」

権力の濫用

「男はみんな強姦者です」[Saint Phalle 1994]

こう書くいっぽうでニキは、強姦者の心理を理解しようとさえ努力する。「彼は何を求めていたのでしょうか?」。快楽ではない、なぜなら彼はそれを外で求めることがいくらでも可能だったから。ニキは、父親が女中を誘惑したり、母のいちばんきれいな女友達を誘惑している姿を覚えている。結婚していながら結婚の外で快楽を求めることは、フランスの中産階級のカップルにとって、少しもタブーではなかった。のちに結婚を破って他の男と同居を始めたニキに向かって、彼女の母親は困惑をあらわにしてこう言ったという。

「私は娘の愛人とは食事をしないわ。どうしてあなたは結婚生活を続けながら、他の方たちがやっているように、密かに愛人をつくらないの?」[Saint Phalle 1994]

婚外の性関係には不自由しない父親が、その最愛の娘に性的な触手をのばすのは、性欲からではない。ニキの解釈によればこうだ。

「快楽ではないそれはタブーであり、他の人間に対する絶対権力の誘惑だったのです。それが彼に目

のくらむような誘惑となったのでしょう」［Saint Phalle 1994］

その権力者自身の権力行使への誘惑を、権力者は対象に投影 projection して、「娘の誘惑」という物語をつくりあげる。わたしに罪はない、娘が誘惑したのだ、と。娘はその倒錯をすばやく学習し、誘惑者となる。こうして家父長制下の権力と誘惑についてのありふれた物語ができあがる。だが、誘惑の源泉は権力を持った者の側にもともと内在している。「誘惑者」である娘は自分の魅力の源泉を知らない。

「私の父は私の上に恐ろしい権力を持っていました。あの大人が子どもの上に持つ権力です」［Saint Phalle 1994］。その権力と信頼を利用して、大人は子どもに「ノー」を言わせない。そのようにして信頼を破壊し、子どもの世界をこなごなにする。父親は「その誘惑から逃れられない」とニキが言うとき、彼女の「自前の理論」は、のちに子どもの性的虐待の専門家たちがたどりついた「権力の濫用」という解釈を、先取りしていた。

子どもの性的虐待とその防止

子どもの性的虐待は、英語で sexual abuse という。アビューズ abuse とは過度の使用 ab/use から来ている。すなわち濫用をも意味する。子どもの身体の過度の使用、もしくは子どもを親の権力のもとに置いて、ほんらいの保護の目的を超えた権力の過度の濫用。権力をその濫用から守ることはむずかしい。自分がだれかにとって絶対者であることの悦楽は、どんな悦楽にも勝ることだろう。強姦者は娘にさえ手を出すのではない。娘だからこそ、手を出すのである。性欲からでも、悦楽のためでもなく。

『私の秘密』は、ニキ自身によって、「子どもを性的虐待する大人から、自分の身を守るために子どもたちはどうすればいいかを教える本」として書かれている。

「私は子どもの体というものは、一軒の家、お城のようなもので、そしてそれは子どもたちにだけ属しているものだと思っています。もしもひとりの悪漢が来て、この家の戸をこじあけようとしたときには子どもはどうやってそれを拒否し、戸の鍵をかける方法を知らなくてはなりません」[Saint Phalle 1994]

「もし私に触ったら、みんな話しちゃう」……これが唯一の防御策だと、ニキは言う。だからこそ、加害者はこう言って被害者の子どもたちを脅かすのだ、ニキの父親が彼女にそう言ったように。

「絶対にこのことはしゃべっちゃいけないよ。しゃべったら家のなかはめちゃめちゃになってしまうから」

ただし、しゃべったときに、話した相手がそれを信じてくれなければならない。

「もし最初に話した人が信じてくれなければ絶対にかわりの人を見つけなければいけません」

ニキの主治医であった精神分析医がそうであったように、わたしたちは今では、専門家さえ否認の身振りをすることで、被害者に対して抑圧者の側にまわることを知っている。

ドメスティック・バイオレンスとセクシュアル・ハラスメント

「権力の濫用」説は、その後、ドメスティック・バイオレンス domestic violence（家庭内暴力、または夫や恋人からの女性に対する暴力）の場合にも、セクシュアル・ハラスメント sexual harassment の場合にも、あてはまることが知られるようになった。DV夫は妻なのに殴る、わけではない。妻だからこそ、殴る。DV男は決してのべつまくなしに人に殴りかかる暴力的な男ではないし、妻以外の女性には紳士的にふるまう男であったりする。妻だからこそ、すなわち自分に所属し、自分の支配下にあり、決して反抗も逃げもしない存在だということを知っているからこそ、自分の権力を過度に濫用する。

セクハラの場合も、「権力の濫用」説はよくあてはまる。相手が自分に従い、決してノーを言わないと見きわめたときに権力が濫用される点で、権力はつねに狡猾で冷静である。「かっとして」とか「ほんの出来心で」は言い訳でしかない。だからこそ、被害者に対する「あのとき、どうしてノーを言わなかったの?」という問いほど、セクハラの本質を理解しない言い方はない。「ノーを言えない」状況のもとで発生する性犯罪のことを、わたしたちはセクハラと呼ぶのだから。

横山ノック元大阪府知事のセクハラ事件に際して、曽野綾子は、新聞のエッセイで被害者の女性に対して、「そのとき、その場で、なぜノーを言わなかったのか」と責めた［曽野 1999］。あまつさえ、そのときノーを言わなかった女性が、あとになって裁判に訴えることを「甘え」とまで断じた。こういう言説実践によって、曽野はみずからセクハラの加担者となった。彼女自身が二次加害の共犯者となったのだ。

アートと回復

ニキに戻ろう。アーティストのニキを論ずるにあたって、わたしは彼女自身の言語的表現に過度に依存しすぎたかもしれない。二二歳で精神科病院から退院して以来、ニキはアート表現に向かった。射撃ペインティングがその衝撃的なデビューだった。それ以降、二〇代から七〇代まで、半世紀にわたる彼女のアート活動そのものが、彼女自身にとっては自己治癒的な活動だったと考えることができる。

六〇年代、三〇代のニキは怪物や化け物など、モンスター・シリーズを制作する。「祭壇」と題する作品は、キリスト教に対する破戒的な衝動に満ちている。おなじ頃に「花嫁」シリーズが制作されるが、モノクロで馬に乗せて連れ去られる花嫁のイメージは、抑鬱的な印象を与える。

六〇年代の後半から、有名な「ナナ」シリーズが登場する。ナナとは女性性を全開にした奔放な女神像に対して、ニキが与えた名前である。それ以降、わたしたちが現在のニキの作風として知っている、色彩にあふれた、子どものいたずらのような、ユーモアとウィット、豊満さと温かさにみちあふれた作品群がつぎつぎに生み出される。後年のニキの作品を知るファンにとって、それ以前の神経症的で抑鬱的な作品群は、まったく別人の作のように見えるだろう。事実、作品にアクティング・アウトされた象徴的な操作を通じて、ニキは別人へとメタモルフォーゼ（変身）を遂げてきたのだ。

九〇年代に入ってニキは日本へ旅した。その旅でニキは京都の神社仏閣をめぐり、仏像に魅了される。彼女の最晩年の作品には「ブッダ」と題するひとつ目の巨大な結跏趺坐像があるが、アクリル・カラーとミラーの埋まったきらきらしい像のどこにもわたしたちの知る仏陀はなく、これはあくまでもニキの仏陀というほかない存在である。仏陀だけではなく、彼女はさまざまな神話的なイメージを巨大な像にして生みだした。そこには現世的なものから飛翔しようとする彼女の救済願望が込められている。

九〇年代に『私の秘密』を、さらに『痕跡』を書いて、自分の子ども時代の経験に言語的な表現を与えるまでのあいだに、彼女はすでにアート作品のなかで「徹底操作」をやりとげているように見える。彼女の言語表現、ふたつの「自伝」を書くまでに、ニキにはじゅうぶんにその準備が整っていた。

「表現の自由」をめぐって

ポルノグラフィ論争のなかで、あるいはヘイト・スピーチ（憎悪発言）論争のなかで、わたしがキャサリン・マッキノン流の正統派フェミニズムに対して「表現の自由」を擁護する立場に立つのは、アートの、もっと広くは象徴領域の、このような機能を知るからである。ロビン・モーガンの「ポルノグラフィは理論であり、レイプは実践である」という有名なテーゼをもとに、マッキノンはポルノグラフィの検閲を求めた［MacKinnon 1987=1993］。これに対してジュディス・バトラーの『触発する言葉』［Butler 1997=2004, 2015］は、マッキノンを仮想敵として、表現の統制や検閲強化を求める勢力に対抗して書かれている。フェミニズムのなかの理論闘争は、衒学的な論争のための論争ではない。それは何よりも実践的な関心と戦略的な帰結とに裏づけられている。と同時に、フェミニズムの戦略が、「政治的な正しさ political correctness」によって、自動的に一義的に決まるわけではないことをも、証明している。

わたしの基本的な立場は、「想像力は取り締まれない」というものだ。人間と想像力との関係は、後者が前者の鏡像であるかのような単純なものではない。暴力的で支配的なポルノの愛好者でありながら、実際にはレイプを実践しない多くの平和的なポルノ愛好者たちがいる。逆に言えば、象徴領域における転移によって、かれらは実際に暴力的になることから免れているのかもしれない。[*4] そう考えれば、「キレる」青少年たちに、彼らの暴力性や攻撃性を象徴化し、言語化する表現のツールを与えたほうがよいとすら思える。

射撃ペインティングは転移のあまりにもわかりやすい例であろう。だがこの物議をかもすやり方を採用することで、ニキは、ファル叔父の妻マリーがしたように実際に他人を傷つけることもなくてすんだし、何より自分自身を殺さずにすんだ。彼女が自分をも他人をも殺すことなしに生きのびてきたのは、何よりアートの力ではなかったか。後になってニキは、「わたしはテロリストになる代わりに、アーティストになった」と書く。彼女のなかには、それほど怒りと抑鬱とがうずまいていた。そのネガティブな感情は、どんな言語表現にもまして雄弁に、彼女の初期作品から伝わってくる。

彼女の後期の作品から伝わる圧倒的な生命と女性性への肯定感もまた、そう考えれば、彼女のありのままの姿の反映と言うより、象徴領域に置き換えられた彼女の希求、願望、祈りのようなものであろう。実際のニキは、ナナのようにおおらかではなくどちらかと言えば神経質な女性だし、女性性とのアンビヴァレントな関係を経験してきてもいる。訪日時のニキと直接接したわたし自身の印象からは、ニキは決してつきあいやすい女性ではなかった。だが、ニキがどんな女性であるか、というよりも、彼女が象徴領域で何を達成したかをもって、わたしたちはニキを記憶し、評価する。

その生涯の終わりに、『痕跡』のなかで、ニキは父を「許す」と書く。これこそ、遂行的な言語行為でなくてなんだろうか。この表現——言語であれ、非言語であれ——に到達するために、彼女の一生があった。それはいったん破壊された人間への信頼をとりもどす、生涯にわたるプロジェクトの完成だった。

「極道の妻」から弁護士へ

大平光代さんは極端なひとだ。てゆうか、思いこんだら命がけ、のような女性だ。プラスにもマイナスにも、両極に振り切れる。

あたたかい家庭で育ったのに、学校でいじめに遭って絶望する。死のうと思って、割腹自殺をこころみる。未遂に終わってそれもまた、さらなるいじめの理由になる。この世に生きる値うちはないと、極道の妻になり、背中いっぱいに刺青《いれずみ》を彫る。

自殺を考えたとき。極道の世界に入ったとき。刺青を彫ろうと思ったとき。どれもとりかえしのつかない、後戻りのできない道だ。気の弱いひとなら、足がすくみ、立ち止まりそうな道を、このひとはどんどんつきすすんでしまう。

同じような彼女の意志の強さはポジティブにも発揮された。新地のホステスをしていたとき再会した父の友人、「おじさん」と呼ぶひとから信頼を贈られて、彼女はそれに応えようとする。たぐいまれな集中力と意志力とで、困難を乗り切り、彼女は司法試験に合格する。弁護士、大平光代の誕生である。

そういう彼女の過去を、読者は『だから、あなたも生きぬいて』［大平 2000, 2003］を通じて知っている。読者は、どん底から「勝ち組」へと急上昇した、彼女の経歴の振り幅の大きさに関心を持っている。ただの勝ち組ならごまんといるし、負け組にひとは興味を示さない。

「だから、あなたも生きぬいて」は、「今だから」言えるせりふだ。「おじさん」に出会ったから、生き直したから、弁護士になったから、世間的に「成功」した今だから……だけど、彼女のような境遇を経験したひとのうち、何人が司法試験に合格できるだろう？ 「だから、あなたも生きぬいて」と言われたって……と、そっぽを向きたい思いの読者だって、いるだろう。

『今日を生きる』［大平 2009, 2012］は、『だから、あなたも生きぬいて』刊行から九年後の大平さんを語る著作である。

最初の著書を出してから、大平さんは有名人になった。全国各地の教育やいじめの講演会に呼ばれるようになった。二〇〇三年には大阪市の助役に任命された。行政改革を担当して職員の既得権に切り込み、敵をつくって怨まれ、毀誉褒貶《きよほうへん》の嵐に巻きこまれた。

その後四〇歳で彼女はパートナーを得て結婚し、出産した。晩婚・晩産で生まれた子どもはダウン症児だった。手のかかる子どもを育てるために仕事をセーブしながら田舎で暮らす彼女の暮らしぶりは、とてもおだやかで幸福に見える。テンパって走り続けてきた彼女に、ゆっくりした時間をプレゼントしたのは、障がいを持った子どもだったのだろう。

どんなことにも一〇〇％の力で向き合い、すこしのごまかしも許さない彼女の真摯さとまじめさ……が、そのまま子どもに向かってしまっていたら、どうなっただろう。

もし彼女の子どもが「ふつうの子ども」で、彼女が子どもに期待する母になっていたとしたら？　そしてそれを「愛情」だとかんちがいするとしたら？　力のある親は、自分の子どもにも自分と同じだけの力を発揮することを求める。大平さん夫妻は弁護士のカップルである。世間的にはエリートだ。「がんばれば、報われる」……このカツマーやハシズムのようなネオリベラリズムの論理にかんたんに乗れるし、乗ってしまえるひとたちのはずだ。だが、彼女はそうはならなかった。

なんという神の配剤だろうか、このがんばりやさんの母のもとへ、ダウン症の子どもが届けられた。がんばってもどうにもならない、がんばるだけでは応じてくれないことを、とことん思い知らせてくれる存在が。

子どもは宇宙人だ。ましてや障がいを持った子どもはもっと宇宙人だ。おとなの期待や思惑は通用しない。そのなかでも、他人の反応に敏感で相手の期待に応えようとしてしまうのが優等生だけれど、彼女の子どもは、きっと優等生にはならないし、なれないだろう。決して自分の思いどおりにならない存在、そしてにもかかわらずその存在が自分の魂に食いこむようにいとしく、かけがえのない存在……そういう存在を大平さんは持ってしまった。そういう彼女が口にする「だから、あなたも生きぬいて」ということばは、かつてよりももっと深みを増すだろう。

大平さんが、長い間許せなかった母と出会い直すエピソードは心に残る。

いじめからの緊急避難を訴えて必死で転校を求める娘に、母は娘より担任の教師のことばを信じ、「学校へ行ってくれなかったら（自分が）近所を歩けない」と言い放つ。娘の命がけの訴えより世間体を優先した母に娘は絶望し、荒れに荒れまくる。娘の全身全霊を賭けた抗議に、両親は応分のツケを支払った。

和解はゆっくりとしか訪れない。『だから、あなたも生きぬいて』の刊行にあたって、母は自分の恥も悔いも含めて、ありのままを書けと娘に迫る。「母親として、同じ失敗を繰り返さない」という強い覚悟を感じとって、娘は原稿を書き直す。一七年間のあいだに、娘も成長したが、母も成長していた。したたかに傷つきあった母と娘のあいだにも、「和解」はある……しかもその「和解」は、間に合った。父とはその死の直前に、母とは母がアルツハイマー症になる前に。この事実は、多くの失敗した母親や傷ついた娘にとって、どんなに励ましになるエピソードだろうか。

同時に、間に合わなかった「和解」にほぞを噛《か》む思いをするひともいるだろう。彼女の和解は偶然の恵みのようにもたらされたものではない。どんな相手とも全力で向き合ってきた大平さんが、自分の力で手にいれたものだ。たとえ手遅れでも……わたしの場合は手遅れだった。にもかかわらず、「死者も成長する」。死者との関係にさえ恵みはある日訪れる、自分が生きてさえいれば。

大平さんの次ののぞみは「出家」だという。そのために仏教学の勉強をしているという。もともと弁護士を志したのも、「自分のためでなく、なにか世の中のお役に立つことをしよう」と思ったから。法曹を経験したあとに、法律や政治では救えないひとびとの魂を救済しなければ、と思うようになったのだろうか。夫と子どもを捨てて出家するのだろうか。それとも在俗のまま、有髪の尼になるのだろうか。いろんな憶測をしてしまう。

仏教の用語に、往相《おうそう》と還相《げんそう》ということばがある。迷いから悟りへ、穢土《えど》から浄土へと渡ることが往相、そこからふたたび濁世《じょくせ》へと戻ることが還相である。往相があれば、還相もある。往きっきりにならないのがよい。往ったひとは還ってくるのである。何のために？　仏との誓いを果たすために。われひとり救われんがための求法《ぐほう》ではなく、衆生済度のために。

大平さん、あなたに「出家」はいらない。なぜなら、あなたはもう「還って」きているのだから。

大平さんはゆっくり考える。「世の中の役に立つ」以前に、たったいま彼女をもっとも必要とする者……それはダウン症の彼女の子どもだ。そのために仕事を減らし、生活を子ども中心にし、夫に支えてもらう。せっかくとった弁護士の資格はどうなるの？とか、それって専業主婦の暮らしじゃない？とかのありがちな非難をよせつけない勁《つよ》さが、彼女の選択にはある。

やがて彼女の生活のなかで、大切なことの比重が変わっていくだろう。子どもの幸せは、彼女ひとりでは手に入れられないと感じるだろう。そのとき、わたしたち読者は、ふたたびみたび、同時代に大平光代という稀有な女性を持ったことをくりかえし喜ぶだろう。彼女の人生の節目ふしめに、わたしやあなたは関心を持ちつづけるだろう。その関心に応える責任が、彼女にはある。それが自分の人生を書物にしてしまった者の責任だから。

『だから、あなたも生きぬいて』の表紙の写真を見て、ある読者がこう言った。

「きれいなひとなのに、なんでよりによってこんな写真を選んだのかしら？」

その表紙を飾る彼女の写真からは、泣き明かしたあとのような目、洗い流されたような潔癖な肌、ひりひりしたむきだしの魂、世界と立ちむかおうとする決然とした意志、触れればやけどしそうな勁さと痛々しさ……そのすべてが伝わってくる。わたしはこの写真を見てきれいだと思ったし、著者は意識してこの写真を選んだと思う。

本書『今日を生きる』の表紙で、子どもと共に写る彼女の表情はずっとおだやかだ。この子に幸せであってほしいし、わたしも幸せであってよい、という充足感があふれている。不幸せであることよりも幸せであることのほうが、もっとむずかしい。大平さんは、幸せに値するだけの力を得たのだろう。

そういえばタイトルもよい。明日のためでなく、過去を引きずるでもなく。今日一日をたいせつに、ていねいに生きる。ひとのために、ひとととともに。

一〇年後、彼女はどんな顔を見せてくれるだろう。

「なんで昔にもどれましょう」　いわさきちひろの闘い

子どものころから、いわさきちひろの絵が好きでした。

あまりに好きだったので、思春期のころ、ペンネームに「岩崎」を使ったくらいです。

ふわふわして、あったかくて、やさしい絵……どこにでもあって、誰にでも描けそうなのに、どこから見ても、ほかの誰でもなく、まぎれもなくちひろでした。

大好きなアンデルセンの『絵のない絵本』［アンデルセン1966］の挿絵を描いていたのも、ちひろでした。子ども向けに書き直していないもとのままのアンデルセンは、実は惨酷なおはなしだったことも知りました。

ちひろは無垢で純真な子どもの世界を描いたけれども、子どもは天使であるだけでなく悪魔にもなります。母になったちひろがそれを知らないわけはないのに、やんちゃだったひとり息子、猛《たけし》さんの回想によると、

「ほんとうに優しい母で、一度も叱られたことはありません」［黒柳・飯沢1999: 250］

と言います。

共産党員でのちに国会議員になった夫、松本善明さんと結婚して、夫を支えました。

頼まれて共産党関係の雑誌に表紙を描きつづけましたが、拳をつきあげるような闘争型の社会主義リアリズムの絵は、一度も描きませんでした。自分の好きなもの、愛するものを描きつづけました。生活のすべてを政治活動につぎこむ夫に代わって、夫の両親と自分の母を抱え、主婦として家長として、一家を経済的にも支えてきました。ストレスからがんになり、五五歳で死去。早すぎる死でした。

年譜を見ると、いつのまにか、あらさがしをしている自分に気がつきます。まさか、そんな、いい人として一生通せるなんて思えない。これだけの負担と責任を抱えて、親として、妻として、娘としての葛藤はなかったのだろうか。ちひろだって聖女ではないだろうに……と。

夫の善明さんはちひろを回想して、こう言います。

「家事の負担が、ちひろにかかる。晩になって、『あんたが全部悪い』と文句をいう。『朝出て晩帰る僕がなぜ悪い？』というと、笑っちゃう」［黒柳・飯沢 1999: 287］

それが悪い、と言いつのる代わりに、笑ってしまう。なるほど、一日中いないひとに悪さができるわけがありません。一日中いないことそのものが問題なのに、その無頓着さを逆転してユーモアにしてしまう。何という寛大さでしょう。それを思い出すひとには、ちひろの愛情の大きさがちゃんと伝わっています。

ここまでは知っていました。

「いわさきちひろ～27歳の旅立ち～」という映像作品が、没後三八年を経て今年二〇一二年に、公開されるに至りました。生きていれば九三歳。このくらいの長命は、今ではめずらしいことではありません。ちひろの生涯を描いた書物も何冊か読んで、それまで知らなかったことを、いくつも知りました。

画家としての出発が二七歳とは、けっして早くありません。専門的な美術教育を受けたわけでもないのに、この年齢で、ちひろは不退転の決意で疎開先の信州をあとに上京したのです。

それまでに彼女はすでに結婚歴があり、未亡人になっていました。出戻りの若くない女。そのころの日本の田舎では、身の置きどころがなかったでしょう。三人姉妹の長女として両親のすすめで結婚した婿養子とのあいだに愛はなく、しかも夫は自死でした。どれほどの衝撃だったことでしょう。失意を抱えて彼女は満州女子開拓団へ。敗戦前の一九四四年にからくも帰国を果たします。その後の引き揚げ者の惨状を聞けば、生きた心地もしなかったことでしょうに。その後、東京で空襲も経験しています。

こう書けば、さんたんたる人生だと言ってもよいくらいです。

その彼女の描く絵が、ただ甘くやさしいだけであるはずがない……そう思って見ると、ちがう見え方がしてきます。

ちひろの絵の師匠のひとりに、丸木俊《とし》さんがいます。夫の丸木位里《いり》さんとふたりで、大作「原爆の図」を描いた画家です。阿鼻叫喚の地獄絵が、原爆の悲惨さをこれでもかと伝えてきます。心おだやかには見ていられず、思わず顔をそむけたくなります。

ちひろにも、そんな絵を描こうと思えば描けたことでしょう。現にベトナム戦争が始まってからは、北爆のもとで逃げまどう母子を描いた『戦火のなかの子どもたち』〔いわさき1973〕を描いています。子どもをひしと胸に抱いた若い母親の暗いくらい目。小さいときから絶望を覚えた子どもの、恐怖に満ちた表情。そう、その気になればちひろにも、この世の悲惨は描けました。そしてこの時期、ちひろはベトナムの窮状を知って、やむにやまれぬ思いでこの絵を描いたのでしょう。そこには、東京空襲のもとを逃げまどった自分自身の記憶がオーバーラップしていたはずです。

ですが、ちひろはそういう暗い絵を描こうとしませんでした。つらさもくるしさも人一倍味わったはずなのに、ちひろの描く絵は、甘くやさしい絵ばかりでした。

この絵はちひろの祈り。写生でも写実でもなく、現実にはないが、この世にあってほしい、よきものへの希求。ちひろは子どものなかに、無垢と純真ばかりを見ようとしました。それは彼女の意思であり、選択であると感じます。

人は憎むためにも力が要りますが、愛するためにはもっと力が要ります。

安曇野《あずみの》のちひろ美術館を訪れたとき、「大人になること」と題されたちひろ五三歳、死の二年前に書かれた文章に出会いました。

「いま私は（中略）私の若いときによく似た欠点だらけの息子を愛し、めんどうな夫がたいせつで、半身不随の病気の母にできるだけのことをしたいのです。これはきっと私が自分の力でこの世をわたっていく大人になったせいだと思うのです。大人というものはどんなに苦労が多くても、自分のほう

から人を愛していける人間になることなんだと思います」［いわさき 2004: 238–240］

この文章の全文が知りたくて、ちひろ美術館にメイルで問いあわせたら、おもいがけずちひろ美術館・東京の副館長（当時）で、息子の猛さんの妻だった、松本由理子さんからお返事をいただきました。[*5] それをきっかけに由理子さんだけでなく、松本家のユニークな娘たちとも知遇を得ることができました。ちひろがくれたご縁です。

この文章のなかに、こんな一節があります。

「人はよく若かったときのことを、とくに女の人は娘ざかりの美しかったころのことを何にもましていい時であったように語ります。けれど私は自分をふりかえってみて、娘時代がよかったとはどうしても思えないのです。（中略）思えばなさけなくもあさはかな若き日々でありました。（中略）もちろんいまの私がもうりっぱになってしまっているといっているのではありません。だけどあのころよりはましになっていると思っています。そのまだましになったというようになるまで、私は二十年以上も地味な苦労をしたのです。失敗をかさね、冷汗をかいて、少しずつ、少しずつものがわかりかけてきているのです。なんで昔にもどれましょう」［いわさき 2004: 238–240］

そう、苦労して、くろうして、おとなになってきたのです、なんで昔に戻れましょう。

ちひろが絵描きとして闘ってきた功績が、三つあります。

ひとつは挿絵画家の地位を向上させたことです。

よみものに添えられる挿絵はおまけ。画家の名前も載らない場合もあれば、当時は著作権すら尊重されなかった時代です。消耗品のように取り扱われる自分の作品を、ちひろは一点一点、出版社から取り戻しました。現在九四〇〇点を超える収蔵作品を有するちひろ美術館は、そうやってちひろが取り戻した作品のオリジナルが手元に残っているからこそ、成り立ったものです。主題ごとの展示替えや、各地の巡回展がちひろの死後も長きにわたって可能なのは、その膨大な作品のストックがあるから。ちひろ美術館は、今、収蔵作品のすべてをデジタル化しようとしているそうです。

ふたつめは、絵本の地位を向上させたこと。

絵本といえば子どもの読む本。そう思われてないがしろにされてきました。ですが、子ども向けだからといってクオリティが低いわけでもなく、子どもだからといって理解力がないわけでもありません。それどころか、子ども向けの本のなかには、おとなが読むに堪える「不朽の名作」といってよいものがたくさんあります。事実、おとなのなかには「子どもの本」の愛好家がたくさんいますし、「子どもの本」の専門店もあります。そこでも絵本の絵は、おはなしの脇役、挿絵扱いでした。子どもの本のなかで、視覚が果たす役割の大きさが強調されてきたのは最近のことです。ほとんど絵だけでストーリーラインをつくりだす絵本が登場してきました。おはなし作家とコラボしなくても、画家が絵だけで絵本を描けるようになったのです。ちひろはきっと絵だけでものがたる絵本を描きたいと野心を持ったにちがいありません。ちひろの『あめのひのおるすばん』〔いわさき1968〕はそういうおはなしのミニマルな絵本のひとつです。それにつづく『ことりのくるひ』〔いわさき1972〕は、一九七三年ボローニャ国際児童図書展でグラフィック賞を受賞するという評価を受けました。

もうひとつは、水彩画の地位を向上させたこと。

美術の王様は西洋の油絵、という時代に、水彩画は、文人墨客の余技にすぎませんでした。油絵に対抗して独自の発展を遂げた近代日本画も、厚塗りの岩絵の具が主流。水彩画はアマチュアのもの、と思われてきました。ですが、このところ、水彩画は大流行です。独特の水彩のにじみは、書になじんできた日本人には親しみがあるにちがいありません。ちひろは書を学んだことがあるとか。計算できないにじみにまかせて描いたように見える絵は、その実、たしかなデッサン力と熟達した技術に支えられています。ちひろはそれを「気合いで描く絵」と呼んでいます。日本人は水墨画の伝統を持っているのですから、それを生かすことができたのでしょう。

ちひろはよきもの、うつくしいもの、やさしいものを守るために、闘ってきた女性です。

その闘いは、絵のなかになまなかたちではあらわれません。ですが、ちひろの世界の無垢を支えるのは、それを誰よりもつよく意志した彼女の選択であること……それを知って、わたしたちはちひろの絵がもっと好きになるのです。

喪失のあと　おひとりさまになってから

配偶者ロスについては、聞いて知っていた。

小池真理子さんが夫を喪《うしな》ってから四カ月めに書き始めて一年間。五〇回の連載が収録された本書『月夜の森の梟』［小池2021］のなかに、悲嘆のありさまが変容する痕跡を、探し求めた。喪失の経験から一年間はつらい。季節が巡るごとに悲哀は更新される。花が咲き、木の葉が落ちる……そのつど、そういえば去年の今頃は、と記憶が甦る。やがてそれが積み重なり、歳月があいだにはさまり、過去はとおざかっていく、はずだったが。小池さんのエッセイはそうではなかった。記憶は鮮度をともなって甦り、喪失の思いはなまなましく、悲哀はそのつど新しかった。

そういうものなのか、配偶者を喪うということは。わたしにはわからない……が、その後に続いた。五〇回の連載が、闘病記のようなクロニクルでなかったことが僥倖だったと思う。このエッセイを依頼した編集者の企みだろうか。一回完結の読み切り、わずか約一三〇〇字のエッセイのなかで、時間は縦横に行き来し、子ども時代の記憶、父や母、親しい友人、その配偶者たちの喪失経験がよびおこされ、そこに夫の不在が重ねられていく。何回目かの連載から、スタイルが定まり、そこに高原の四季の移ろいが点描される。どんな眠れぬ夜の後にも確実に夜は明け、日は昇る。蝉が鳴き終われば、虫がすだき、落葉松《からまつ》が葉を降らしたあとには、必ず雪が降る。季節の変化が、決してあともどりしない時間を痛切に刻む。そうか、あなたはもういないのか、呼びかけても二度と返事は返ってこないのか、と。

その一編一編が、涙が結晶した宝石のように見える。そして作家を職業とした者の、業と才とを共に感じる。書かずにいられない業と、こんなふうに書いてしまえる才と。この五〇回は、小池さん自身にとっては、どういう「書く」という経験だったのだろう。

臍《ほぞ》を嚙む思い出がある。小池さんは作家同士のカップルだが、同じように音楽家同士のおしどりカップルとして知られた阿木燿子さんと、さる媒体で対談をしたときのことだ。阿木さんは、もちろん、まだ「おひとりさま」ではない。だが「いつかその日が来るかもしれない」と想像するだけで胸が締め付けられるような気がする、と率直におっしゃった。なんと返してよいか、ことばに詰まったわたしは、あろうことか、こんなことを口走ってしまった。「そんな経験も、阿木さんにとっては、ご自身の表現に生かされるのじゃないでしょうか」……瞬間、彼女はわたしをたしなめるように、こう言ったのだ。「そんなものではないわ!」

しまった、と思ったが、手遅れだった。阿木さんのご配慮で、この部分は対談の収録からははずされたが、心ない発言をしたことを、心底後悔した。

長年同志のように暮らしてきた夫婦の気持ちは、おひとりさまのわたしにはわからない。少なくとも、自分には縁がない、と思っていた。

……なのにその後、わたしはかけがえのないひとを見送った。わが身をもぎとられるような悲しみ、とりかえしのつかない歎き……そうなのか、あのひともこのひとも、味わったのはこの感情だったのか、と。そうやって小池さんの連載をもう一度、たどりなおす。そうだった、わたしはこれを知っている、と確かめるために。

小池さんが書くように、「喪失のかたちは百人百様である。（中略）喪失はきわめて個人的な体験なのだ。他の誰とも共有することはできない」。

小池さんのもとへは、親を見送ったり、配偶者を喪ったり、ペットを亡くしたひとたちからの手紙が次々に届くそうだ。悲しみの重さに軽重はない。身も世もない歎きや、身もだえするような哀しみを、それぞれのひとたちがそれぞれのしかたで味わっていることだろう。

最近、友人が長年がんで闘病してきた夫を見送った。何を見ても悲しい、と言う。末期がんだとわかっていた。覚悟はしていたが、それでも予想を超える哀しみがこみあげる、と言う。

「死が迫っている百人の病人とその家族には、百通りの人生があり、百通りの人格、関係性がある。どれひとつとして、同じものはない」

そう書く小池さんの言い分は、よくわかっているつもりだった。あなたの哀しみはあなたの哀しみで、わたしのものではない……。

なのに、友人の悲嘆を前にして、「……わかる」と口にする自分がいる。ちょうど、がんになってみて初めてがん患者さんの気持ちがわかるようになった、と告白する医者のように。

3　男はどう生きるのか

すれっからしの京都人の『美人論』

かつてあるノンフィクションライターが『ミカドの肖像』という本を著したとき、「皇居のまわりをジョギングしている」という評を得たことがあった。ことがらの周辺ばかりをめぐっていて、核心をつかない、という意味である。井上章一の『美人論』［井上 1991, 2017］もまた、「美人」のまわりをジョギングしている、というべきだろうか。

あとがきで、「いろいろとはげましてくれた美人のかたがたにも、感謝の意をしるしておきたい」とさりげなく一言つけくわえる著者のやりくちは、「ざまあみろ、おれはこんなにいい思いをしたんやで」と読者に思わせる効果をあげて憎いが、「美人の研究」というテーマが、著者が美人に近づく唯一の口実だと思えばせつなくもある。美人とデートするのと、美人とインタヴューするのとでは、大違いだからである。美人と実際につきあっている連中は、美人に研究目的でインタヴューするのはしないだろう。こういう言い方は、ほんとは本書にふさわしくない。著者の研究は、「美人」というのは、結局のところ、「美人とは何か」という問いのまわりをめぐってジョギングするほかないような存在だということを、何よりも雄弁に立証するためのものだからである。読者には、結局のところ、「美人とは何か」が、最後までわからないしかけになっている。なぜならば、「美人」とはそのようなものだから。
したがって、「〈美人〉の凡庸性」［井上・布施1995］と題した著者との対談のなかで、「死体」研究者、布施英利が次のような「不満」をもらすのは、本書に対してまったくまとはずれであろう。こんなにかみあわない対談も、めずらしい。

「『美人論』というぐらいだから、それを読んだらこれが美人だみたいなことがわかるのかが書いてあるのかと思ったんですけれども、美人というものをめぐる周りにある言説というか、これが美人だというのはもう最初から前提としてあって、それが社会の中でどう扱われてきたかというようなところが書いてあって結構驚いた」

著者の意図は、最初からそんなところにはない。かれは、「美人」をめぐる言説、「美人」の語られ方にだけ、関心がある。ほんとのところ、「わたしは面喰いです」と公言する著者の言い分にも、わたしは疑いを持っている。著者が本気で「美人とお友だちになりたい」とか、「美人を結婚相手に選びたい」と思っているとは思えない。
言説の歴史を取り扱う著者は、自分の言説がパフォーマンスとして持つ効果をも、じゅうぶんに射程に入れている。今日の「言論界」（そんなものがあるとして、の話だが）のなかで、屈指の曲球《くせだま》の投げ手、うがちと裏読みの名手が、それに自覚的でないはずがない。布施との対談を、「〈美人〉の凡庸性」とはよくも名づけたものだ。「わたしは美人が好きです」という言説が、「わたしは凡庸です」と聞こえる効果を計算しているかれの超絶技巧舌技パフォーマンスが「凡庸」であろうはずがない。この程度の舌技パフォーマンスなら、ハヤシ・マリコさんにならって「なんてったって、わたしは美形が好きよぉ」と、このわたしだって公言してもよいが、もちろんそれも「女がついに選ぶ立場に立ったフェミニズムの時代」の言説としての効果をじゅうぶんに意識してのうえのことである。ちなみに、ここで突然、ハヤシ・マリコさんが登場するのは、本書［井上2017: 225］に登場する「U・Cさん」への意趣がえしであることに、明敏な読者は気づかれるであろう。

ったく、ことほどさように、この著者の本を論じるのは気骨《きぼね》が折れる。かれが示してみせたうがちと裏読みの程度とおなじくらい、かれの言説そのもののうがちと裏読みを解きほぐしてみせなければならないからだ。わたしを文庫版の解説者に起用した舞台裏にも、フェミニストの「お手並み拝見」とにやついている著者の顔が浮かぶ。あとがきで「そんなことをやったら、フェミニズムの連中から、ふくろだたきの目にあわされるぞ。何度か、そういう忠告をいただいたこともある」と書く著者は、むしろ、それを心待ちにしていたふしがある。事実、おりからのミス・コン（美人コンテスト）批判の波にまきこまれて、かれは何度かフェミニストのあつまりにひっぱりだされた。そのうちのひとつにわたしも同席したが、その事実をかれは針小棒大に茶化して、「フェミニストによるバッシング」を売り物にしさえした。その宣伝効果を、かれはじゅうぶんに自覚していた。それもまた「研究素材」であると、かれは「予言の自己成就」を楽しんでいたと思える。

だが、バカとはさみは、おっと、風俗史は使いよう。すぐれた研究というのは、使いようでどうにでもなる。「美人」を論じているというだけで本書を排撃するのは短絡的にすぎる。「美人」の論じ方を論じる本書は、「美人」というものが「概念」にすぎないこと、その「概念」は歴史の産物であることを、これでもか、という執拗さで教えてくれるからだ。その意味で、フェミニズムにとって、これほど教育的な本はめったにあるものではない。

とまあ、こんなふうに書けば、章《しょう》ちゃん（わたしはかれを、そう呼んでいる）は、ウエノさん、その手はくわなの焼きはまぐり、ぼくをフェミニズムの隠れた味方に引き入れようたってそうはいきませんぜ、とまたにやりとするだろうが、本書から学ぶことはいろいろある。明治時代の「美人」叩きは、美貌を武器に成り上がった女たちへの旧体制側のやっかみであると指摘されれば、フーンと目からうろこが落ちる。わたしなら深読みをもう一歩進めるが、というのも、前近代までの身分秩序のもとでは、下層階級の美女は妾や側女にはなれても、「正妻」の地位につくことは至難だったからである。

それなら「美貌」だけで「正妻」の地位を獲得するのは、男にとって妻方実家の威勢を借りなくても一本立ちしていける権力の誇示だっただろうし、妻を同伴する機会が多くなって「見せびらかし効果」がふえたせいでもあるだろう。その際には、一目でわかりやすい「凡庸な」美貌が選ばれただろう。「美人」の条件が性的魅力や社交の術にむすびついた「柳腰」の芸者モデルだというのも理解できる。前近代には、上流階級なら「育ちのよさ」にむすびついた「おっとりした上品さ」だの、百姓のあいだでは健康な「安産型」が、尊ばれたにちがいない。そうか、「シンデレラ」は「近代の物語」

なのだ、と得心する効果もある。

　戦後の「美人」の民主化も、考えようによってはうそ寒い。「どんなあなたでも美人になれます」というメッセージのもとでは、著者がいうように「化粧品の売り上げがのびる」だけではなく、おりてもいい人たちさえ、「美の民主主義」からおりられなくなる。かくしてダイエット、エステ、エクササイズと、性と年齢を問わず自己管理に追われることになる。「人格や教養が外見ににじみでる」という言説は、たやすく「外見が人格です」という言い方に短絡する。しかも、大衆民主主義と消費社会のもとでは、「美の民主主義」は、「百人百様」どころか、万人が認める凡庸な「規格」を裏に隠し持っている。大衆社会の「美人」は、「わかりやすく」なければならないのだ。

建築史出身の著者は、高踏的な美学が「美しい」と名指すもののウラを、次々とかいてきた。出世作『霊柩車の誕生』［井上 1984, 1990, 2013］では「キッチュ」といわれるものの復権を。『つくられた桂離宮神話』［井上 1986, 1997］では、建築史の美の強制に対する積年の怨みをはらした。かれは「美人」の美しさは、桂離宮の美しさより「ずっとわかりやすい」というが、それもそのはず、「わかりやすさ」は「美人」の属性である。他人が「美人」と思わない「美人」とつきあって、いったいどんなトクがあるだろうか?　「美人」を「手に入れる」効果は、ひとえに「他人の羨望を買う」ところにある。そのあからさまな上昇志向の「凡庸さ」に、若い日の著者は「恥ずかしさ」を覚えるが、その反権威主義の見かけをとったエリート主義を、かれはそれ以上に嫌っている。

というわけで、かれの著作を「論じる」のはまったくめんどうな作業だが、読者には、ひたすらかれの言説パフォーマンスを堪能していただければそれでよい。こういう「すれっからし」の知性は、関西からしか生まれない。わたしたちは、かれの「芸能」を生んだ文化の成熟を、喜べばよいだけである。

なぜ魔女のキキは一三歳なのか？

キキ、一三歳。

微妙な年齢だ。

宮崎駿《はやお》が少女フェチなのは知っていたが、映画『魔女の宅急便』でキキをなぜこの年齢にしたのだろう？

一三歳。

初潮のくる年齢だ。少女が女になるその節目。前近代なら成女式（イニシエーション）を経て、おとなの女になる。ムラの共同体なら、娘宿で若者たちの夜這いを受ける対象になり、嫁ぐ資格ができる。いずれにしても妊娠し出産し、母になることができる身体の持ち主だ。

少女の身体に性の匂いがまとわりつく。乳房がふくらみ、からだがまあるくなる。キキも例外ではない。色気のない魔女の黒服のもとでも、からだのふくらみは感じとれるし、風にめくれ上がるスカートから下着がちら見えしたりするのは、どんなに抑制しても「女」を感じさせずにはいない。ずぶぬれになった衣服を下着まで洗いざらい洗濯ひもにかけるシーンは、どことなくエロティックだ。作品が性の匂いをいくら消そうとしても、おのずと匂い出てしまう。

ちなみに魔女はなぜズボンでなくスカートをはくのだろう。箒にまたがるのなら、初めて乗馬を試みた女たちのように股割れスカートやズボンをはく方が合理的だと思うのだけれど。

魔女一三歳。

親元を初めて離れてひとりだちのための修行に乗り出す年齢という設定になっている。一三歳、成女式の伝統なら決して早くない。出立は満月の夜。月満ちた夜に毎月一回だけ旅立ちの機会が訪れる、というのも、なにやら月の巡りにかけて月経周期を暗示しているようだ。

性的な暗喩に、わたしが過度に敏感に反応しているのだろうか?

いや、作品のなかに性的な暗喩はあふれている。それを見たくないひとたちだけが、見ないふりをしていられるのだろう。少女のイニシエーションには、少女が「女になる」変容の過程が組みこまれている。

この少女から女への性的な変容のドラマを宮崎監督がどのようにコントロールしたのか、あるいはそれに失敗したのか、がわたしには気になってしかたがない。それが少女フェチの男の泣き所だからだ。少女を性的な存在以前の無垢にとどめておくことが少女が少女であるための最大の条件なのに、その少女の「成長」を語るときには、少女は性的な存在に変身せざるをえないからだ。

一人前の魔女になるためには、誰も知らない町に行って、そこで一年間修行をしなければならない。物語の最初から試練が設定してあるのは、ウラジーミル・プロップの『昔話の形態学』〔プロップ1987〕の定石どおり。主人公が試練をこなしながら「おとなになる」というゴールに到達するのは、ビルドゥングス・ロマン（成長譚）の定番だが、少女が「おとなになる」ことと、少年が「おとなになる」こととのあいだには埋めがたい非対称性がある。その差を作るのは少女の身体が帯びる性的な記号性である。

そう思えば、この作品には女性の性的身体の記号があふれている。到着した町で初めて居着いたパン屋のおかみさんは、すぐにそれとわかる妊娠した身体の持ち主だ。森のなかで出会った絵描きの女性は、露出度の高い衣服を着たグラマラスな女性である。

パン屋のおかみは子どもを産み、アーティストの女性は作品を産む。そして魔女は？キキがただひとつ魔女として与えられている超能力は、箒にまたがって空を飛ぶという能力である。母の魔女は古い箒を持っているが、見るところによれば彼女はそれを長いあいだ使った様子がない。母の魔女は定住し、おそらくは何の超能力もない凡人の夫と結婚し、娘を産み、一三歳まで育てた。異類婚譚の一種だが、ここでは女が異類である。

親元を旅立ったキキは見知らぬ町に到着し、そこでたったひとつの能力を使って他人のために奉仕しようとする。それが「魔女の宅急便」である。何もできない、とりえのないわたしだけれど、空を飛ぶことだけはできる。それで人助けができるし、わずかでもたつきを立てることもできる……周囲から受けいれられずに自信をなくしかけていたキキは、すこしだけ自分を肯定して自信をとりもどす。

見方によっては、しごとを通じての「女の子の自立物語」なのだけれど、これが村上龍の『13歳のハローワーク』［村上2003］のように「好きなことをしごとにしよう」というメッセージでないことに、わたしはほっとする。

しごとって？　他人のお役に立つこと。おカネって？　それに与えられる報酬。生活するって？　自分でおカネを稼いで自立すること。そういうシンプルな「真理」が、示される。女の子にとってもあたりまえの「真理」として。あまりに自明だから疑うこともなく示される「はたらいて生きる」という「真理」。そういえば、パン屋のおかみも、キキの母親も「はたらく女」である。森の中の絵描きが作品をおカネに換えている気配はないけれど、その代わり、おそらく不自由に耐えて自給自足の暮らしをしているのだろう。ここには夫に養われている女はひとりも出てこない。

「魔女の宅急便」を開業したキキの前には、親切な客もいじわるな客もあらわれる。世の中は善意のひとばかりではない。そして友情、感謝、試練……ひととおりの世間の波を、キキもかぶっていく。

だが、お決まりの危機が訪れる。

たったひとつのキキのとりえである、空飛ぶ超能力が失われようとするのだ。

それが性のめざめと連動していることを見過ごすべきではない。

ヨソモノの「いっぷう変わった女の子」に、ひとりの町の男の子が興味を抱く。最初はとりあわなかったオクテのキキを「女」にしていくのは、彼女を「異性」としてみる少年のまなざしである。少年に「異性」としての関心を向けられたキキは、しだいにそれを受けいれていく。

ある日、あろうことか、少年はキキをダンスパーティに誘う。ダンスパーティとは異性愛のカップルを誇示する儀式である。そのパートナーに、少年はキキを選ぶ。選ばれたキキは、反発しながらも、その実、まんざらでもない。「着ていくドレスがない」とふつうの女の子なみの悩みを抱きながら、もう心は招待を受ける方に傾いている。

小さな行き違いから、キキは少年との待ち合わせに遅れる。ダンスパーティのために盛装した少年は雨の中を待ち続け、やがて待ちくたびれて帰ってしまう。デートの待ち合わせに遅れたのは仕事を優先したからだ、という設定になっており、ここでもキキの職業倫理の高さが強調される。

そのあとだ、キキが魔女の「神通力」の喪失を経験するのは。同じ頃、故郷を離れてからずっと一緒だったペットのクロネコ、ジジが同じように性にめざめる。隣家のメスの白猫に恋して、キキと同行するより恋人と一緒にいる方を選択するようになる。それと同時に、キキはジジとコトバを交わせなくなる。人間は人間に、ネコはネコになってしまい、それまで同伴者として通じ合っていたコトバが、通じなくなってしまうのだ。ニンゲンのコトバを話すというジジの「超能力」もまた、恋猫の性の季節のなかで失われる。

少女が霊性を持つための条件が「初潮までの年齢であること」「処女であること」と結びついている文化は各地にある。ブルータス、おまえもか、の感がするのは、性にめざめるとともに少女の神通力が失われるという設定が、あまりに定番どおりの展開だからだ。そしてここにも性の匂いを感じないわけにはいかない。

こうして魔女は「ただの女」になる……というふうには、だが、物語は展開しない。

キキも少年も、空を飛ぶことが大好きだ。いや、宮崎監督自身が、空を飛ぶことが大好きだ。そしてキキといい、ナウシカといい、「空を飛ぶ少女」が大好きだ。少女は超能力で空を飛び、少年は人力で空を飛ぶ。キキに関心を持った少年は、人力飛行機の作者だった。

空を飛ぶ！

人間が鳥のように、空を飛ぶ。不可能を可能にしたこのプロジェクトに、宮崎監督いや、少年は取り憑かれる。かれはキキを、飛行船を見に行こうとデートに誘い、その飛行船が事故を起こす。

係留点を離れ、コントロールを失った巨大な飛行船は迷走を始め、ついには町の中央にある高い尖塔に激突して止まる。町でいちばん高い建物へ飛行物体が激突する場面は、見る者にいやがおうにも九・一一のワールドトレードセンタービルを連想させずにおかない。すわ大爆発か、と予期するが、爆発はしない。飛行船の充塡物は、一九三七年に起きたヒンデンブルク号の墜落事故を契機に、引火性のある水素に代わって、不燃性のヘリウムガスに変わっていたからだ。日本では一九二九年の飛行船ツェッペリン号の世界一周に人々はどぎもを抜かれ、さまざまな伝説が生まれた。その後、飛行船は第二次世界大戦に軍事用に用いられたのち、実用目的から離れて、商業宣伝に用いられるようになった。だからこの映画の時代設定は一九三七年以降ということになる。

乗務員や乗客を乗せたゴンドラは、本体外部にあって、衝突のあともつり下がったまま無事だったが、もうひとり、危機的状況にある者がいた。飛行船をつなぐロープにぶら下がったまま、あの少年が宙に浮いたのである。尖塔に開いた時計台の開口部に跳び移るという最後のこころみにも失敗し、ロープにしがみつく力も尽きて、少年はじりじりと落下の危機に瀕していた。

あの子だ！　助けなきゃ。

サブカル評論家、斎藤環が名づける「戦闘美少女」［斎藤 2000, 2006］の系譜に属する魔女のキキは、救済される者ではなく、救済する者の側にいる。ポパイにとってのオリーブ、ピーターパンにとってのウェンディのように、危機にあって「助けてぇえ」と叫ぶだけの無力な存在ではない。

少年を救いたいと思うキキの「念」が、彼女の超能力を取り戻す。人間なみに走って走って、息せき切って現場へ近づこうとするキキは、途中に出会った清掃夫のブラシを「おじいさん、そのブラシを貸してください！　お願い！　必ずお返しします」と借り受ける。

しばらく使っていなかったキキの超能力はさびついている。コントロールもうまくいかない。だが、想いがキキを走らせ、キキは少年のもとへと飛んでいく。

はらはらするシーンのあとは、想定どおりのハッピーエンドだ。力尽きてロープから手を離した少年にキキは空中で手をさしのべ、危機一髪で彼の命は助かる。下界で手に汗を握って見守っていた町の人たちは大喜びし、キキは英雄になる。こうしてキキは町に受けいれられるようになる……この試練をのりこえたキキは、ようやく両親に宛てて「私、この町が好きです」と手紙を書くのだ。

もちろん子ども向けのアニメに、ハッピーエンド以外は許されていない。少年のカラダが墜落し、町の広場の敷石を血で染めてぐしゃぐしゃの死体になる結末なんて、絵にもならないし、そうしてはならない。

だが、疑問が残る。キキがしたことは「人命救助」という人道行為なのか？　それとも「好きな男の子を助けたい」という「愛の行為」なのか？　そのどちらだろう？

キキの超能力は、相手が誰であれ、発揮されたのか？　それとも「あの子」だからこそ、「想い」は「念力」を呼び寄せたのか？

答えはどうも後者のようだ。それというのも危機をのりこえた後日譚に、少年とキキのデートシーンが登場するからだ。足踏みペダルでプロペラを回す人力飛行機の試作に少年は成功し、ブラシにまたがって飛ぶキキと一緒に大空を散歩する。そのふたりを、少年のピア・グループ（仲間集団）の若者たちが、クルマに同乗して追いかける。飛べない少年・少女たちの地元のグループが、キキというヨソモノを受けいれたのは、同じ仲間の少年の、風変わりなガールフレンドとして、ということのようだ。少年とカップルであることが、キキの「指定席」なのである。

こうして異性愛の制度は完成する。

この少年・少女のカップルが、未来の夫婦になるとはかぎらない。キキの修行期間は一年。試練の期間が過ぎたら、キキは両親の待つ家に戻る。キキはそこにも定着しないかもしれない。再び見知らぬ土地を求めて、旅に出るかもしれない。だが、ビルドゥングス・ロマンのゴールには、着地と定住とが待っている。ある日、ある土地で、パパや初恋の少年によく似たべつのやさしい男性と巡りあい、キキは箒を納屋にしまいこんで母になる。そして娘を産んでその子が一三歳になったときに「魔女の掟」を教えることになるだろう。

一三歳。

ティーンエイジャーへの入口。カップル文化のもとではデート・エイジの始まりだ。最初の舞踏会に男の子に手を引かれておずおずとデビューしてから、少女の遍歴が始まる。こちらは性的な遍歴である。出会ったり別れたり、ふったりふられたりしながら、少年と少女は異性愛のコードを学び、いずれ夫と妻になり、父と母になる。そういう将来を予感させる終わり方である。それを先取りして暗示するように、ジジは首尾よく隣家のメスネコと番《つが》い、子猫たちのパパになっている。キキが再び旅立つとき……ジジはもはや彼女に同行しないだろう。

だが、ヘンだ。

キキが超能力を失ったのは、彼女が性のめざめを経験したからではなかったのか？なのに、キキが超能力を取り戻すのは、少年への強い愛だということになっている。その愛は、普遍的な人類愛などではなく（そのように粉飾されているが）、個別的な性愛、テリー・イーグルトンなら情熱恋愛（ロマンティック・ラブ）と呼ぶもの［Eagleton 1982＝1987, 1999］の、そのものずばりではなくとも、少なくともその萌芽というべきものだ。「情熱恋愛」は娘を「離陸 take off」させる。父の抑圧をふりきって、恋人という名のもうひとつの抑圧のもとへと、自発的に……一九世紀のロマンス小説を論じてそう指摘したのはイーグルトンだった。家父長制の重力圏を飛び出すには法外な爆発力が要る。情熱恋愛は娘にその力を与えるのだ、と。そして「離陸」とは文字どおり「空に飛びたつ」ことを意味する。

性のめざめとともに、魔女は「タダのひと」になるはずだったのに、性愛の力が再び魔女をよみがえらせる。おそらく再び旅立つために。立ち止まらないために。

もしこの超能力を失ってしまったら、キキはキキでなくなってしまう。

シミュレーションしてみよう。

もしキキが飛べなくなったとしたら？

飛ぶことは、キキに与えられたたったひとつの能力だ。しかもキキはその能力を他人の幸福のために使うことができる。だが、キキはそれを努力して手に入れたわけではない。魔女の娘として生まれたときに、あらかじめ与えられていたものだ。（ところで魔女の息子は、どうやって生きていけばよいのだろう？）

自分で得たものではないから、自分でコントロールすることもできない。むしろその力に、彼女の方が翻弄される。

他方、少年の人力飛行機は発展途上だが、着実に進化を遂げている。やがてプロペラ機はエンジンを搭載し、零戦にも進化するだろう。少年の技術はどんなに稚拙でも、消えてなくなったりしない。

飛ばなくなった魔女のその後、のモデルがキキの母だ。箒を封印した母は、それでも薬草や薬湯の調合の技術を持っている。魔女はその力をよいことにもわるいことにも両方使える。もともと毒薬をつくる能力を持っているのだもの、それを病気を治す薬をつくる方に利用するのはかんたんだ。キキの母の魔法の薬は、困ったひとたちから感謝されている。キキの母はその技術を、努力して学んだ（ようだ）。そしてその技術の継承がなされないことを、嘆いている。遊び好きのキキが、母からその技術を学んだ様子はない。

キキの母は定住しても技術を持っている。それは彼女から消えてなくならない。キキのママは、パパが外から持ち帰る給料をただ家で待っているだけの妻としては描かれていない。

もしキキが飛べなくなったとしたら？

キキはパン屋のおかみさんになることもできる。飛行機技師の妻になることもできる。医者の奥さんになることだってできるだろう。だが、彼女自身はパン職人でもなければ、飛行機技師でもなく、医者でもない。おかみさんなしではパン屋はやっていけないかもしれないが、パン屋の夫は妻をとりかえることができても、おかみさんは夫を失ってはパン屋を続けることができない。

「飛べない女」を待っているのは、そういう運命だ。

それなら……自分の運命を自分ではコントロールできない超能力だけに委ねるなんて、危険すぎないか？　キキ。

キキ、飛べなくなったときのために、学びなさい、学問と技術を身につけなさい、いったん身につけた学問と技術は、どんなことがあってもおまえから奪われないものだから。NHKの大河ドラマ、『八重の桜』で八重の兄、山本覚馬が妹に向かって、「学べ。これからは学問がぬしの闘いの武器じゃ」と言うように。だれかキキに向かってそう言ってあげるオトナはいないのだろうか、ね？　宮崎さん。

『魔女の宅急便』は、一三歳の少女のイニシエーション・ドラマであり、ビルドゥングス・ロマンだ。

思春期にはいってからの少女の成長の過程は、試練に満ちている。たんに「一人前のおとな」をめざせばよい少年とちがって、性的な存在になるという伏兵が少女を待っている。少年の成長物語と少女の成長物語とは、けっして同じものにはならない。

一三歳。

「空飛ぶ一三歳」のまま、映画を終わらせる宮崎監督は、キキを成長しない「永遠の少女」にとどめておきたい欲望を隠せないようだ。

モテたい男のカン違い

二村《にむら》ヒトシの著書『すべてはモテるためである』［二村1998］の改題文庫版『モテるための哲学』［二村2002, 2012］の解説を、アガリかけたオバサンであるウエノチズコが書くって、どーゆーこと？ オレはモテたいとは思ってるけど、あのウエノチズコにじゃねーよ、と思ってるあなた。そりゃあ、ご不審はもっともです。

それはこんなふうに始まった。

あたしの研究室にはいろんな学生が出入りしていて、しかも他学科、他大学の学生の方が、あたしに遠慮がない。それってあたしと利害関係がないんだから当然だよね。そんな中のひとり、人類学やってる男がふらりと研究室にやってきて、「これ、おもしろいっすよ」と置いていったのが、この本です。

あたしには各分野にインフォーマント（情報提供者）がいて、あたしのために情報をスクリーニング（よりわけ）してくれる、少女マンガならこの人、映画ならこの人、ＰＣ関連機器ならあの人、ってね。情報グルメになるためには、あびるほど大量の情報を消費して、そのなかからカスとカスじゃないものとをよりわけなければならないのですが——だからこそ、グルメ（美食家）はグルマン（大食家）でなければならないのだっ――あたしには少女マンガを月に三〇〇冊読んでるヒマも、月に映画を四〇本見てるヒマもない。そこで情報通のお友だちの登場です。「これ読むといいよ」「あれ見とくといいよ」と言ってくれる信頼できる情報源があると、「ンなら見ようか」ってな気分になる、で、あたしんとこには精選された情報だけが入ってくるってわけです。

でも、ほんとにその道の「通（コノスゥア）」になりたかったら、これは邪道。舌を肥やすためには、いいもんだけを食べていればよい、っていうけど、何がおいしいもんかを知るためには、そうじゃないもんも食べてみて「ちがいがわかる」ことが大事。セックスだってどぶに捨てるようなセックスやってみたら、あーあ、もったいないことしちゃった、って思うから。やっぱ、数こなすことと、オン・ザ・ジョブ・トレーニング（現場での訓練）って、大事ね。あ、脇道にそれちゃった。

で、この本とあたしの出会いがありました。さもなければ、『すべてはモテるためである』というタイトルと、元になった単行本版のどぎついピンクの表紙、二村ヒトシという聞いたことのない著者……の本と、出会うことはなかったでしょう。

その若き人類学徒は、いまどきの若者にはめずらしく「濃い」ヤツで、そいつと『すべてはモテるためである』というタイトルとを結びつけると、そっか、こいつも性欲にハンモンしているのであるな、しかもそれをあからさまに他人に知られたくないのであるな、ということがわかるのであるで、誰かの推薦した本を読む、というのは、その実、その本が推薦に値するという理由からではなくて、それを推薦したヤツがどんなヤツか、理解するために読むのです。だって、万人向けの「良書」

なんて、ないもん。さっき言ったことと矛盾してるけどね。『聖書』だって、読む人によっては、タダの妄想患者のごたくにしか聞こえないでしょう。

というわけで、かるぅーい気持ちで手にとって読み始めたら、お、おもしろいじゃないか、とすっかりはまってしまい、あっというまに最後まで読み通してしまいました。あたしにしちゃあ、めったにあることじゃゃ、ござんせん。職業的に本をつまみ食いする習性ができちゃってるから、表表紙から裏表紙まで、通しで本を読む快楽なんて、かえってめったに味わえなくなった、かわいそーな本の娼婦でござんすよ。

それからというもの、ほうぼうで「ね、ね、知ってる？　二村ヒトシの『すべてはモテるためである』っていう本。おもしろいわよー」と言いふらして歩いたのが、編集者の耳に入った、ということのようです。そのせいで本書『モテるための哲学』の文庫版解説のお役目が廻ってきました。

思えばこの本は、不幸な運命の星のもとにあります。「モテ本」の系列に入っているかぎり、読者とミスマッチを起こすでしょう。だって、この本読んでも、「モテる」ようになったりしないもん。のっけから、こんな本読んでるあなた、だからモテないのよ、って残酷にも宣言しているからです。たとえば、著者と女の人たちとのこんな会話があります。

――こんど、モテない男がモテるようになるための本を、書くことになったのよ。でサー、モテない男っちゅうのは、結局、どうしたらいいのかね？

――まず、そういうたぐいの本を、読まないことね。読んだ時点でダメね。ていうか、本屋で、そういうマニュアル本の棚の前で立ち止まったときに、すでにもう負けてるね。……本が悪いんじゃなくてさ、マジメな気持ちでそういう本さえ読んでりゃなんとかなる、って思ってる感性がさー、とっても、モテない秘訣だよね。［二村 2012: 26–27］

ここを読んだ時点で、「モテたい」動機でこの本を手にとった読者は、本を置くでしょう。この本から得られるのは「モテる」ノウハウではない！　モテようがモテまいが、生きていけるまっとうな人生へのメッセージである！……なんて言っちゃったら、やっぱ、この本を手にとらないだろうなあ。この本、書店のどのジャンルの棚に、置かれるんだろう？　セックス・マニュアル？　生き方本？　人生論？　おたく本？　いっそ哲学書？　大平光代の『だから、あなたも生きぬいて』の隣か、それとも中島義道の『生きにくい……──私は哲学病。』とか中島梓の『コミュニケーション不全症候群』と同じコーナーか。それならそれで大平さんや中島さんの本を買いに来た人たちは、この本を手に取らないだろうなあ。まあ、あたしの「処女喪失」作、『セクシィ・ギャルの大研究』が謝国権の『性生活の知恵』の隣にならんでた、というシャレにならない話もあったけど……。

で、この本が届くべき読者に届くにはどうすればよいか、担当の編集者はどういうジャンルの本づくりをするか、アタマを悩ませたはずなのです。

この本のキーワードは「キモチワルイ」です。これほどずばり、言い得て妙なコトバはありません。あなたはなぜモテないか？　ずばり、それはあなたがキモチワルイからである。

セックスについて語るのに、これ以上、適切なコトバはありません。なぜなら、セックスとは「キモチイイ」ことだからです。

キモチイイことを、キモチワルイ相手とするな。

援交こと援助交際の女の子に言ってやれるせりふは、これに尽きます。

「キモチイイ」セックスと「キモチワルイ」セックスの両方を経験してみれば、「ちがいがわか」ります。グルメであるには、グルマンであることが必要なのと同じこと。そしたら「キモチワルイ」セックスは時間とエネルギーと体力のムダ、と思うようになるでしょう。まっ、どぶに捨てるほど体力がありあまってればベツですけど。

著者は「キモチワルイ」男を何種類かに分類しています。このなかで「キモチワルくない」のは、「かんじのいいバカ」と「考えられる人だが、臆病すぎない」人、の二種類だけです。こういう表現を聞いてもわかるのは、「キモチワルイ」か「キモチワルくない」かは、外見や外から見える指標で判断できないことです。学歴や職業や収入でも、判断できない。持ってるクルマやファッションでも区別できません。だから努力して手に入れようとしても、手に入るもんではない、ということがわかる。

ここにある「キモチワルさ」のリスト、たとえば「かんちがいしてるバカ」「バカなのに臆病」「考えすぎて臆病」のもろもろは、男であることの「自意識のビョーキ」をあらわしています。だからバカにつけるクスリはない。バカは死ななきゃ治らない。これでこの本は終わりです。

たとえばストーカーは「かんちがいしてるバカ」です。セクハラおやじも「バカなのに大胆」なだけの「かんちがいしてるバカ」です。DV男もおんなじです。「臆病なだけのバカ」を、著者は「暗い人」と言いますが、「暗い人」は「キモチワルイ」だけであまり他人に迷惑がかからないから、平和に生きてもらっていいのですが、「かんちがいしてるバカ」で、「バカなのに大胆」でおしつけがましい手合いがこの世の中には多すぎて、女はとっても迷惑しています。でも、こういうのはまだ、わかりやすいバカです。

ここまで読んでも、「いままでのは、ひとつもオレのことじゃねー」と思ってるあなた。著者は、そういう「あなた」に、「あなたが、いちばん臆病でバカな男です。バカ中のバカ」とだめおしをします。「それなのにモテない」のは、あなたが「キモチワルイ」から。それに気がついていないのはあなただけ、と。

そういう「あなた」が守ってるのは「自分のプライド」。そう、男であることの「自意識のビョーキ」とは、このプライドのことなのです。ニホンゴでは男の「コケン（沽券）」とも、言いますが。

女が生きのびていくための「女らしさ」のスキルは、あげてこの「男の自尊心のお守り」にかかっています。上目使いの笑顔の後ろで、アーァ、とあくびを噛《か》み殺しながらね。だって、財布とツラの皮の厚い男から、カネと力をかすめとるには、少々相手がキモチワルくても、ガマンするしか、しかたないじゃない。

で、著者はあなたに聞きます。モテたい、ってどういうこと？

「いったい、あなたは、なぜモテたいと思うのでしょう？」

「あなたは、どういうふうにモテたいのでしょう?」

著者が言うとおり、とばして読まないよーに!

結局、カネや地位や学歴やクルマや外見やもろもろで「女性にモテてる」のはモテるうちに入らないと思ったら、そして右にあげたもろもろの「モテる」ためのグッズを自分が備えていないと思ったら、「モテる」ってのは、ひっきょう、自分が「キモチワルくない」ってことを、だれか他人が保証してくれる、ってことなんでしょう、と著者は言います。引用しましょう。

「あなたや僕が、女性に『モテたい』と思うのは(あるいは「やりたい」と思うのは)どう考えても、ただ単に性欲のせいだけじゃ、ないですよね。

きっと人間は、他人から『あなたは、そんなにキモチワルくないよ』って、保証してほしいんです」[二村 2012: 101]

うーむ。人生の奥義を、こんなにわかりやすいコトバで言えるおまえは何者じゃ。

「『やらせてくれ』(中略)って他人に言うのは、そういうことです」「あんまり浮世の義理がからまない、よく知らない女の子がやらせてくれたら、それは、あなたがキモチワルくなかったんだ、ってことになります」[二村 2012: 101–102]

なーるほど。セックスってやっぱ、リスクとストレスの多い行為ですからね。キモチワルイ相手とじゃ、やってらんないでしょうよ。それに「浮世の義理のある」相手に迫って、何がおもしろいのかね。イヤと言えない相手に迫るのが、セクハラってゆーもんで、あれはモテない男の典型がするもんです。

しかも、「ナマミの女」はひとりひとり違います。何が「キモチよく」、何が「キモチワルイ」かは、人によってちがう。たとえば「自分のキモチワルさと格闘している女」が「同志」って感じで「好み」だと、著者は言っています。これは「自分のキモチワルさと格闘して」きた著者ならではの、含蓄の深いせりふです。ここまでくると、ほやとかこのわたが好き、っていう上級編で、苦いもンやくさいもンにも、それなりの味わいがあるっていうもんです。これなど、場数をこなしてきた著者ならでは、ですね。

この本には、実に生きる上での含蓄に富んだ味わい深いせりふがいくつもあるのですが、これぞきわめつき、というせりふはこれでした。

著者は「あなたには、ちゃんと自分で選んだ、自分の居場所があるか?」と問いかけます。そしてこう言うのです。

「〝あなたの居場所〟というのは、(中略)『あなたが、一人っきりでいても淋しくない場所』っていうことです」[二村 2012: 94]

これ、ツボにはまったね。うーん、しびれました。

この一行を読むためだけにでも、あなたはこの本を手にとったねうちがあるでしょう。

モテても、モテなくても、あなたは生きていける。なぜなら、あなたが「キモチイイ」かどうかを決めるのは、あなた自身だから。こんなにポジティブなメッセージがあるでしょうか。

モテてもモテなくてもいい。セックスはしても、しなくてもいい。マスターベーションだって、キモチよければそれでいい。他人とやりたければ、相手にとってキモチワルくない男になりましょう。そのためには相手の身になって考えましょう。最低限、「望まない妊娠」という暴力は、冒さないようにしましょう。だから、コンドームは必携ですね……。

「二村監督と、また一緒にお仕事したいわ」と、ＡＶ女優さんたちは言うそうです。さも、ありなん。あたしだってもっと若ければ……なぁーんてね。

「全男性必読の書」なんて、あのウエノチヅコが推薦したら、この本、かえって売れなくなるでしょうか。

男なのに、フェミニストです

「男なのに、フェミニストです」とか「男のくせにフェミニストなの？」とか言うのを聞くと、その他人《ひと》ごと感にイラッとする。そうだよ、あんたのことだよ、これはあんたに宛てたメッセージだよ、と言いたくなる。

チママンダ・ンゴズィ・アディーチェ流に『男も女もみんなフェミニストでなきゃ』［アディーチェ 2017］と言うなら、フェミニストでないひとたちをどう呼ぶか？

セクシスト（性差別主義者）というのだ。

セクシズムって男と女の非対称な関係のことだから、これから自由なひとはいない。このなかでは、ひとは加害者であるか被害者であるかのどちらかだ。いや、もうひとつ、忘れてた。傍観者っていうのがあった。二〇二一年の初め、東京五輪・パラリンピック組織委の会長だった森喜朗さんが「女性が入る会議は時間がかかる」と発言したとき。周囲から笑いが起きた。そうだよ、笑ったあんたは共犯者だ。その場にいて言葉を呑みこんで沈黙したひとたちもいたと思う。沈黙だって暗黙の同意だよ。だから、この問題に「中立の立場」なんて、ほんとうはない。傍観者と見えるひとたちは、その実、共犯者なんだ。

『私は男でフェミニストです』［チェ 2021］の著者、チェ・スンボムさんは一九八四年生まれ。韓国でベストセラーになった『82年生まれ、キム・ジヨン』［チョ 2018］と同世代、もしかしたらキム・ジヨンの夫になったかもしれない男性だ。結婚してもうじき子どもが生まれるとあるから、相手はキム・ジヨンの世代の女性だろう。

彼がフェミニズムに目覚めるのは母親の人生から。

「大韓民国で女として生きるのは、なんと不名誉で、不愉快で、みっともなく、惨めなことだろう」という人生を生きた母を、彼は「惜しまず与え、絶えず受け入れてくれる人、他人にとっての感情のはけ口として生きてきたのに、みずからの感情は誰にも吐き出せなかった人」と形容する。

「母はどうしてあんなにつらい生活に耐えているのだろう。母はなぜ私に無条件に優しいのだろう。（中略）男をフェミニストにする最初の地点は、母親の人生に対し、自責の念を抱くことにある」と彼はいう。

「母の人生を犠牲にして大人になったボク」が、「父殺し」のエディプスではなく、「母虐待」の阿闍世王になるというのが、日本の男の成熟を説明するアジャセ・コンプレックスだった。男が大人になるには、「母の苦しみ」が代償として支払われているというところは、日本の男ととてもよく似ている（ちなみに、母が「苦しむ母」でなくなって「支配する母」「虐待する母」などの「毒親」になったら、日本と韓国の男たちの「成熟」はどうなるのだろう？　心配である）。

だが、アジャセは、長じて後、フェミニストの男性になるとは限らない。それどころか、しばしば家父長的な夫になる。

妊娠を知って悩むキム・ジヨンに、夫はやさしく声をかける。「だいじょうぶだよ、産んだらすべてうまくいく」……それを聞いたキム・ジヨンは、ぽつりとこう言うのだ、「で、あなたは何を失うの?」[チョ 2018: 128–129]。たぶん、キム・ジヨンと同世代の「やさしい夫」たちは、こういう鈍感さのなかで生きている。彼らは母から学ぶことはあっても、妻から学ぶことは少ない。

じゃ、チェ・スンボムさんはキム・ジヨンの夫ではなく、もしかしたら息子なのだろうか? 作中のキム・ジヨンは追いつめられてメンタルを患う。あの小説自体が、患者として精神科医のもとへやってきたキム・ジヨンの長い独白というスタイルをとっている。小説の結末でこのタネ明かしを知ったとき、唖然とした。女は追いつめられて精神を病まないと、ホンネが言えないのか、と。

もしキム・ジヨンの産んだ子どもが息子だったら……その息子は、チェ・スンボムさんのようになるだろうか? キム・ジヨンは日本でも女性の読者に大きな共感を得たが、正月の夫の実家への帰省とか、嫁姑の関係とか、日本ではもうこれはないだろ、というところもあった。韓国のTVドラマではしばしば妻が夫に敬語を使っているそうだが、いまどき日本ではこんな夫婦は絶滅しているだろう。

韓国のジェンダー事情は日本より遅れてるんだろうか?

だが、韓国の変化は、日本よりずっと早い。二〇〇五年に韓国は日本が持ち込んだ戸籍制度をさっさと廃止し、政府内に日本にはない女性家族省を設置し、二〇一〇年には日本では成立が望まれているのにまだできない性暴力禁止法を成立させた。

今や韓国でフェミニズム・リブート（再起動）を牽引している「一九八〇～一九九〇年代生まれの女性」たちは、少子化世代で「家庭内では息子以上に可愛がられ、学校でも息子たちより抜きん出た世代だ。何にでもなれ、どんなこともできるから、自由に夢見ろと教えられた」女性たちだ。日本でも事情は同じ。「自分ファースト」で、「こんな不当なことをわたしがガマンする理由はこれっぽっちもない」という女の子たちがぞくぞく登場している。その彼女たちが、日本でも「#MeToo」運動や「#わきまえない女」といったオンライン・アクティビズムを盛り上げた。

本書で紹介されているソウルの大学の「反性暴力自治規約」はうらやましい。

「欲しがらない人にはお酒を勧めない。
他人にお酒をつぐようにと要求しない。
身体的な接触をしない。
卑猥な冗談を言わない。
個人の身上に関する質問をしない。
外見を褒めたり、けなしたりしない。……」

うう、日本の大学にもほしい。職場にも飲み屋にも電車のなかにも、あらゆるところに張り出してほしい。ステッカー作って張り付けてほしい。カードにして携帯してほしい。

著者は男子高で教える男性教師だという。彼もフェミニズムは自分にとって「非当事者運動」だと言う。そして「男はフェミニストになれるか？」と問いを立てる。おいおい、あんたもフェミニストか、さもなければセクシストであるかのどちらかなんだよ。当事者でないわけがない。

そんな彼が、男だから、男子相手だからこそ、できることがある。

「男性フェミニストとして機能したいなら、……男と対話しよう」

そう、そうなんだよ。性差別って、差別する男の側の問題なんだから。

そして「もどかしいことだが、男は男の言うことをよく聞く」のはそのとおり。森元会長の性差別発言が出たら、その時その場で、男のあなたがイエローカードを出そう。痴漢冤罪を言い立てる前に、「おまえたちみたいな男がいるから、ボクたちが迷惑するんだ」と男から痴漢の男に言おう。男の子たちは、オジサンよりメッセージを受け入れやすいだろう、なぜって彼らはまだ特権も味わっていない上に、「子どものくせに」と差別される弱者だから。男の加害者意識を目覚めさせるには、まず彼らの被害者意識を掘りおこすのが先、というのも、セオリーどおり。男だってつらい、それを力で補償するんじゃなくて、弱さを認め合おう……今でも徴兵制のあるあのマッチョの国、韓国から、こんな男性フェミニストの本が生まれたとは感激だ。

誰にも、男にも女にも、被害者にも、加害者にも、そして傍観者にも、ならないでほしい。それが本書から受け取ったメッセージである。

4　文学と社会学のあいだ

東アジア儒教圏の負け犬たち　酒井博士の比較社会学

酒井順子さんという書き手に最初に注目したのは『少子』［酒井 2000, 2003］でした。女はなぜ子どもを産まないか？　……痛いから、というミもフタもない答え、ホンネのようでいてそれ以上の追究をゆるさない韜晦《とうかい》のうまさにもうなりました。

それから彼女は『負け犬の遠吠え』［酒井 2003, 2006］で大ブレークしました。文庫版も合わせると合計四二万部。「負け犬」は社会現象ともなりました。

その彼女が東アジア儒教圏、日中韓三国の「負け犬」比較をしたのが本書『儒教と負け犬』［酒井 2009, 2012］。おもしろくないわけがありません。なのに、意外と読まれていません。単行本の発行部数は、大ベストセラー『負け犬』には遠く及ばないそう。文庫になるのだから、ぜひ多くのひとに手にとってもらいたい……そう思って解説を引き受けました。

まず着想に度肝を抜かれます。

酒井さんは少子化・晩婚化が共通にすすんだ、東アジア三か国に注目します。その共通点はなんだろうか、と考えます。そしてその原因は「儒教じゃないだろうか」と仮説を立てます。それをひっさげてソウルと上海へと取材の旅に出かけます。インタヴュー調査だけでなく、各都市で二〇〇名ずつのサンプルをとって、アンケート調査まで実施します。ずいぶんテマヒマのかかった調査です。そしてその結果を分析します。

酒井さんがサンプルに日中韓三か国でなく、東京・ソウル・上海の三都市を選んだのも大当たりです。なぜならこれまでの調査によると、「負け犬」女性は大都市圏に集中して棲息することがわかっているからです。大都市にはシングル女性が働く雇用機会がたくさんありますし、世間の目もシングル女性に寛容です。結婚しない女に対する風当たりの強さには地域差があります。もしかしたら東京とソウルの違いより、東京と地方都市のちがいの方が大きいかもしれません。

日中韓の三か国はいずれも漢字文化圏。酒井さんの『負け犬』は、中国語にも韓国語にも翻訳されましたが、その訳語が微妙に異なっています。中国では「余女《ユーニュイ》」、韓国では「老処女《ノチョニョ》」。この訳語を見るだけでもうーむ、とうなってしまいます。中国ではもう少し前までは「大齢女性」とも呼ばれていました。そういえば日本では「老嬢」ということばもありましたっけ。かのシモーヌ・ド・ボーヴォワールさんも、サルトルと結婚していないばかりに老いても慇懃《いんぎん》無礼に「マドモワゼル」と呼ばれたとか。ちなみに同じく漢字文化圏で、酒井さんが扱っていない台湾では「敗犬女王」。笑いました。「負け犬」は、負けたふりをしているけど、ちっとも「負けて」なんかいないことが、この訳語からはみごとに伝わります。

この三か国のもうひとつの共通点は儒教文化圏です。儒教って言われてもねえ……ぴんと来ない、と多くの日本人は思うかもしれません。

儒教についてはこんなジョークがあります。中国人は儒教を生んだがさっさとそれを外国に輸出し、日本人は儒教を輸入したがタテマエとホンネを使い分け、韓国人だけがタテマエ通りに儒教を守っている、と。

儒教には男尊女卑や長幼の序、孝養の徳や仁義の道などが説かれています。女にとっては「女大学」や「婦道」を説く、抑圧的な道徳と考えられています。思い出すのは「子曰く、唯《ただ》女子と小人は養いがたし」なんていう文句。ほかには「三従の教え（幼くして父に従い、長じては夫に従い、老いては子に従う）」とか「女三界に家なし」とか、今ではあきれ果てるようなせりふの数々のオンパレードです。

ところが江戸時代に「女大学」をまじめに守っていた女はほとんどいないことがわかっています。「貞女は二夫にまみえず」と言われながら江戸時代の離婚率は高かったこと。それも女の側から請求した離婚もけっこうあったこと。出戻りも再婚もへいちゃらだったたし、処女なんて探してもめずらしかったことなど。日本て、タテマエとホンネのギャップを平然と生きてきた社会のようです。

「儒教」はフェミニズムの用語でいうと、東アジアの家父長制イデオロギーと言いかえることができるでしょう。たしかに西欧でもドイツやポルトガルのように男のいばっている社会ほど、少子化・晩婚化がすすんでいるという国際比較のデータがありますから、酒井さんの仮説は当たっているかもしれません。

いよいよ酒井さんは東京の「負け犬」、ソウルの「老処女」、上海の「余女」の比較研究にのりだします。データの詳細は本書を見てください。それを読むだけでもへええ、ふーん、と「近くて遠い隣国」との共通性や違いに、驚いたり、納得したり。

そして彼女の結論はこうです。

「東京負け犬は、色々な人と付き合ってはきたけれど今は恋人がいない、もしくは恋人がいたとしても何となく付き合っている。一人暮らしなのでセックスは割と誰とでもやってしまい、不倫も経験あります、というイメージ」

「ソウル老処女は、実家暮らしなので普段はあまり遊ぶことはできないし恋人もいないのだけれど、セックスに対する興味は少ないわけではないし、不倫も誘われたらしてしまうかも、という感じ」

「上海余女は、『この人とは結婚できない』と思うような男とは無駄なので交際しないし、簡単にセックスもさせない。当然、不倫などしても何ら得にはならないので、そんなこともしない、という存在」［酒井 2012: 204］

「（セックスに＝引用者注）ゆるすぎる負け犬、迷いすぎる老処女、強すぎる余女」……これが酒井さんの三都比較です。

比較は何のためにするか、といえば、結局はおのれを知るため。比較という手法を通じて日本の

「負け犬」とは何者なのか？という問いが浮かび上がってきます。そうやって酒井さんがたどりついた「負け犬の自画像」は、以下のようにいささか気の滅入るものでした。

「ロクに働きもしない、明らかなダメ男とついセックスをしてしまったことによって交際を始め、しかしいったんできた恋人は貴重な存在だし、男に主導権を握られるのも嫌いではないので、相手の言うことを何でもきいてしまい、時にはお金を貸したり殴られたりして、『何でアタシ、こんな人と付き合ってるんだろ……』と思いながらもズルズルと付き合ってしまう」という、「負け犬の姿」［酒井 2012: 223］です。

そう言えば……と思い当たるひともいるでしょうね。

負け犬と老処女は近いが、老処女のほうがロマンチックラブ幻想が強く、男に要求するものが大きい分だけ貞操堅固。つまりタテマエを忠実に守りながらゆらいでいる様子が見て取れます。負け犬は対等意識を持ちながら、男にリードされたいホンネが隠せない股裂き状態。余女は徹底した合理主義者。自分のトクになることしかしません。中国男性は強すぎる余女を怖れて選ばないのかもしれません。性別産み分けを実行しているらしい中国では男余り現象が起きて、花嫁不足なのですが、彼らはその代わり、地方や外国から「従順な花嫁」を買ってきたりします。この結果を見ていると、儒教の各国ヴァージョン、中国では有名無実、韓国ではタテマエどおり、日本ではタテマエとホンネの谷間に当人たちが落ち込んでいる……ことが、まんまあてはまるような気さえしてきます。

この調査結果から得た「発見」の教訓まで、酒井さんは提示しています。「要求力も拒否力も低かった東京負け犬」に対して、「日本女性は、もう少し要求と拒否をした方がいいんじゃないか」と提案します。要求力と拒否力とがともに高い上海余女を見て、「過剰なほど強い感じ」を持ちながら、酒井さんはこう言います。

「彼女達と我々とどちらが幸福なのかといったら、たとえ恐がられようとも、言いたいことを全て言っている方なのかなぁという気も、してくるのでした」〔酒井 2012: 225〕

つまり本書は日本の負け犬に対する自立へのメッセージなんですけど、それを最初から唱えてしまえばこれはフェミニズムの本、で終わり。酒井さんのすごいところは、データを示して根拠を挙げながら、比較考察して、結論を納得させてくれるところです。

それだけでなく、そのメッセージを伝える文章の芸のうまさ！　読み終わる頃には、日本の社会の女と男のあいだの「うっすらとした不幸」の原因が、腑に落ちてきます。

ふーむ。と～っても社会学的！

酒井さんにはこれで博士論文を書いてもらいたいくらいです。社会学者、酒井順子博士が誕生することでしょうに。

酒井さんにこういう本を書かせた編集者の企画力もたいしたものです。学術論文なら読まれないこんな書物が、多くの人に手にとってもらえるのは著者の力量と編集者の仕掛けのたまもの。

文庫の売れ行きを祈りましょう。

女たちの「処女生殖」の夢　川上未映子が越えた深淵

川上未映子の『夏物語』［川上 2019, 2021］は、夏目夏子の物語、そして女の夏、太陽が天心にあって孕み産む充実の季節の物語。

女のライフイベントで出産に勝る重大なイベントはない。年長の女性たちを対象に、これまでの生涯でもっとも記憶に残る経験は何ですか？という問いに対して、最も高い頻度で挙げられるのは、最初の出産経験であって、結婚式などではない。出産の感動の前には、結婚式の喜びなど、霞んでしまうようだ。出産をした女性の表現者が、自分にとってもっとも切実なその経験を、きちんと言語化しようとしないのを、不審に思ってきた。

生まれることに自己決定はない。だが産むことには自己決定がある。この目も眩むような非対称を、どうやって埋めればよいのか？　母になる女たちは、この暗渠《あんきょ》をどうやって越したのか？　どうすれば、そんな無謀で勝手な選択ができるのか？

わたしはその暗渠の前で、立ちすくんだ女だ。作者の川上はその暗渠を飛んで、子どもを産んだ。実生活で結婚し出産した川上が、自分の経験をどのように作品化するのか、わたしは心待ちにしていた。川上は、主人公の夏子、一度は暗渠の前で立ちすくんだ女に、物語のなかで暗渠を飛ばせてみせる。

妊娠が自然の手に委ねられている時代には、こんな問いはなかった。避妊法を知らず、運命のように妊娠し、母になる宿命を受け入れるほかなかった。だが、妊娠と出産が人為的にコントロールできるようになると、子どもは「授かる」ものから、「つくる」ものになった。そこに生殖技術が介入すれば、子どもはますます「努力してつくる」ものに変わった。そして「母になること」が、いまだに女の「上がり」と思われている社会では、子のない女は「なぜ努力しないの?」と問われるようにさえなった。

夏子はセックスを受け付けないシングル女性。パートナーはいない。三八歳という年齢の設定は、バイオロジカル・クロックの期限が迫っていることを示す。一度だけ小説が売れたことのある、売れない、書けない作家。社会的にはおよそ母になる条件がそろっていない。

その夏子がAID(人工授精)という方法で、母になろうと決意する。生殖技術は、本人の自己決定がなければ適用されない。あらゆる悪条件にもかかわらず、母になることを自己決定する主人公を設定することで、作者は、「産むこと」の自己決定とは何か?という、怖ろしい問い、だが、これまでほとんどの産んだ者たちがスルーしてきた問いに、正面から立ち向かう。その答えは、わたしを納得させただろうか?

物語の前半は、夏子の濃密な家族関係が描かれる。川上は芥川賞受賞作『乳と卵』〔川上 2008, 2010〕で、女が成熟した女の肉体を持つようになることに、激しい嫌悪を示した。その復元のような大阪弁の導入部で、作者は自分史をふりかえる。かつて姉の身体に嫌悪を示した妹だった主人公は四〇代に近くなっており、その思春期の少女の嫌悪を、姉の娘の緑子が代弁する。世代はめぐったのだ。巻子と夏子の姉妹の母は、シングルマザー、巻子自身もシングルマザー。夏子も、セックスなしのAIDでシングルマザーになろうとする。

そういえば、『夏物語』には、女たちばかりが登場する。夏子の担当編集者である仙川涼子はシングル、友人の遊佐リカはシングルマザー、AIDシンポで出逢った善百合子もシングル、夏子のかつてのパート仲間も女性ばかり。男性は、かつての恋人でセックスがうまくいかなかった成瀬くんだが、彼は回想のなかでしか登場しない。生身の男はAID当事者の逢沢潤だけで、彼との淡い交情のあと、セックスなしで精子の提供を受けるが、父になるわけではない。

川上は産むことをめぐって、肯定と否定の両極端の人物像を造型してみせる。

ひとりは夏子の友人の遊佐、バージニア・ウルフを研究する英文学者として戯画化して描かれる大学教員の夫を捨てて、シングルマザーになることを選んだ女性だ。経済力も実家の支援もあり、夫に依存する理由はない。その遊佐が子どもを産んで、こう言う。というか、子どもを産んだ遊佐に、作家はこう言わせる。

「子どもを産むまえのわたしは愛のことなど、何も知らなかったこと。世界の半分が手つかずだったこと。子どもを産まなかったらと思うと心の底からぞっとする。こんなふうな存在があることを知らないままだった可能性があると思うと、それだけで恐ろしい気持ちになる。(中略)これは何ともくらべることのできない最大の贈りものだった。何にも替えられない、わたしの人生において、これ以上の出来事はない、存在はない」

手放しの母性賛歌である。

他方、性虐待を受けてきた善百合子に、こう言わせる。

「もしあなたが子どもを生んでね、その子どもが生まれてきたことを心の底から後悔したとしたら、あなたはいったいどうするつもりなの」

「どうしてこんな暴力的なことを、みんな笑顔でつづけることができるんだろうって。生まれてきたいなんて一度も思ったこともない存在を、こんな途方もないことに、自分の思いだけで引きずりこむことができるのか、わたしはそれがわからないだけなんだよ」

「子どものことを考えて、子どもを生んだ親なんて、この世界にひとりもいない」と善に言わせる作家は、産むことのエゴイズムを熟知している。

産むことを「とりかえしのつかないあやまち」と呼んだのは、戦後最大のニヒリスト、埴谷雄高だった。この観念小説のような思考実験のなかで、主人公の夏子に作者はこう言わせる。

「わたしがしようとしていることは、とりかえしのつかないことなのかもしれません。（中略）こんなのは最初から、ぜんぶ間違っていることなのかもしれません。でも（中略）間違うことを選ぼうと思います」

だが、間違いのツケを支払うのは、生まれた子どもたちの側なのだ。

出産の感動のなかで涙を流しながら、夏子はこう感じる。

「その赤ん坊は、わたしが初めて会う人だった。思い出のなかにも想像のなかにもどこにもいない、誰にも似ていない、それは、わたしが初めて会う人だった」

人が人をこの世にあらしめる、この目の眩むような、神をも怖れぬふるまいを、女たちはやってのける。「何もこわくない」と。

夏子が産んだ子どもは娘だった。娘でしかありえない。この世界に男の居場所はないのだ。産むこと、生まれることについて考え続けるのは、なぜ女ばかりなのか。

作者はわたしの疑問に答えてくれなかった。答えは、たぶん、ない。ないことを、作者は自覚している。だが、それでも女たちは目をつむって暗渠を飛び続ける。いつまで？　暗渠の前でためらう女たちに、母になった女たちは、いったいどんなメッセージを送るのだろうか？

川上未映子は、自分が立てた問いの前に、立ち続けなければならない。

母性賛美の罠　父の不在と母の過剰

戦後最大のニヒリストと言われる埴谷雄高は、「とりかえしのつかないあやまちは？」と問われて「子どもをつくること」と答えた。その言葉通り、彼は生涯親にはならなかったが、避妊をせずにセックスし、妻は何度も中絶を繰り返した。中絶を避妊法の一種とカン違いした野蛮な時代だった。のぞまない妊娠を後悔するひとはたくさんいる。中絶でそれを取り消すことはできる。ためらいや迷いから先延ばしにすれば、時は容赦なく経過して胎内で生命が育つ。出産を後悔するひとがいても不思議ではない。だが母になったとたん、「母親になって後悔している」という感情は封印される。それはあってはならない感情、社会が女に決して許さない感情だからだ。ないこととされた女の経験のタブーに大胆に挑んだのが『母親になって後悔してる』［ドーナト2022］である。著者はイスラエルの社会学者、子どもを産まないと決意した女性だ。「今の知識と経験を踏まえて、過去に戻ることができるとしたら、それでも母になりますか？」という問いにノーと答えた二三人の女性を対象にした。二〇一六年に刊行された本書は注目を集め、すでに一二カ国語に翻訳され、ようやく日本語でも読めるようになった。

子どもを産んだ後にも「子どもが好きになれないのよねえ」とか、「赤ん坊のうんちだって臭いものは臭い」と口にする母親たちが登場した。「あんたなんて産むんじゃなかった」と子どもに告げる母親だっている。子どもを虐待し、ネグレクトし、あまつさえ死に至らしめる母親もいる。本当は子どもに対する母親の感情はアンビヴァレントなのだけれど、「後悔」は禁句。あっても一時の迷いで、最後には「母になってよかった」「子どもは宝物」と肯定するしか選択肢がないのが女の経験なのだ。そして母にならなかった女は、規格ハズレの欠陥品と見なされる。

他方、男はかんたんに父になったことを後悔し、なかったことにしようと逃げることに全力を尽くす。そしてまんまと逃げおおせる。父になったことを忘れさえする。「父親になって後悔している」男に対して、社会はおそろしく寛大だ。

著者ドーナトの研究が貴重なのは、女性が「自分の思考、感情、想像力の所有者」すなわち人生の主体であるべきだからだ。あってはならない感情に場所を与えたのは、聴き手がいたからこそである。「後悔している」母親たちは、夫にも子どもにも言わなかった感情を、ドーナトに対しては告げたのだ。

そして社会がこの感情に許可を与えない理由はこうである。

「母が他者のために存在する客体であることに依存する社会にとって、彼女たちがそこに留まらないことは、あまりにも恐ろしいことだからである」

母性に対するネガティブな感情は、その裏返しのあらゆる母性賛美の持つ罠《わな》と強制力とを陰画のようにあぶり出す。本書は、「母親になって後悔している」例外的で逸脱的な女性についての本に見せかけて、その実、母親になってしまった女たちが抑圧し封印している感情や経験が見えてくる。母であること、は、いまだ解き明かされていない巨大な謎なのだ。女の経験はまだほんとうには語られていない。

熊本には「母親になって後悔している」女性のための「こうのとりのゆりかご」がある。賛否両論を招いたというが、あっていいではないか、後悔が新たな命の抹殺につながらなくてすむように。いつも思うのは、親がなくても子は育つ……しくみを、社会が用意すべきだということだ。

補遺　産むこと・産まないこと

「子のない女の世は闇よ」――かつてからゆきさんだった老女のこのことばを書き留めたのは森崎和江だった。苛酷な性労働で「産めない身体」になったその老女は、自分の運命を呪った。同時代の女たちが次々に五人も六人も孕み、産み、場合によっては九人も一〇人もの子どもの母になった時代だった。子どもは親にとって重荷でもあったが、同時に誇りでも、喜びでも、宝物でも、老後の保障でもあった。ときには売り渡してお金に換える財産でもあった。

たかがセックス（！）をしたばかりに予期せぬ妊娠をし、自分とは別の生命が容赦なく胎内で育ち、逡巡するまもなく引き返せない段階に到達し、味わったことの無い体感にゆさぶられながらある日、見知らぬ生命体が生まれ出る。母親になって後悔している女はたくさんいる。妊娠したとわかったときに、それをなかったことにしようとキャンセルを選ぶ女もいる。生まれ落ちたとたんに嬰児殺しをする女もいる。子どもの虐待死の半数近くはゼロ歳児の赤ん坊だ。産んでしまってから子を捨てる女も、子を殺す女もいる。少なからぬ数の女たちだ。これだけの現実があるのに、なぜ社会は「母親になって後悔してる」（ドーナト）と女が発言するのを許さないのだろうか？

母親にならずに後悔する女も、母親になれずに後悔する女もいる。人は一回きりの人生しか選べない。母親になることが女の運命であり、人生の上がりであり、人格の完成であると考えられている社会では、母親にならない／なれない女は女の欠陥品、規格はずれである。したがって母親になれない女は哀れまれ、蔑まれる。母親にならない女は批判され、攻撃される。「母親にならないことを選んだ」と公言するドーナトは、ために激しい非難を浴びた。「母親になって後悔してる」と産んだ女が口にすることが許されないように、その裏返し、「母親にならなかったことを後悔していない」と産まない女が口にすることも許されていない。

父親になって後悔している男はたくさんいる。彼らは妊娠を否認し、疑い、女を責め、逃げ隠れする。子どもが生まれた後も子どもを捨て、忘れ、逃げおおせる。その「父親になって後悔してる」男たちを世間は責めない。

いつから子どもは「授かる」ものから「つくる」ものに変わったのだろうか。子を「つくる」ことには、選択と責任が伴う。長いあいだ、女は運命につかまれて妊娠し、出産し、否応なしに親になり、その運命を受け容れてきた。望まない子どもを授かることもあれば、子どもを望んだからといって思い通りになるとはかぎらない。不妊の原因は男女半々にあるが、それも運命として受け容れてきた。生殖技術が進んだばかりに、子どもは努力して得るものになり、「手段があるのに、なぜ努力しないの？」と責められる。場合によっては他人の精子や卵子、果ては胎《はら》を借りてまで産んでもらうものになった。

子を「つくる」と言いながら、その実多くの人びとは、親になることを自覚的に選択してすらいない。多くの男女は、大人になったら結婚はするもの、子は産むもの、となぜ子をなすのかを問われることもなく、慣習にしたがって親になる。なぜ子どもを産んだのか、と問われて答えられる者はいるだろうか？「そういうもの」「あたりまえだから」「なりゆきで」、「夫の親に頼まれたから」というものもある。選ばなくとも、運命と慣習にしたがって親になれた時代は、かえって幸せだったかもしれない。

これに反して子をつくらないことは、とことん選択できる。妊娠しないと決めた女は徹底的にそれを選ぶことができる。「まちがって」妊娠した女は、その実、「まちがえたかった」から「まちがった」のではないかとわたしは怪しむ。

わたしは運命と慣習に抗って、子どもをつくらないことを選択した女だ。その選択にまったく後悔はない。親になることばかりが成熟への道ではない。だがわたしの選択に人類の運命を変える力はない。わたしひとりが産んでも産まなくても、生命は続いていくだろう。たとえ日本人が絶滅しても、人類は続くだろう。そして産んでも産まなくても、わたしの前にいた人びとと、わたしの後に続く人びとに対して、わたしの責任はなくならない。

カール・マルクスは『資本論』のなかで、生殖を「他人をつくること」と喝破した。人間が人間を「つくる」……その事実にわたしは畏れを感じすぎた。おそらく未来は「畏れを知らない」人びとがつくるのだろう。

長島有里枝が書きかえた写真史のher story

告発の書

全編、怒りの書である。

写真を含めた非言語アートは、結局言語によって定義されなければ歴史にならない。本書はタイトルに『「僕ら」の「女の子写真」からわたしたちのガーリーフォトへ』〔長島2020〕とあるとおり、マンスプレイニング（男が上から目線でする説教）によって定義された写真史を、当事者の視点から語り直す試み、いわば写真史を書き換える挑戦である。

この怒りはどこかで見た覚えがある、と思ったら、小谷真理の「テクスチュアル・ハラスメント」への告発を思い出した〔長谷川2002〕。ＳＦも写真もジャンルとしては新しい領域、そこに参入してきた女たちが男からどんなめに遭わされるかの、克明な証言である。いや、それ以前に、文学や芸術、学術の世界でも、女の業績がどんなに不当に貶められてきたかを告発する声は、枚挙にいとまがない。ついに写真というジャンルにも、告発の書が出たというべきだろうか。しかもジェンダー研究の厚い蓄積と理論武装を伴って。本書は武蔵大学へ提出された修士論文をもとに書かれた。著者自身が論じられる対象の一部であるという点で、学術論文であると同時に当事者研究でもある。そして何よりも怒りと告発の書である。

まえがきの一行目から、「当事者から、異議を申し立てます。」とある。異議申立ての宛先は、飯沢耕太郎をはじめとする写真批評および写真界の男性重鎮たち、そしてその尻馬にのった男性メディアとその男性ライターたち。そのなかで「ものわかりのよさそうな」「良心的な」男たちさえ、例外ではない。彼らのうち、著者の挑戦を受けて立つ者はいるだろうか？ それとも卑怯未練にも、逃げ隠れするだけだろうか？ 本書で名指しされた者のうちの、誰かの書評を読んでみたい。

本書の「執筆の動機」を著者はこう書く。

「なによりも若かったわたし自身と同輩の写真家たちが、自分たちの表現を不本意なかたちで批評されながらも、年齢も社会的権力もはるかに上の男性（と何人かの女性）たちに反論することができなかったあの苦々しい気持ちに整理をつけ、失った自尊心を当然あるべき状態にまで回復したいという思いから生まれた」［長島 2020: XI］

「女の子写真」への反論

「女の子写真」という用語を最初に使用したのは一九九六年「スタジオ・ボイス」に掲載された飯沢耕太郎のエッセイ［飯沢 1996］だった。それ以降この用語は手を替え品を替え、写真界の男性たちによって反復された。その共通点は、著者によればこうである。

「『女の子写真』の言説においては〝若さ〟が〝未熟さ〟に、〝セルフ・ポートレート〟が〝自己承認欲求〟に、〝フットワークの軽さ〟が〝『考え』のなさ〟に、〝夢の追求〟が〝『わがままで自分勝手』な態度〟に、そして〝七〇年代に生まれた〟ことさえ、〝『自閉的』に『ぬくぬくと』『甘え』て育った〟（飯沢編著 1996）ことの証左へと読み変えられた」［長島 2020: 190］

そこには「もちあげもてはやす」という「逆説的な抑圧」［長島 2020: 210］が作用している。というのも、「彼らがこぞって『女の子たち』を『魅惑の対象』（Spivak 1988＝1998: 44）に仕立てあげるのは、『男の世界』に土足で踏み込んできた彼女たち＝〝得体の知れないよそ者《エイリアン》〟を怖れていることの裏返しなのではないか。彼女たちが『女の子』であるうちは『僕ら』の脅威にならないどころか、『僕ら』が〝見いだし〟、〝チャンスを与え〟、〝育て上げた〟ように見せかけて〝所有〟することが可能な存在だ。だからこそ、『僕ら』は彼女たちを『女の子』と呼び、女の子であることを称賛し、『女の子』でありつづけることが唯一の力《パワー》であるかのような言説を生み出すのである」［長島 2020: 146］。

彼らは「女の子」をもてはやすが、「女の子」以外の存在であることを許さない。そして「女の子」が賞味期限つきの概念であることを脅迫のディスコースでくりかえす。

「『まさに我慢のならないもの』とはむしろ、ホモソーシャルな写真界という『自閉的な空間でぬくぬくと育ってきた』男性写真家の『甘え』（飯沢編著 1996: 170）のほうではなかったか」［長島 2020: 173］と、著者の告発は痛烈である。

「女の子写真」言説には偏見からくるいくつもの誤解が重なっている。それに著者はいちいち反論を加える。

第一はコンパクトカメラの普及が「女の子」の参入障壁を低くしたこと。著者は「女の子写真」家の大半がコンパクトカメラの普及以前に写真家デビューしていることを証明する。

第二に「女の子写真」の技術の未熟さやアマチュア性を強調すること。それが私写真の技法のひとつであることを想像もしない。

第三にアラーキーこと荒木経惟《のぶよし》の影響を強調すること。実際には、彼女たちは写真界にデビューする前には荒木をほとんど知らなかった。

二〇〇〇年度に、著者を含む蜷川実花《にながわみか》、ヒロミックスの三人の「女の子写真家」が木村伊兵衛写真賞を同時受賞した。この受賞は「ガーリーフォトを快く思わなかった人びとを表向き黙らせた」［長島 2020: 277］と著者はいう。これによって「女の子写真」は「一過性のブーム」ではなく、ひとつの「ムーブメント」になった。が、もしかしたら「三人同時受賞」という企みも、生き残りをかけた写真界の仕掛け人（男性）たちの狡知かもしれない。わたしは俵万智が登場したときの短歌界の重鎮（男性）たちの反応を思い出す。彼らは「サラダ短歌」の評価に困惑しながら、短歌界の延命を図るために俵のプロモーションに乗り出すことを選んだのだ。

男たちの「表現の自由」

著者の批判の刃は、同時代の男性写真家たちへも向かう。「ヘアヌード」という奇妙な用語が「表現の自由」の賭け金として跳梁跋扈《ちょうりょうばつこ》した時代。権力への闘争の姿勢を気取りながら、彼らが闘ったはずの「表現の自由」とは、客体化された女性身体を闘争の場としており、けっして男性のヘアでも性器でもなかったことがはっきり示される。

「ほとんどが男性であった『ヘアヌード』写真家のうち、自身の性器を用いてさらなる表現の自由を獲得するための〝闘争〟を続けるものは見当たらない。彼らは『他者』である女性の身体だけを、それに利用することを選んだのである」［長島 2020: 325］

わたしもかつて「表現の自由」論争をフォローしてみて、それが男性のあいだでの闘争、それも女性身体の露出度をどこまで高めるか、その女性身体に対する凌辱《りょうじょく》度をどこまで許容するかのマウンティングに終わっていることに、心底うんざりしたことを思い出した。著者の怒りはわたし自身のものだ。

女性による写真批評

男性写真家たちのミソジニー的な言説実践が徹底的に批判される一方で、同時代の女性の批評家の言説がそれと対照される。林央子《なかこ》や島森路子のような女性の編集者による「女の子写真」に対する言及は、そもそも「女の子写真」というカテゴリー化を慎重に避けているばかりか、女性のエンパワメントという文脈で彼女たちの活躍をとらえる視点に立っている。「スタジオ・ボイス」の特集「ヒロミックスが好き」（一九九六年三月号）で時代の寵児になったヒロミックスも、その身近さで「わたしもヒロミックスになれる」「なりたい」という欲望を喚起する存在だったとされる。

『《女性原理》と「写真」』［宮迫 1984］で女性の写真批評の草分けだった宮迫千鶴の、誤解を招きやすい「女性原理」論さえ、著者によってていねいに腑分けされて、ジェンダー本質主義の意図がなかったと救いだされる。念のために言っておくと、同時代に上野は「女性原理」派批判を展開したが、記憶の限り「女性原理」を最初に言いだしたのは男たちだった。その男たちのロジックを逆手にとって利用しようとした女性論者のひとりが宮迫だったが、その勝負に逆転勝利したかどうかはあやしい。というのも今日では「女性原理」という用語は、ほぼ死語になったからである。

わたし自身も女性写真家のセルフ・ポートレイト論を書いている［上野 1998, 2015］が、著者の目には触れなかったのか、それには言及されていない。わたしは長島に直接言及しているわけではないが、シンディ・シャーマンやパット・ブースらの女性写真家をとりあげて、彼女たちがカメラを手にして「視る主体」になったときに、なぜ男を「視られる客体」としてやりかえすことをせずに、自らを視線の客体とするセルフ・ポートレイトをとり続けたかという「謎」を解こうとした。

答えは女性があまりに深く「自己の主体的な客体化」を内面化しているからだというものだったが、本書を読んでそれ以上の意味があることを理解した。長島を含めて彼女らのセルフ・ポートレイトは、第一に、視る側と視られる側とが転換するという「〝写真行為における性役割の攪乱〟という効果」［長島 2020: 129］があっただけではない。そこにはたんなるセルフ・ポートレイトを超えた逸脱的な表現、男性の視線によって客体化されることを知悉している主体による自己パロディ化、いわばゲイのドラァグ・クイーン戦略ともいうべき挑戦があったことだ。女性写真家のセルフ・ポートレイトがステレオタイプな主婦やキャバ嬢、場合によってはレイプの後の被害者の像をなぞっていることを見逃してはならない。

七三年生まれの団塊ジュニア世代に属する著者は、八〇年代に思春期を過ごした「ブルセラ」と「援交」の世代である。ルーズソックスを履いて繁華街へ行けば、かんたんに男たちが寄ってきて「キミ、いくら?」と声をかけた時代だ。自分の身体が男にとって商品価値があるということを、とことん学んだ彼女たちが、同時代の消費文化を呼吸しながら男の欲望を戯画化しようとした。

著者によればこうだ。

「『ガーリーフォト』の担い手によるセルフ・ポートレイトは社会の〝視線〟に対するプロテストだったのであり、ヌードという写真表現に内包された暴力と性差別を問い直すフェミニズム的実践であった」[長島 2020: 336]

日本のフェミニズム写真批評の代表的な論者である笠原美智子にも、著者は言及していない。上野の写真論は笠原の慫慂《しょうよう》を受けて書かれた。その笠原の『ジェンダー写真論』[笠原 2018](直球のタイトルである)に、一箇所だけ「女の子写真」への言及がある。「一九九〇年代の初めに出現した女性作家たちを『女の子写真』と呼んで恥じない、差別的でミソジニックな視線」に、笠原は「怒り」を感じていたと。だが、一九九一年から二〇一七年までの期間をカバーした笠原の論じる女性写真家のなかに、長島やヒロミックスはついに一度も登場しない。この選択が笠原の評価なのだろうか。訊いてみたい(笠原はその後『ジェンダー写真論』の増補版[笠原 2022]に長島との対談を収録し、その中でなぜ「女の子写真」を論じなかったかに言及している)。

ふたつのインターテクスチュアリティ

写真史を書き換えるという本書の試みは、彼女たちの表現活動が何でなかったかを徹底的に論証するが、あれはいったい、何だったのかという問いに答えることに成功しているだろうか？

それを著者は「ガーリーフォト」と命名しなおすことで、再定義する。それが著者の選んだ自己定義である。「ガーリーフォト」は直訳すれば「女の子らしい写真」、飯沢が名付けた「女の子写真」と変わるところがない。日本語をカタカナに置き換えただけの、冗談のような命名だが、この背景には九〇年代半ばに世界を席巻した「ガーリー文化」の影響がある。無力な存在の代名詞だった「ガール」を、自称詞にとりこむことで非定型なパワーに転換しようという攪乱の試みだった。それは「ビッチ」や「魔女」という差別用語を自ら引き受けて男性優位文化に挑戦しようとするリブの選択や、「変態」の代名詞だったクイアを自称詞にすることで、主流の異性愛文化を攪乱する性的マイノリティの試みと通底している。しかも「ガール」には成熟した女性の役割を拒否する含意がある。

本書は、写真史を時間と空間というふたつのインターテクスチュアリティのもとで読み解く試みである。ひとつは写真史という通時的なインターテクスチュアリティ、もうひとつは同時代のポップカルチャーとのジャンル横断的な、共時的なインターテクスチュアリティである。

どんな文化現象も、真空地帯には発生しない。飯沢のような業界人や写真専門誌は、写真という狭いジャンルのもとで通時的な系列を論じるが、写真界は写真界だけで他から隔離されているわけではない。表現者は同時代の隣接する他の文化ジャンルと相互に影響しあい、そこに身を浸し、栄養分を吸収し、それまでに見たこともない花を咲かせる。とりわけデジタル時代のネイティブたちは、写真から動画へ、CGやアニメへ、音楽と映像のコラボへと、ジャンルを軽々と越境する。事実、蜷川実花は、静止映像（写真）の世界から活動写真（映画）の世界へと才能を開花させた。わたしにはジャンルの越境がこれほど容易な時代に、写真という静止映像に自己表現を制約しつづける人たちの気が知れない。本書の著者、長島も、卓抜な言語表現力で『背中の記憶』［長島 2009, 2015］をあらわし、講談社エッセイ賞を受けた。マルチタレントの彼女らは、もはや写真家というより表現者と呼ぶほかない存在であろう。彼女らが生涯にわたって「写真家」というアイデンティティを維持するかどうかもわからない。写真表現は彼女らの表現行為の一部にすぎないかもしれないからだ。

写真家もまた、同時代を呼吸する。著者は「一九九〇年代の女性写真家の潮流は同時代におこった、第三波フェミニズムとの関連性においてとらえ直すことができるはずである」［長島 2020: 136］と再定義の試みに乗り出す。それというのも「『自己』や『自我』、あるいは『女の子写真』を、ジェンダーという変数を加えずフェアに論じることはおそらく不可能だ」［長島 2020: 241-242］からである。

第三波フェミニズムとは、政治・社会運動としてよりもポップカルチャー・シーンでガーリー文化として花開いた。海外経験の豊かな女性写真家たちが、欧米を中心としたガーリー文化に影響を受けなかったとは考えにくい。そのガーリー文化は、「フェミニズムは終わった」と言われるほどに女性の進出をあたりまえにした第二波フェミニズムの成果を当然の果実のように享受し、むしろ前世代のフェミニストのPC（政治的正しさ）から距離を置こうとした、その後裔であった。

著者が女性写真家の表現活動を「フェミニズムの系譜上に位置づけ」て語る［長島 2020: 369］試みは、同じ「女の子写真」家に属するヒロミックスの発言によっても裏づけられる。ヒロミックスは木村伊兵衛賞の「今回の三人受賞は、ウーマンリブの結果ということで」［長島 2020: 259］と発言する。だが、「ガーリーフォト」を第三波フェミニズムの系譜に位置づける著者の試みは、第三波フェミニズムが陥るのと同じディレンマに陥ることにならないだろうか。

著者は「女の子写真」に反発してこう言う。

「担い手が女性であることだけを根拠とした潮流やカテゴリーは、なんであれ解体すべきだったのではないか」［長島 2020: 375］

そのためには「性別で写真家をくくり、旧来の〝男性的な〟写真作法との対比で『彼女たち』の写真行為に言及することをやめ」［長島 2020: 278］ることが必要だと言うが、フェミニズムとは、たとえ本質主義を避けたとしても、「女性」というコレクティブ・アイデンティティに対する同一化がなければ成立しない。著者の使う「ガーリー」という用語自体が、ジェンダー的なカテゴリーであることをまぬがれない。

わたしはここで、多くの女性アーティストたちとのあいだで経験した葛藤を思い出す。彼女たちの多くは「女性アーティスト」というカテゴリーのもとに一括されることを拒否し、「女性とアート」展への出展をしばしば拒んだ。それだけではない。第三波フェミニズムは、構築主義のジェンダー論、ジュディス・バトラーの『ジェンダー・トラブル』[Butler 1990＝1999]以後に登場しており、もはやナイーヴな「女性」アイデンティティは成立しないことを前提にしていた。「ムーブメント」が「ムーブメント」であるためには、「女たち」と呼びうるようなつながりや連帯が必要だが、彼女たちにそれが無かった理由を、著者は次のように説明する。

「自分たちの活動を矮小化する『女の子写真』の言説に抵抗するため、自分が『女の子写真家』ではないことを強調しなければならなかった。女性同士《girls united》の連帯を強める契機は、それによって失われたのである」[長島 2020: 365]

メディアが媒介するコミュニティ（「ガール・ジン」や「ファン・コミュニティ」）もまた、第三波フェミニズムの特徴のひとつだった。「女性」という集合的なカテゴリーを引き受けつつ、同時に個性的でも逸脱的でもあるありようを、第三波フェミニズムはつくりだせただろうか？

写真史の her story

著者の「女の子写真」から「ガーリーフォト」への写真史の書き換えは成功しただろうか？　これもまたひとつの言説による歴史の構築であるなら、それをも捏造と後になって難じる者が出てくるかもしれない。何より著者によって言及されている同時代の女性写真家たちが、著者の再定義に同意するだろうか？

あれは何でなかったのか、だとしたらいったい何だったのか？の問いに著者は十分に答えているとは言いがたい。著者が主として分析の対象としたのは同時代の男性写真家や男性主導の写真誌による言説集合である。だが同時代を生きて呼吸している当事者たちがいるなら、なぜ彼女たちに、彼女たち自身のことばで自分を語ってもらわなかったのか（そのためのインタヴューをしなかったのか）がわたしには不満である。もはや若くない同世代の女性写真家たちは、そしてヒロミックスは、その後も活動を続けている藤岡亜弥や澤田知子は、著者の再定義に同意するだろうか？　かんたんである。行って、訊いてみればよい。彼女たちのあいだに、相互の影響や連帯はあったのか？　あったとしたらそれはどんな効果を持ったのか？　なかったとしたら、なぜ？

すべての歴史と同じく、写真史はなんどでも書き直される必要があるだろう。当事者の証言によって。当事者の事後的な再定義によって。そして後から来た者の追体験や簒奪《さんだつ》によって。

本書が男仕立ての写真史をひっくりかえす試みなら、裏返された歴史がいったいなんであったのか、写真史の her story がもうひとつのヴァージョンとして書かれなければならない。本書がそのための序章であることを期待しよう。

さいごに

カバーを外して、息を呑んだ。まっしろの装幀には、口を歪めた不敵なセルフ・ポートレイトのイラストのほかは、表紙にも背にも題名が書かれていなかったからである。そのことは、誰からも名付けられることを拒否する、という著者の強烈なメッセージと読めた。表現者はこうでなくてはならない。

メタ小説としての回想録　瀬戸内寂聴の評伝をめぐって

作家の人生とは、その人の伝記であろうか、それとも作品の系譜であろうか？　わたしたちは、作家が恋愛したり結婚・離婚したり……にタレントに向けるのと同じような好奇の視線を向ける。そのうえ多くの場合、作家みずから「私小説」の語り手となって自分自身の経験を語ることで、イエロージャーナリズム的な興味に応えてくれる。その点では瀬戸内寂聴さんは、瀬戸内晴美の時代から、その人生の振幅の大きさで、話題にことかかない。他方、作品については、どの作家の年譜も、淡々と刊行の記録だけを記載してそっけない。瀬戸内さんの場合も一九六二年に『夏の終り』を発表、一九九二年に『花に問え』で谷崎潤一郎賞を受賞、などとあっても、その作品がどんな作品で、他の作品と互いにどんな関係にあるかは伝えない。伝記文学でさえ、作家の作品よりは伝記的な事実により多くの関心を向けているように思える。

だが、作家の足跡が、そのひとの作品の集積でなくて、いったい何だろうか？　作家の人生はいずれ忘れ去られる。作家が結婚したことや離婚したこと、子どもを産んだことや産まなかったこと、出家したかどうかさえ、いずれは忘れられるだろう。それでも作品は残る。瀬戸内寂聴というひとがどういう人かを知らなくても、作品は読まれるし、新しい読者は「寂聴」が俗名でなく法名であることにすら、頓着《とんちゃく》しないだろう。

だとしたら、作家にとっての回想録とは、「いかに生きたか?」ではなく、「いかに書いたか?」ではないのか? 誰もそれを論じてくれないなら、みずから筆を執って書き記しておこう……『烈しい生と美しい死を』〔瀬戸内 2012, 2014〕は、そういう種類の「回想録」である。

もともとの新聞連載のタイトルが「この道」だという。功なり名とげた人たちに回想録を書いてもらおう、という日経新聞の「私の履歴書」と類同の企画であろう。それを瀬戸内さんは、「わたしはこう生きた」と「わたしはこう書いた」をないまぜにして、ひとつの作品にしたてあげた。

それだけではない。ここに取り上げてあるのは、四〇〇冊以上の著書があるという、旺盛な執筆活動を続けてきた彼女のほんの一部分、女性を中心とした評伝文学に対象を限定してある。期間でいえば、一九六一年に『田村俊子』で田村俊子賞を受賞してから、一九八四年に『青鞜《せいとう》』を刊行するまでのほぼ二〇年間。とりあげた女性たちは、田村俊子、岡本かの子、伊藤野枝、平塚らいてう、神近市子、管野須賀子など、大正期に「烈《はげ》しく」生きた女性たちである。彼女たちは、自身表現者でもあるから、評伝は、彼女たちが「どう生きたか」と「どう書いたか」が折り重なるように描かれている。したがってわたしたち読者は、瀬戸内さんがみずからの作品について語るというメタ小説のなかで、さらに評伝の登場人物の女たちが、生きたり語ったりするのを聞くことになる。

ここには三つの時間、登場人物の女たちが生きた歴史の時間、その評伝を書いたときの作家の過去の時間、そしてそれについて作家が語る現在の時間、があり、そのあいだを語り手は縦横に往還する。

小説についての小説をメタ小説と呼ぶとすれば、この作品は、さらにその上の次元にあるメタメタ小説と呼ぶべきだろうか。

だからこの作品の読者は奇妙な読書体験をする。作家が回想する過去のなかで、突然、作品のなかの登場人物が動き出し、泣いたり笑ったりする。このなかに出てくる『美は乱調にあり』『諧調《かいちょう》は偽りなり』『かの子撩乱《りょうらん》』などを、すでにわたしは読んでいるが、その作品の一部が、前置きもなく無遠慮に、引用のかたちさえとらずに、挿入される。もとより自分自身が著者なのだから、自分のテキストをどのように扱ってもかまわない自由があるが、こうやって「現在」における回想という、新たな文脈における「引用」はふしぎな効果を帯びる。重複感を感じることはなく、いつのまにか、回想する作家自身の心の中をのぞき込んでいるかのように感じてしまうのだ。

たとえば、伊藤野枝の場面。辻潤や大杉栄にまじって、叔父の代準介、代の隣人の村上浪六、辻の友人渡辺政太郎など、有名無名のひとびとがつぎつぎに登場する。これら物故者とともに、高齢になった野枝の妹ツタや叔母のキチ、成人した野枝と大杉のあいだの子どもたち、魔子やルイズが登場する。取材のために作家が訪ねたひとびとである。描かれたのは、一世紀も前のできごとだが、関係者がその思い出話を語るのはその数十年後、そしてそれを書き記すのは瀬戸内さんのいまである。異なる時間を生きるひとびとが、同じテクストのなかに登場する。そして生前にはついにあいまみえることのなかったひとびとを、瀬戸内さんはあたかも昔からよく知っている知己のごとくに語る。おどろくのは瀬戸内さんが彼らの複雑な人間関係に通じており、彼らの交友や情交のさなかに分け入り、まるでその場にいあわせたかのように語ることだ。彼女のなかには、ここに固有名詞をもって登場するひとりひとりが、友人のように生きている。わたしたちはいつのまにか、瀬戸内さんという歴史の生き証人の証言を聞く気分になってしまう。瀬戸内さんがあの世に赴かれたら、これらのひとびとから、よく来たね、と歓迎されることだろう。

「憑依《ひょうい》する作家」……会ったこともなく、言葉を交わしたこともない過去のひとびとについて、どうしてあなたはここまでわかるのか？　瀬戸内さんの評伝を読むと、しばしばそんな気分になる。作家とは口寄せのイタコのようなもの、死者たちに乗り移られて口移しにそのひとの「真実」を語ってしまう、と言われる。その意味で、瀬戸内さんはまことに「憑依する作家」である。

だが、憑依するにもしやすい相手としにくい相手、憑依したい相手とそうしたくない相手がいそうだ。瀬戸内さんにとっては、このなかで、伊藤野枝と岡本かの子のふたりが憑依したい相手の双璧《そうへき》だろう。野性的で動物的な生命力を有し、おさえてもおさえきれないエネルギーを天稟《てんぴん》に持ち、世間の規矩《きく》に従わず、同性異性を問わず魅了と反発のいずれかに分かち、周囲をまきこんで疾駆しつづけずにはいない台風の目のような存在。『烈しい生と美しい死を』という本書のタイトルそのものが、彼女たちに捧げるオマージュであり、おそらくは瀬戸内さんがねがうご自身のあり方だろう。そしてその憑依のなかには、もちろん、瀬戸内さん自身の人生と重ね合わせた大きな共感があるに違いない。だから評伝で描かれた野枝は、実は野枝本人というより、瀬戸内・野枝なのだし、かの子は瀬戸内・かの子なのだ。いつのまにか「私語り」を始める女主人公の口調の、どこまでが伝記的事実にもとづいているのか、どこからが瀬戸内さん自身の語りなのか、渾然《こんぜん》一体となって読者には境が見えない。だが、だからこそ、瀬戸内さんの筆を借りて、わたしたちは彼女たちの「肉声」を聞いた気分になるのだ。

そう思えば、本書の解説者にわたしを起用されたことに、皮肉な思いを感じないでもない。「青鞜」の女たちのなかでは、わたしは伊藤野枝より平塚らいてうの方に共感するし、岡本かの子よりは、かの子を嫌った円地文子のほうが理解しやすそうだ。情より理の勝つ女を選好したともいえるが、それだけでなく、野枝やかの子の粗雑なナルシシズムを許容できないためでもある。だが、瀬戸内さんの筆は、彼女たちの幼さ、だらしなさ、過剰な自信とナルシシズムを的確に指摘しながら、そのあふれるような矜持《きょうじ》が彼女たち自身をみずからが知らぬところにまで連れて行ってしまった運命の満ち引きを描く。みずからその波を招きよせ、その波に翻弄《ほんろう》される過剰な女性たちに、作家自身がふかい共感を持っていることは言うまでもないだろう。

過去の女たちの口を借りて、瀬戸内さんが自分より若い世代の女たちに伝えたいことは何か？　運命をみずから招き寄せ、それに翻弄され、それに立ち向かうことを怖《おそ》れるな……それに尽きるだろう。なぜなら瀬戸内さん自身がそうやって生きてきたからだ。それらの女たちの多くが、いまでは第一波フェミニズムと呼ばれるようになった「青鞜」に関係する女たちであることは、偶然ではない。

「単なるフェミニズム文学ではない」？　李昂文学に見るジェンダー・民族・歴史*6

はじめに

李昂《リーアン》文学を賞賛する人たちは、しばしばこういう常套句を使う。

「李昂文学は単なるフェミニズム文学ではない」

フェミニズム文学というのはよほど教条主義的な二流の文学と思われているらしいが、フェミニズムというのは、コインを入れたら決まりきった解答が出てくる自動販売機のような思想ではない。当初、わたしに与えられたタイトルは、「李昂文学とフェミニズム」というもの。だが、これはわたしが付けたわけではない。李昂文学を早くから日本に紹介し、精力的に翻訳してきた藤井省三による。李昂文学を「台湾のフェミニズム小説」として紹介したのは、他ならぬ藤井自身［藤井 1993］だった。この争点については、あとで論じよう。

一九八七年に戒厳令が解除された後、台湾は急速な言論の自由化を経験し、政治や性について書くことが自由になった。李昂はその中から、性を大胆に描く作家として登場した。九三年に藤井省三訳による『夫殺し』［李 1993］の邦訳刊行を機会に初来日し、その折、藤井の仕掛けで、わたしは李昂と対談［李・上野 1993］することになった。その後、一〇年余りにわたって、わたしは李昂との関わりを何度か持ち、九九年の来日の際にも、再び対談［李・上野1999］をした。その間に、わたしの著書『スカートの下の劇場』［上野1989, 1992］が中国語に翻訳された際、訪台の機会を持った。わたしは「下ネタ学者」として台湾文壇にスキャンダラスな登場をしたが、そのスキャンダル性でも李昂に親近感を持っている。

シンポジウムで、李昂は「鬼」について発言をした。[*7] そのなかで彼女は「鬼」を定義して、「普通の人にはできないことをやる存在」と呼んだ。この明快で完璧な定義にわたしは感嘆したのだが、というのも、鬼が普通の女にできないことをする、のではなく、女が尋常でないことをすると、結果としてオニと呼ばれるのであって、その因果関係は逆ではない。そこでは、オニというのは「過剰さを抱えた女」の代名詞である。藤井がその場でただちに、女性作家メアリー・シェリーが書いたゴシック小説の典型である『フランケンシュタイン』［Shelley 1818］を挙げたのは、きわめて適切な連想だった。過剰さを抱えた女が自らを書こうとしたら、化けものを書くしかなくなる。

李昂は「私は怒りを抱えた作家だ[*8]」と言う。怒りというのは、女にとって過剰さの記号である。怒りというのは、女にとってもっとも許されない感情のひとつだった、とキャロリン・ハイルブランは『女の書く自伝』［Heilbrun1988＝1992］の中で指摘する。わたしもまた怒りを抱えた社会学者である。その点でも、わたしは李昂に親近感を抱いてきた。

わたしは台湾文学の専門家でもなければ、中国語を読む語学力もない。わたしが知っているのは、日本語に訳された『夫殺し』、『迷いの園』［李1999］の二つの著書と、「鹿城《ルーチヨン》物語」シリーズのいくつかの短編［李 1991, 1996, 1998］だけである。彼女の最新作であり、文体上の実験作でもある『自伝の小説』［李 2004］は、邦訳の刊行が遅れ、入手していない。そのような限られた情報からわたしが語ろうとするのは、「李昂文学とフェミニズム」というよりは、李昂が読者としてのわたしの中に引き起こしたものについてである。

李昂文学の系譜

李昂について知らない読者のために、李昂文学の系譜について簡略に述べたい。李昂は一九六八年、高校生のときに「花の季節」で早熟な才能として出発し、八三年に『夫殺し』で世界的に知られるようになった。

九七年には『人みな香挿す北港の炉』（未邦訳）で台湾文壇に物議をかもした。「人みな香挿す炉」というのは、「誰とでも寝る女」の代名詞であり、隠語で「公衆便所」とも呼ばれる。藤井が書いた簡潔な要約［藤井 1997］によれば、ヒロイン林麗姿《リンリーツー》が自分の容姿を手段に、政界の権力者たちと性関係を結んで成り上がり、最後に国際婦人会議で「女性の肉体で男性をひっくりかえすの！」と爆弾発言をする、というものである。実在の女性政治家のモデル小説ではないかとして騒ぎを起こしたこの作品の中では、女性の性の抑圧だけでなく、女が性を生存戦略の道具とする逆説が戯画化されている。李昂はタブー視されていた性をスキャンダラスに描くだけでなく、抑圧と抵抗の両義性に自覚的な作家だった。

李昂を世界的に有名にした『夫殺し』は、本省人《ほんしょうじん》である李昂の生まれ故郷、鹿港《ルーカン》を舞台にした「鹿城物語」シリーズのひとつだが、このシリーズによって台湾文学はいわば土着的な家郷 patri を持った。シンポジウムに参加した作家の小川洋子は「李昂さんが鹿港に生まれ育ったということは、台湾文学について幸運だった」と言うが、わたしの見方は少し違う。李昂は鹿港をありのままの家郷として描いたのではなく、アメリカ体験を経過した後に再発見した。李昂は七五年から七八年までアメリカの大学に留学している。「アメリカで自分はなによりも台湾人であるということを発見した、しかも中国人でなく台湾人であることを発見した」と、彼女は言う。

パトリとして再発見された鹿港は、存在しない過去がノスタルジーの対象として象徴化された場所である。そこには、外省人《がいしょうじん》に対する本省人意識、つまりは台湾ナショナリズムもまた象徴化されている。李昂が登場した八〇年代は、台湾における本省人ナショナリズムと民主化運動の時代であり、彼女がフェミニズムの書き手としてだけでなく、政治的な文脈に自覚的な書き手であったことは記憶しておくべきだろう。とりわけ「G・Lへの手紙」［李 1991］という、彼女自身の恋愛体験にもとづくと思える私小説めいた小品の中では、女主人公が憧れたアメリカ帰りの新進評論家に、「われわれは外国を経由しない台湾文学というものを自ら作り出し、評価しなければならない」と言わせている。

ところで鹿港ものと呼ばれるシリーズは、前近代的な貧困・差別・抑圧・忍従を描く民話的な語りものである。「鹿城物語」の小品の一つ、「色陽」［李 1996］では、色陽《サーヤン》と呼ばれるもと娼婦が身請けされ、旦那のもとで忍従とあきらめの日々を過ごしながら、手内職にいそしんで売りさばいてきた製品が、新しい工業製品に淘汰されて、自らの生計を奪われていく過程が、あらがいようのない時間の物語として淡々と語られる。最下層の人々が近代化の波に洗われ、流されていくこの小品のなかで、主人公の色陽は怒りも抵抗も示さず、自分の運命を甘受するほか生き方を知らない女として描かれる。『夫殺し』の女主人公、林市《リンシー》もまた、そのような女である。そこではサバルタン、物言わぬ人々の物語が語られているのだが、忍従とあきらめの背後に、この貧しさを生んだ植民地の歴史や帝国主義の抑圧が透けて見える。彼女の語る抑圧の物語のなかで、怒りは声高でなく、語りは静謐である。

李昂は、九三年の私との対談の中で「自分が書こうとしたのは、女性差別・経済差別・階級差別の複合した物語だ」と自ら語る。ただし、作家の自己解説ほどあてにならないものはない。

注目すべきなのは、差別と抑圧の構図のなかで、作家が、加害者の中に被害者がいるという重層性と複合性を描き出していることだ。林市を嗜虐《しぎゃく》的にいたぶる夫の食肉処理工陳江水《チエンチアンシユイ》もまた、抑圧と差別、無知と貧困の被害者であり、その陳が豚の頭を手みやげに、慰めを求めに訪れる金花《チンホワ》という娼婦もまた、同じく差別の被害者である。隣人の阿罔官《アーワンクアン》という老女もまたそのような貧困の被害者でありながら、互いが互いを抑圧し、差別しあう。被害者同士が加害者になるという、救いのない状況が描かれる。夫に痛めつけられた林市は、最後に夫を殺害して切り刻む加害者になる。結末は暗澹とし、怒りは単純な矛先を見失う。

李昂文学はフェミニズムか？

李昂文学はフェミニズムか？

その問いに答える前に、ジェンダーという装置が作品の中でどう使われているかを考えてみよう。たしかに李昂の作品では「犠牲者のジェンダー化」が行われている。主人公はつねに女で、その女は男性の抑圧を受けた被害者ということになっている。とりわけセクシュアリティが、この支配と抑圧の主要な要素となる。『夫殺し』の場合には夫による強姦だし、色陽の物語では、身請けされた娼婦、いわば買われた女として、夫にたてつくことが決して許されない女が登場する。現代小説の『迷いの園』でも、夫の女遊び、つまり買春という男の性的な権力の行使がくり返し描かれる。にもかかわらず、物言わぬ犠牲者であったはずの女主人公は、最後にリベンジを果たす。『夫殺し』の中では文字どおり殺人だし、色陽は物語の最後に、「とっとと出てって二度とこの家の門をくぐるんじゃないよ！」と言って、自分を買ったはずの夫を家から追い出す。『迷いの園』では、女を買いあさっていた、あんなに性的に絶倫だった夫は、経済的に零落するだけでなく、性的にも不能に陥り、最後は女主人公のもとに、いわば落城する。こういうシンボリックな「去勢」が、作品の中で遂行的に行われている。したがってこれらにフェミニズム小説とレッテルをつけるのは、ある意味で容易であろう。そのレッテル貼りを最初に行ったのは、ほかならぬ翻訳者自身だった。藤井は『夫殺し』の解説の中で、「台湾のフェミニズム文学」として日本の読者に李昂を紹介したからである。

『夫殺し』をめぐって、これがフェミニズム文学かどうかについて、ドイツで論争があったという。

この作品のドイツ語訳が刊行された機会に、作家はドイツを訪れ、公開の場でひとりのドイツ人女性から論難を受けたことが、訳者によるインタヴューのなかで言及されている［李 1993: 166］。フェミニストであろうこのドイツの聴衆のひとりの発言によれば、最後に林市という女主人公が錯乱と狂気の中で夫を切り刻むが、もしこの作品が女のエイジェンシー（能動的行為主体性）を描くフェミニズム小説ならば、林市は覚醒の中で、抗議と復讐のあらわれとして夫殺しをやるべきだった、と。[*9] 作家はこの反応に困惑を示し、このやりとりが『夫殺し』をフェミニズム小説か否かという両義性へと押しやった。

この反応が西側フェミニズムを代表するものとは、わたしは思わない。いかにもドイツ女の言いそうなことだ……それがドイツに住んだことのあるわたしの感想である。ドイツの聴衆が、李昂の作品をどう読むかを想定してみよう。近代小説の作法として、彼らは「もし、これが私なら」という登場人物への同一化を前提として読むだろう。そのうえで「どうしても私には理解できない、私ならガマンしない」と言うだろう。このような明晰な意志のもとで自我をかたちづくってきたのが近代ドイツの女だとしたら、彼女たちにとっては、林市は理解を超えた存在であるにちがいない。

だが、同時に彼らの理解の中にある階級性もまた、指摘しておく必要がある。台湾出身の女性文学者の翻訳作品を読もうというドイツの女は、中産階級の女だと考えられる。そのドイツの中産階級の女は、自らの社会にも同様の抑圧と貧困があるということをすっかり忘れているにちがいない。ドイツは一九世紀まで、婚外子を産んだ女を袋詰めにして川に沈めるという野蛮な刑罰を行っていた。また、彼女らのように自立した女にもはや相手にしてもらえなくなったドイツの男たちが、結婚難に陥っているために、アジアから花嫁を輸入している社会である。わたしはそういうフィリピン女性のひとりに、実際にドイツのある女性センターのシェルターで出会ったことがある。彼女は夫のもとで監禁状態に置かれ、外出を禁止され、一日分ずつお金を渡され、ドイツ語の習得を禁じられていた。そしておそらく性的虐待を含むだろうドメスティック・バイオレンスの被害者だった。それが自分たちの社会の現実であるということを忘れている中産階級の女だけが、あたかも自分がドイツの現実を代表するかのように、「わたしならガマンしない」と言うだろう。だが、そのような単純化されたフェミニズムからの批判に、作家がおもねる必要はない。

脱ジェンダー化の言説の政治

李昂文学がフェミニズムかどうかをめぐる困惑やアンビバレンスを、著者自身も表明するが、李昂文学に対してどのような評が日本で与えられてきたかを、検討してみよう。

解説や書評の多くは男性によって書かれているが、そこではフェミニズムを脱色する、いわば脱ジェンダー化の政治が批評の言語の中で行われている。その典型が、冒頭に掲げた「李昂文学は単なるフェミニズム文学ではない」というせりふである。

「これはフェミニズムではない」という対抗言説が、ジェンダーを意識して書かれた作品への逆説的な賞賛となる言説戦略のたくらみについて、わたしはアメリカ在住の日本文学研究者である有賀千恵子の方法から学んだ。

有賀の著書、『ジェンダー解体の軌跡』［有賀1996］の中に、「『女』を巡る記号闘争――文庫本の解説」という、すこぶる着眼点のすぐれた論文が収録されている。日本の出版界には、単行本を文庫本にするときに解説をつけるという習慣がある。同じ作品を再び商品化する際に、付加価値をつけて売り出すためだろうが、彼女はその文庫版解説を研究対象とするという、目からウロコのような切り口を見つけた。その結果、彼女がそこで発見したのは、女性の作品の解説のほとんどが男性批評家によるという事実だった。具体例をあげると林芙美子の『浮雲』は古屋綱武、宇野千代の『おはん』は奥野健男、円地文子の『女坂』は江藤淳、富岡多恵子の『植物祭』は佐伯彰一などなど、枚挙にいとまがない。

有賀が手元にある文庫本一〇〇冊を調べたところ、解説の書き手は九五パーセントが男性批評家、二パーセントが女性によるという。しかもこの女性は、女性作家であって女性批評家ではなかった。さらに内容の分析から彼女が発見したのは、以下のような事実である。例えば河野多恵子の『幼児狩り』の解説を川村二郎が書いている。河野は女の「母性嫌悪」、女自身による「女性嫌悪」を表現する作家として知られるが、その代表作である『幼児狩り』に対する解説は「『人間』存在の赤裸々な姿」に読み換えられている。また、高橋たか子も逸脱した女を主人公とする作品を書きつづけているが、彼女の「父権制の外に生きる『女』の孤独」は、解説者の松本徹によって「近代社会に生きる全ての者の孤独」に読み換えられる。松本侑子の『巨食症の明けない夜明け』は、摂食障害という女に固有の問題が、川西政明によって「現代人の孤独」に読み換えられる。有賀のような読み手にとって、河野や高橋、松本の作品は、そのジェンダー性を抜きにして理解することはできない（そしてそのようなものとして著者によって書かれ、かつ読者に受け容れられている）ことはほとんど自明であるというのに、男の文庫解説者たちは、巧妙にあるいは鈍感にも、テクストからジェンダーという棘を抜いて、自分にのみこめるように鋳直す言説実践をしているのである。

このような脱ジェンダー化の言説の政治が、いかに李昂文学について行われているかをいくつか紹介しよう。その典型が岡庭昇の評である。

『夫殺し』について岡庭昇［岡庭1993］はこう書いている。

「私はリブ云々といった図式よりも、貧しい生活にとって自然とは加虐的な力に他ならないという点に、この作品のモチーフが秘められていると思うが、作者によってどれだけ自覚されているかよくわからない」

この言い方では、批評家の自分の方が作家よりよく主題をわかっていると言わんばかりである。同様に「週刊大衆」［1993. 6. 7］掲載の匿名書評では、「『人と獣は紙一重』の世界を描いて、人間の心の深淵を描き出す」とある。ジェンダーはみごとに消去されている。川西政明［川西1993］によればこの本は「人間の孤独と怒りと悲しみ、その果てにあらわれる西方浄土へのあこがれ」を書いたものだとなる。宮尾正樹［宮尾1993］は「『抑圧者の夫に対する妻の反逆』という風には書いていない」とわざわざ明言する。同じテクストを「抑圧者の夫に対する妻の反逆」と読む読者は確実に多いだろうに。

圧巻は金美齢［金1993］である。「これは単なるフェミニズム小説ではない」。一方で「単なるフェミニズム小説」を貶《おとし》めながら、同時に「フェミニズムでない」ことで対象を賞賛するというアイロニカルな構造を持った言説のパフォーマンスと言うべきであろう。

金美齢は女だが、一般に女性の読みは男性の読みと鮮やかなコントラストを示す。『夫殺し』の評を、三枝和子［三枝1993］はこう書く。

「私たち妻は林市の何分の一、何百分の一かの殺意を必ず抱いているのだし、夫はこの本によって、林市の何百分の一かの妻の殺意を知らされる」

夫殺しを小説の中で言説的なパフォーマンスとして読んだ妻たちは、それぞれ程度の差こそあれ、意識の中で夫殺しを行ったにちがいない。だからこんな危険な本は妻には読ませない方がいい、と三枝は夫たちに警告する。

藤重典子［藤重1994］が、「多様な読みの可能性」を指摘して、文中わたしにも言及している。九三年の対談では「上野はこの対談ではタジタジであった」と書いている。その中で藤重が、他の誰が言及しない重要なテクスト構造に目をとめていることに感心した。それは、母親の飢えから林市の不幸な生涯が始まったことである。母親が飢えから性を売ったことで、罰され、川に沈められた。性を売ることで、母は娘を捨て、娘はそのことによって傷つき、母を捨てるが、娘がこのような因縁をたどることが、「死んだ母の娘への復讐」となる。とはいえ、夫殺しの引き金となったのは、「てめえのかかあをやってやる」という夫による母への罵倒であった。夫からの母への侮辱が引き金となって殺人に至るということは、ここで娘の母への同一化が起きたと解することができる。最近の精神分析批評の言語で言うなら、娘は父の娘、つまり父権制の共犯者から、母の娘（父権制の犠牲者であり抵抗者である集合的主体）へと変化したと言える。このとき娘は母を許し、母と同一化し、女といういわば仮構された集合的アイデンティティを確立することになる。したがってそこで林市は、林市というひとりの個人ではなく、家父長制に抑圧されそれに反逆する「女」という集合的アイデンティティのエイジェンシーとなる。もしこの作品をフェミニズムで読むとするならば、こういう読み方こそがふさわしいだろう。林市の物語は母娘二代にわたる犠牲と抵抗の物語となり、林市の生涯がその母の物語から始まるという作品に仕込まれた仕掛けは見落とされてはならない。こういう重要な指摘を、女性の評者はきちんと見落とさずに書いている。

　もうひとつ、津守陽《あき》［津守 1999］という中国文学の専門家が書いた、長文の「『殺夫』[*10]論」を紹介したい。立ち入った分析に踏みこんだこの力のこもった評論が、わたしに困惑を残したからである。著者自身の発言、「フェミニズムの小説というものを書こうと思った。女性に対する社会的抑圧とそれに対する女性の抵抗をテーマにした」を引いた上で、解説はこうである。「この発言は訳者である藤井さんとの対談の中で誘導によって引き出されたものだ」

　津守自身が『殺夫』から受けた印象は、「いわゆるフェミニズム小説という評価とは大きく異なるものであった」、と指摘したうえで、この長文にわたる評論の中で、津守が出した結論は以下のようなものである。すなわち、死のシンボリズムがこの小説の要であって、林市は死の快楽というものを自ら固く禁忌として持ったために、最後まで性を快楽と受け取ることができず、そのことによって陳との関係をこのような破滅的なものにするしかなかった、と。結論部分で津守はこう書く。

「彼女（林市＝引用者注）はセックスの快感を知っている陳に嫁いだが、林市にとっては禁忌が固く、性行為が恐怖にしか見えなかった。しかし屠場で豚から噴き出す鮮血を目の当たりにすることによって、林市はついに禁忌を乗り越え、そして陳の鮮血を浴び、最終的に夫を殺した血に染まった林市は食の飢えと性の飢えをともに満たすのである」［津守 1999: 153］

独創的にすぎる解釈というべきであろう。嗜虐・加虐の性関係の中で、もし女が嗜虐的な快感を引き受けるマゾヒストに自らなりさえすれば、食と性は満たされる、という見事な円環構造がここでは読み解かれる。苦痛が快楽にそのまま変わるのがマゾヒズムというものだが、嗜虐者に被虐者の快が対応しなければ、嗜虐的な性は完結しない。林市がじゅうぶんに性的に成熟しておれば（性行為の禁忌を乗り越えれば）、被虐的な性の快楽を自ら演じる家父長制の共犯者になれたのに、とでもいうのであろうか。

『夫殺し』の読者から、「女にとって性は苦痛なのか、林市は一度も快楽を覚えたことがないのか」という問いが出たことがあるという。こんな暴力のもとでも、きっと林市はどこかで快楽を感じていたにちがいない、林市の漏らす呻《うめ》き声は苦痛だけでなく快楽の呻き声でもあったろう、と、その声を漏れ聞いた隣の老女、阿罔官はそう考える。七〇年代末に『老年期の性』［大工原 1979］という本を著した大工原秀子という保健婦[*11]（当時）が、七〇歳以上の日本人の高齢の男女を対象に実施した先駆的な調査結果によれば、当時七〇歳を超えた女性の八割以上が、セックスとは一刻も早く終わってもらいたいつらいおつとめだった、なくてせいせいした、生まれてこのかた小説が描くような女の快楽などというものを一度も味わったことがない、と証言している。これが明治生まれの日本の女の現実だった。林市の現実とそう遠くないだろう。

性はそれに関わる行為者にとって、つねに快楽であるとはかぎらない。男にとって快楽である行為が、女にとっては苦痛と虐待でしかないということは、「慰安婦」問題やセクハラ問題を見れば明らかであろう。『夫殺し』の主人公、林市は被虐的なセックスの中で、絶対に声を出さないと決意する。夫の求める呻き声、同時に苦痛でも快楽でもありうる両義性を持った声を発することをかたくなに拒絶することによって、彼女がさらなる暴力と飢えに追いやられた、ということは何を意味するだろうか。ここに林市のエイジェンシー、すなわち主体的な関与がある。つまり、この嗜虐・被虐的なセックスにおける夫の快楽の共演者であることを拒絶する、ということである。そのような被虐的な快楽の主体であること、すなわち家父長制の共犯者であることを拒絶したところにこそ、林市のエイジェンシーが描かれている。そう考えれば、津守のこの長文の評論は、ほかならぬ書き手自身の性的ファンタジーの一端を暴露したものではなかろうか。批評は、評される客体よりは評する主体について、より多くを語る。まことに批評とは恐ろしい。

ポストコロニアルなテクストとしての李昂文学

平田由美［平田2005］も有賀と同じような切り口で、だが今度はジェンダーではなく民族をめぐって、文庫版解説による批評の暴力について論じる。平田は在日三世の小説家、鷺沢萠のエッセイ『ケナリも花、サクラも花』の柳美里による文庫版解説をとりあげる。鷺沢は日本生まれの日本語ネイティブスピーカーで、ソウルに留学する。そこで外国語として自分の国の言葉を学び、パンチョッパリ（半日本人）と韓国人から呼ばれ、日本の説明をたえず求められ、他方日本では韓国についての説明をつねに求められる、そのような存在である。ケナリも花、サクラも花、花は花でいいじゃないか、というのが、日本も韓国もどちらも「祖国」に持ちえない彼女のポストコロニアルな結論なのだが、これをコロニアルな文脈に置き直したのが、柳美里の解説だと平田は論じる。柳は先輩がましく鷺沢に対して、おまえは十分に在日ではない、と説諭するのである。

ポストコロニアルとは何か？　定義するのは難しいが、さまざまな定義の中で、スピヴァクの定義ほど簡明で雄弁な定義をわたしは聞いたことがない。スピヴァクは、ポストコロニアルとは「強姦から生まれた子ども」である、という。強姦者を父とし、その被害者を母とした子どもは、自分の中に敵と味方の両方を抱えこむ。自分の半身をあとの半身が殺すわけにはいかない。そのようなポストコロニアルな存在となってしまった「私」を鷺沢が引き受けようとするとき、柳美里は彼女に在日の真正性 authenticity を押しつける。それをさらに平田がもう一度救い直すというかたちで、テクストの読み直しが実践されている。

平田に言及するのは、李昂の『迷いの園』について論じるために、ポストコロニアルな読みが意味をもつからである。『迷いの園』は、「女性が陥る落とし穴について書きたかった」と、作者自身が吉本ばなな［李・吉本 1999］との対談で語っている。同じ対談の中で、「今、台湾の女性が最も勝ちとりたいのは性の自由だ」とも語る。李昂は吉本に対して「どうしてあなたの小説にはセックスが出てこないの」と問いを向けるが、おそらく日本の若い世代はもうセックスにゲップが出ているのであろう。

「『迷いの園』では家族の歴史、国家の歴史、女性の歴史を重ね合わせて書いた」と李昂は言う。この作品には朱影紅《チューインホン》という女主人公と、その女主人公が守る鹿港の旧家にある庭園、菡園《ハンユアン》が出てくる。この庭を守ってきたのが、没落旧家の当主で失意の中にある父である。この父は、滅びゆく敗者としての古い台湾を象徴している。その父が自分の娘に「綾子」という日本名をつけ、日本語で話しかける。この部分は、日本人の読者として、心が波だつ思いをわたしは抑えることができなかった［上野 1999］。かつての支配者が押しつけた言葉が、今や存在しないものへのノスタルジーを語る言語として使用される。それを見て日本が美化されていると思うのは大きなまちがいであろう。ノスタルジーとは何よりも存在しない過去の別名にすぎず、その際に日本語が象徴的に用いられるのは、外省人の支配下に置かれている台湾の人たちにとっては、むしろかつて二流の帝国主義者にほかならなかった日本への、一つの逆説的な意味づけなのであろう。記号としての「日本」とは、台湾ナショナリズムのシンボルであることを、読み違えてはならないだろう。『迷いの園』の主人公は、時代を経ていったんは荒廃し、のちに公共の財産としてよみがえる菡園という庭そのもの、つまりパトリとしての台湾である。

鹿港ものの語りを、「民話的」「寓話的」と指摘する評者は多いが、現代小説の体裁をとった『迷いの園』では、語りのスタイルが変化している。それまでの寓話的な手法と違って、語り手の視点が変化するという多声的な手法が使われている。文体の変化は、その次をいかに書くかという戦略と結びついている。李昂の最新作、『自伝の小説』［李 2004］の日本語訳は未刊なので、原著を読めないわたしは詳細を推測するしかないが、謝雪紅《シエシユエホン》*12という、二〇世紀に実際に生きた女性革命家、しかも日本と浅からぬ関係をもったこの女性のスキャンダラスな一生を題材に、回想の中で語り手が二重の時間を生きる。自伝を他人が小説化するという語りのなかには、多声的な手法が組みこまれている。

多声法に対置されるのが寓話の文体である。『夫殺し』は寓話として書かれている。寓話とは、いったん登場人物を一定の性格に設定したら、彼らが自動人形のように動きだして運命的な結末へと導かれる物語である。そこでは作者が、キャラクターのすべてから等距離を保つ。逆に言えば、作者はどのキャラクターとも同一化しない。『夫殺し』の林市を、知的な近代女性である李昂その人と同一視する読者は誰もいないだろう。寓話は主としてキャラクターの内面ではなく外面、すなわち行動を描写するが、とはいえその必要があれば、作者はだれの内面にも自由に立ち入ることができる。このような視点をわたしたちは「神の目」と呼ぶ。寓話のスタイルは、したがって叙情ではなく叙事的な叙述となる。

この寓話的な手法に最も優れていた日本の作家が三島由紀夫だが、小説というものは、寓話が終わったところから始まる。逆に言うと、寓話が不可能になった、すなわち作家が「神の目」を持ちえなくなったところから小説が始まると言いかえてもよい。バルザックのような物語を、現代の小説家はもはや書けない。小説とはよくも名づけたものである。大説ではなく小説、つまり私語り、したがって告白から近代小説が始まったことは、まことに示唆的であろう。

『夫殺し』が寓話的であるという特徴のひとつは、例えば語りのいちばん最後に如実に出ている。隣人の老女、阿罔官が、すべての事件の結末を見届けたかのように、こう言う。

「昔の人も言っておるじゃろう、姦なくば殺に至らず、とな。」（中略）「あの母娘は二人ともこの教えに背いたのじゃ。女たるもの慎まねばならんぞ」［李 1993: 153］

『夫殺し』は実話を元にしているが、李昂が舞台を鹿港に変えて物語を書き換えた大きなモチーフは、この「姦なくば殺に至らず（女が夫を殺すのは他に男がいたからに違いない）」を否定するためだった、という。実際にあった歴史上の殺人のフェミニズム的な再解釈という点で、李昂の作品は、スピヴァクが『サバルタンは語ることができるか』［Spivak 1988＝1998］のなかで、実際にあった若い女性の自殺のフェミニズム的な再解釈を言説的に遂行したことと似ている。[*13] ところが物語の末尾は、この阿罔官の語りによって締めくくられており、この語りの背後にある真実を知っているのは、作者一人であり、それとともにその作者によって秘密を漏らされた読者であるわたしたちだけ、という構造が示される。作者は「神の目」の位置におり、作者を通してわたしたち読者は、「神の目」から世の真実を盗み見るのである。

だが、『迷いの園』と『自伝の小説』では、作者はもはや「神の目」の位置に立たない。『迷いの園』では一人称が、主人公朱影紅の語りになったり、あるいはその父親が綾子こと朱影紅に宛てた手紙の語りになったりという視点の移動、つまり「私の複数性」がある。だが、作者はここでもなお、あの「私」にもこの「私」にも自由に位置を変えることができる、透明人間か権力者のようにふるまっている。

『自伝の小説』は、いったいどのような文体で書かれているのだろうか。それを日本における最高の中国語翻訳者である藤井省三が、どのような日本語の文体に置き換えるか、その刊行をわたしは待ちこがれている。それというのも、藤井自身が、『自伝の小説』についてわたしの期待をかきたてる予告を、エッセイに書いているからである〔藤井2000〕。そのエッセイで、原著のタイトル、『自傳の小説』のなかに、接続詞の「の」という日本語がそのまま入っている、ということを知って、わたしは仰天した。つまりこの小説は、タイトル自体がすでに複合的な言語使用で書かれているということを意味する。

英訳ではどう訳せばいいのだろうか？ Autobiography: A Novelというものだが、AutobiographyとNovelは、フィクションとノンフィクションだから当然対立する概念である。Autobiographical NovelというかNovelized Autobiographyというか、二つの概念を並べると、読者は混乱の中に投げ入れられる。原題がそもそも「自傳・の・小説」とノイズを増幅するように書かれている。『迷いの園』の中で、複数の「私」の間を自在に行き来し、他者の位置に入りこむことが可能であったような作者の位置は、『自傳・の・小説』のなかでは、おそらく、「私」自身が分裂し複数化するというような、「複数の私」というより「私の複数化」という装置で書かれているのではないか、とわたしは推測する。そこにあるのは、同一性を拒絶するような「私」の内部にあるノイズの発生、「私」自身の非一貫性である。このような「私」内部の複数性は、必ずや文体と言語使用にあらわれずにはいないことだろう。

ポストコロニアルな文学の特徴とは、何よりもこのような「私」の複数性や、あるいは異種混交性hybridityを自覚することにある。李昂自身、台湾語ネイティブでありながら、北京語を日常語とし、この後から獲得した言語で自己表現をするほかない植民地的な状況を生きている。かつ英語を経由して台湾を発見し、日本語もいくらかできるという、マルチリンガルな状況を自ら生きている。李昂の新しい作品の中では、ポストコロニアルな試みが、必ずや文体と言語において行われているのではなかろうかという予測を、わたしは持っている。

しかし、わたしたちが文学に期待するのは、このような推測が実際の作品によって気持ちよく裏切られる経験である。李昂はわたしの目の前で変貌をとげつつある創作者である。わたしは、李昂の新作がわたしの理屈っぽい推測の範囲を超えたものであろうということをも、同時に期待する、欲深い読者のひとりなのである。

5　色と恋

春画はひとりで観るもんじゃない

タイモン・スクリーチさんの『春画――片手で読む江戸の絵』〔スクリーチ 1998, 2010〕が一九九八年に刊行されたとき、してやられた、と思ったひとは多いに違いない。かくいうわたしも、そのひとりだ。春画という日本の秘宝をこんなに達者に論じて、軽々とタブー破りをやってのけた。しかも外国人に！　春画研究史のなかでは、スクリーチ以前とスクリーチ以後とが、画期をなすに違いない。

彼がまとめるように、春画研究史には三期の時代区分がある。第一期は、春画研究が下ネタに関心のある好事家《こうずか》のものとされ、まともな研究主題と見なされてこなかった時代。性科学者の高橋鐵《てつ》さんの春画コレクションなどの刊行物があるが、肝心の局部は真っ黒に塗りつぶされ、見るも無惨な出版状況だった。それに風穴を開けたのが、第二期の林美一さんや福田和彦さんの仕事。林さんの春本研究は、テキストを克明に活字化して次の世代の研究者に大きな財産を残した。スクリーチさんが指摘するように、林さんも福田さんも写真畑の人たちであったことも、春画研究を美術史の側から再評価することに大きく貢献した。このなかに、リチャード・レインさんを入れてもよいだろう。ただしビジュアル的な価値を強調したり、局部を隠すための無理なトリミングが過ぎたりして、歴史的史料価値を損なうこともあった。この時期から、出版状況が緩和し、局部の露出が徐々に解禁されてきたことも変化のひとつである。

「第三の波」とは、その後に登場した、春画を浮世絵研究の延長線上に位置づけて学術研究の対象にしようとする動きである。美術史の辻惟雄《のぶお》さんや小林忠さん、日文研（国際日本文化研究センター）の早川聞多《もんた》さんや芳賀《はが》徹さんなどがその波の担い手だった。アメリカ在住の江戸文学者、スミエ・ジョーンズさんの功績も忘れることができない。彼女は、アメリカ、ヨーロッパ、日本の多国籍にわたる学際的な春画研究プロジェクトを組織し、国際会議を何度も主催した。スクリーチさんもわたしも、そのメンバーのひとりである。わたしは彼に、そのプロジェクトで初めて出会った。田中優子さんもそのなかにいた。

春画研究が国外で盛んになったのには理由がある。春画研究のためには何より膨大な点数の作品を経年的かつ作家別に鑑賞する必要があるが、日本国内ではコレクターが秘蔵したわずかな点数の作品を拝むようにして見せてもらうほかなく、そもそも研究対象へのアクセスがむずかしい。それに比べて海外では第一に、性器露出へのタブーが少なく、第二に、ボストン美術館やキンゼイ研究所などにまとまった量のコレクションがあり、第三にそれが一定の手続きのもとに研究者に公開されているからだ。春画を含めて日本の浮世絵が、明治期と敗戦後の時期に、大量に海外へ流出したことは知られており、したがって浮世絵の「里帰り展」などが実施されるくらいである。浮世絵春画の最高峰とわたしが勝手に思っている鳥居清長の「袖の巻」の本物を、すばらしい保存状態でこの目で見ることができたのは大英博物館の一室であった。その美しさに息を呑んだことを覚えている。その点ではフリーの編集者、白倉敬彦《よしひこ》さんがプロデュースした学習研究社の『浮世絵秘蔵名品集』全四巻〔白倉他編1991-1992〕が刊行されたことは、春画研究に大きなはずみをつけた。完全ノーカット版の作品のリプロダクションは、出版状況が変化したことで実現したが、それでも全巻そろえれば八〇万円という価格と各巻平均約三千部の予約限定販売というハードルを設定して、ようやく可能になったものだった。白倉さんはその後、ご自分で春画研究書をいくつも上梓《じょうし》しているので、もはや研究者と呼ばれるべき人である。

スクリーチさんはこの「第三の波」にも満足していない。美術史的な研究や学術目的の研究は、画風や技術、趣向や見立て、図像学的なアプローチに偏りがちで、いっこうに核心に切りこまないではないか、というらだちが彼にはある。つまり春画はもともとセックスのために描かれたものだという簡単・明瞭な事実から、なぜ研究者は目をそらすのか、という問いである。

たしかに春画研究には通《コノスウア》の訳知り談義に終始し、外濠をぐるぐる回りながらいっこうに本丸に切りこまない歯がゆさを感じることが多い。もちろんこの態度もまた江戸人の粋、わかっていてもあえて触れない含羞《はにかみ》の美学だということもできる。その見方からすれば、「春画はポルノだ」と言い切ってしまうことで、「第三の波」を巧みに波乗りして次のステージへと越えてしまったスクリーチさんなどは、さしずめ野暮の骨頂ということになろう。

だが、スクリーチさんはたしかにその蛮勇で、春画研究の第四期を切りひらいてしまった。これから先の春画研究はよきにつけあしきにつけ、彼のこの著作を無視しては前へ進めないだろう。副題にある「片手で読む江戸の絵」というフレーズが端的に彼の立場をあらわしている。片手で読むのはなぜか。もう片手がふさがっているからである。その片手、おそらく右手は、いそがしく性器を弄《もてあそ》んでいるはずだ。つまり彼は本書で、もっとも簡明なポルノグラフィの定義、「抜くためのおかず」、おっと、もっと学術的に言えば「自慰のための性幻想を供給する視覚表象」を、春画に与えてしまったのだ。

彼の研究の功績は他にもいろいろある。春画は浮世絵の一部であって両者の間に境界を引くことはできないこと。現に役者絵や美人絵も、「抜くためのおかず」に使われた例があること。何より、春画はあくまで表象であって現実ではないこと。それまでは春画があらわす表象を現実ととりちがえて、江戸時代の男女が性的に自由で奔放であったとか、男女が性的に対等であったとかのナイーヴな解釈があった。性の四十八手が実際には模倣できないように、表象が示すのは性幻想にすぎない。たとえ男女和合の図があったからと言って、ほんとうに男女が和合していたかどうかは表象からはわからない。和合は春画のお約束、和合ファンタジーというものだ。春画は現実ではなく江戸人の性幻想の表象であるという、表象研究の基本の「き」となる方法論を提示したことは重要だが、そのご本人が、役者絵を見てマスターベーションをしているお女中の春画を、役者絵もまた「抜くためのおかず」として女性にも用いられた、という説のための証明に使うのは自己矛盾というものだろう。

たしかに春画をポルノグラフィと定義することでよくわかることがたくさんある。だが、同時にこの定義は多くの研究者の反発も招いた。そのひとつの例が、「文学」（一九九九年七月号）が「春本」特集をしたときの「春本・春画研究の臨界」と題する座談会である［上野他1999］。この特集そのものが、春画研究の「第三の波」を受けて、お堅い出版社である岩波書店刊の「文学」の特集としては初めて春画をとりあげたものだ。その座談会の出席者はスミエ・ジョーンズ、田中優子、佐伯順子、そしてわたしの四人。春画をめぐる座談会のメンバーを全員女性が占めるというのも、画期的なことだった。その座談会の焦点は、スクリーチさんの書いた本書だった。彼の本はここから先に進むためには避けては通れない、春画研究のマイルストーン（里程標）に、すでになっていたのである。

批判の焦点は彼の「春画はポルノグラフィー（自慰のための性幻想）である」という定義に集中した。この定義のなかには、春画消費の⑴個人性と、⑵私秘性《プライバシー》とが前提されている。春画を「片手で読む」ためには、ひとりでこもれるための空間、すなわちプライバシーが必要である。だが、これまでの春画研究の多くは、その逆の事実、すなわち春画消費には⑴個人性よりは集団性が想定されること、⑵私秘的な空間の確保がむずかしいばかりでなく、私秘性の観念そのものが江戸人の世界にはなさそうだということを示唆してきた。事実、彼自身が江戸の空間にはひとりでこもれるような場所などないことを、くりかえし指摘している。

春画を、今日のポルノ消費になぞらえて、個人という性的主体が、私秘的な空間と時間のなかで、春画を「おかず」にマスターベーションする、という想定そのものが、第一におそろしく西洋中心的で、第二にいちじるしく近代個人主義的ではないだろうか、というのが、批判の論点だった。

　春画が「わじるし」とか「笑い絵」とか呼ばれたことは、パロディや諧謔と切り離せない。そして笑いとはつねに集団的なものである。彼は「笑い絵」の笑いは、笑いの感情とはまったく何の関係もなく、自慰の代名詞に過ぎないと一蹴するが、それほどかんたんに春画の持つ「笑い」のインプリケーション（含意）を退けることはできない。また春画の趣向や見立て、アイコンなどは、あきらかに連や座のような集団的な消費の場があったことを想定させる。春画は「座興」として笑いを誘ったのであろう。いずれも、春画消費のためには高いリテラシー（教養）が必要だったことを推測させるが、このような教養もまた集団的なものである。

　スクリーチさんの「西欧近代的偏向」が、この座談会の批判の焦点となった。フーコーの用語を借りれば、アルス・エロティカ（性愛術）に属するものを、セクシュアリティの用語で読み解いてしまった、ということになるだろうか。だが、この「蛮勇」がなければ、春画研究は次のステージに進まなかっただろう。そういう意味ではこの春画研究の「黒船」の到来から、日本の春画研究が活性化することを祈るばかりだ。平凡社の「太陽」別冊、『春画』［白倉編 2006］、『続春画』［白倉編 2008］の刊行が大当たりし、担当編集者に頼まれてその帯にわたし自身が書いたように、春画とは「日本が誇る世界遺産」なのだから。

　本書の成功には、もうひとつ忘れてはならない貢献がある。翻訳者、高山宏さんの尽力である。本書が達者な日本語で書かれ、豊かな古典的語彙力に富み、軽妙洒脱な軽口と地口が頻出し、原典にあたって引用の正確を期しているのは、ひとえに高山さんのおかげである。その意味で、本書は翻訳に人を得た、まことに幸運な著作であったということができるだろう。ほとんど高山さんを共著者と呼びたいくらいである。

スクリーチさんが原典から引用して翻訳した英文を、さらに日本語に戻して原典にあたるという作業は超人的な努力を要したにちがいない。にもかかわらず、初版には多くの事実誤認や誤字、引用のまちがいが見受けられた。いちいち例を挙げないが、研究書の品質保証のためには、正確な校訂が不可欠である。とりわけ当該の言語圏の読者に研究成果を問う際には、口うるさい訳知りが居ることを覚悟しなければならない。多くの読者や研究者の指摘を受けてこの文庫版では訂正がされたと聞く。

そうであってほしいが、最後に日本研究のグローバリゼーションについても一言触れておきたい。ここでいうグローバリゼーションとは、端的に英語化のことである。日本語で書かれた著作は、日本語の読めない外国の人々には届かない。英語圏で刊行された書物を通じて、他の言語圏の人々が最初に春画を知るとしたら、それに対する批判や修正もまた、英語で発信されなければならない。スクリーチさんのように外国人の日本研究者が登場すると、日本研究もまた日本語の言語障壁をたのみに「鎖国」の安寧のうちにとどまることは、もはや許されないのである。

江戸人から学ぶセックス

春画は表象である。

表象研究の基本のきは、第一に表象は表象であって現実ではないということ、第二に、表象はそれに描かれた対象についてより、それをつくった者についてより多くを語る、ということである。

第一については誰もがすぐに了解するだろう。春画に出てくる四十八手のようなアクロバティックな体位は解剖学的にとても無理なばかりか、そもそもあの巨大な男根と女陰を見れば、誰もが到底かなわない、とお手上げになるほかない。江戸期の春画が流出した一八世紀のオランダでは、春画を見て仰天した西洋人が、これでは日本人にはかなわない、と思ったとか、まことしやかに伝えられている。これなど、表象を現実ととりちがえたせいであろう。

第二についてもしばしばかんちがいが起きる。春画の男女が奔放に描かれているからといって、実際の男女がそのようにふるまっていたとはかぎらない。現代のAV作品を数百年後のひとたちが見て、あの時代のセックスは顔射がスタンダードだったのか、避妊法が普及しなかったからだろうか、などと推論してみるのと似ている。

性風俗は記録に残らず、記憶に伝承されにくい。わたしたちが手がかりとして持つのは、春画春本の類の表象だけである。

さて、春画の世界を渉猟することをつうじて、わたしたちは何を知ることができるのだろうか。

これまでの春画研究は、春画の成り立ち、絵師や彫り師などの作家とその技巧、見立てや趣向など、どちらかといえば美術史的関心の対象となってきた。さもなければ、制作や流通、法度や禁制など、文化史や社会史的な研究対象となってきた。ともすれば好事家が扱う下世話な趣味の対象と見なされてきた春画を、まともな研究対象としてとりあげるには、ことさらに学術研究のスタイルを強調する言い訳が必要だった。その結果、春画研究は、天皇制を論じるのに「皇居の外濠をぐるぐる廻るような」、隔靴掻痒のものになりがちだった。

なんだかんだと言っても春画はポルノでしょ、と尻をまくって春画論を書いたのが、タイモン・スクリーチである。お上品で学術的なアプローチの偽善性に、うんざりしていたからにちがいない。かれの『春画』[スクリーチ 1998, 2010]は、春画研究に画期をなした。副題にある「片手で読む江戸の絵」はずばり、もう片方の手が性器を弄ぶのにふさがっていることを示している。

白倉敬彦さんの『春画にみる江戸の性戯考』[白倉 2010]は、「スクリーチ以後」の春画研究に連なる。白倉さんはすでに春画についての本を何冊も出している。春画についてこのひと以上の博覧強記はいない。彼は、すでに編集者として、学習研究社から『浮世絵秘蔵名品集』全四巻[白倉他編 1991-1992]を刊行し、また最近では平凡社から「別冊太陽」の特集、『春画』[白倉編 2006]、『続春画』[白倉編 2008]に関わっている。たとえ図像であれ性器の露出を出版業界が解禁したのはごく最近のこと。学研の本では、限定三千部、予約販売、全巻そろえれば八〇万円というハードルを設定して「学術目的」の装いを凝らした。平凡社からは、大型ビジュアル誌、「太陽」の別冊として、美術や教養の一環というスタイルで出された。平凡社から頼まれてわたしは「春画のタブーが解かれるのはうれしい。日本が誇る世界遺産なのだから」というフレーズを帯に書いたが、それも教養志向を意識したものだった。

だが、言い訳無用、粉飾不要。春画は春画、すなわちセックスが描かれたものであるという簡明な事実にどうして向き合わないのか、と白倉さんも思ったのだろう。身体の他の部分はきわめて様式的なのに、春画は性器をハイパーリアリズムで描く。それが日本の春画の特徴だ。春画は性器を描く。いや、もっとあからさまに言えば、春画は性交を描く。どうして今までだれもそれを論じてこなかったのだろう、という新鮮な驚きが、本書にはある。

だが、ハイパーリアリズムがリアリズムを超えているように、それだって現実ではない。そもそもサイズの巨大さが現実的ではないし、覗きや豆男などの趣向もまったくリアルでない。だが、そこから逆にわかるのは春画を制作し、消費した江戸のひとびと（ほとんどは男だろう）が、セックスを何だと考えていたかという妄想についてである。

そう思って本書を全一二章、江戸の性戯一二相にわたる百科全書的なカタログと思えば、学ぶことは多い。しょっぱなから「くじる」が出てくるが、初手からクリトリスの愛撫、アメリカ風にいえばペッティングを重視することがわかる。口吸いはディープキスにあたる性戯の一種であること、それを接吻と訳したばかりに日本には接吻文化がないなどとまちがった情報が流布したが、なんの、儀礼的な接吻を人前でしないだけのことである。口吸いをしたいから早く会いたい、という手紙を、太閤秀吉も留守宅の淀君に書き送っている。くじる、口吸い、乳吸い、の三点セットで、女をすっかりその気にさせるのが作法、と心得るのが江戸人のようだ。アフリカの一部の社会で行われる女子割礼と言われる陰核切除は、女性の性感を損ない、性器の挿入は苦痛にしかならなくなるだろう。

フェラチオとクンニリングスについての江戸人の考えはおもしろい。フェラチオは女が男の性欲を駆り立てコントロールするもの、男のほうはどちらかといえば辟易《へきえき》している様子。それが男から女に要求するものになったのは、いつからだろうか、と白倉さんは問いを立てるが、わたしもその答えを知りたい。他方、クンニリングスは男の女に対する「心中立て」、女に対するサービスだからこれで男の真情がわかる、ことになっている。女陰が「汚いもの」という観念はその頃からあったのだろうか。ナポレオンは遠征先でブルーチーズの匂いを嗅いで、皇后ジョゼフィーヌを思い出した、と伝えられる。めったに風呂に入る習慣のなかったヨーロッパ人にとってはそうだったかもしれないが、入浴が日常の習慣だった日本人には、抵抗は少なかっただろう。

肛門性交は、男色にも女色にもある。両門責めもある。女にとっては下策だったのか、それとも淫乱のあらわれだったのか。相手がそれを望んでいる、というのがポルノの定石だから、女は快楽の相で描かれる。若衆や陰間《かげま》以外の男が肛門を女や他の男に攻められている構図はないから、成人の男は男根を挿入する側であって挿入される側にはいないのだろう。

それにマスターベーションと性具の数々。こちらは男の妄想が全開である。白倉さんが指摘するように、春画独楽図は圧倒的に女の自慰が多く、男の自慰は少ない。現実を反映しているとカンチガイしてはいけない。女の自慰は、男のマスターベーションのおかずになるが、男の自慰はそうならない、というだけのことだろう。ああ、もったいない、オレサマがそこにいたら、と不在の男根の位置に自分の性器を代入するのが、春画の消費方法のひとつだからだ。同じことは張形《はりがた》についてもいえる。書き入れには、「もう誰でもいいから相手になってほしい」とか「ほんものだったらどんなにいいだろう」という意味の文章がある。張形がほんものの男根の不完全な代用品であることがこれでもかと示され、女が代用品を用いてまで、男根を欲している、と思わせるのが春画のシナリオなのだろう。性具の数々も女陰の代用品の種類は少ないのに、男根の代用品や付属品はさまざまである。女が思いついたのではあるまい。女をこれでもか、とよがらせるための男のたくらみの数々、と考えた方がよいだろう。それに女陰の代用品を用いなくても、江戸には遊女から夜鷹まで、カネで買える女には事欠かなかっただろう。そのせいか代用品を用いて独楽に耽る男は、思いっきりぶざまに描かれている。

あれれ、と意外に感じたのが、そのものズバリの性器性交とそれに伴うエクスタシーが本書では論じられていないことだった。性交ではなく性戯を扱ったから、というのなら、これもなんだか外濠を走っているように見える。男のエクスタシーは射精だがこちらは外だししない限り絵にならない。女のエクスタシーはバビンスキー反射などで推定されるが、こちらもはっきりと図示できない。女にも男の射精に相当する淫水のほとばしりがあると信じられていたようだが、潮吹きの図などは春画が妄想であって現実でないことの証拠だろう。妄想のなかには、河童や動物など異類と女との交合もある。そのなかには、有名な海女と蛸の組み合わせがあり、北斎を始めとして何人かの絵師が好んで描いている。書き入れでは蛸はオス蛸になっているが、男根無用の女の快楽を、白倉さんがどのように読み解くか、聞いてみたかった。

春画は何のために使われたか？　マスターベーションのおかずである、というのがスクリーチの答えである。他にも、旦那衆の座興のため、相方をその気にさせるため、嫁入り前の娘の性教育のため、などなど諸説がある。だが、昔も今も、ポルノを性教育の手段にされては迷惑だ。何度もいうが、春画はそれを制作し消費したひとびとの性的妄想の表現であり、現実の反映ではないからである。

とはいえ、春画の性的妄想と近代以降の性的妄想のいずれがより洗練されていたか、と考えれば、春画のほうに軍配が上がるだろう。春画は女の性欲も快楽も否定していないし、交合に至るためには、さまざまな性戯で女をじゅうぶんその気にさせることを説いている。森崎和江は、二〇代のころ、当時恋人だった大学生が、「女にも性欲があるのだろうか」と問いかけたことを証言している。一九五〇年代のことだ。わずか半世紀ばかりで、江戸からなんと遠くまで来たことだろうか。女性に性欲がないとされ、女はマスターベーションしないはずになっていた近代という野蛮な時代が、長続きしなくてよかった。だが、八〇年代や九〇年代の日本の夫婦間セックスのサーベイデータでは、前戯なしの挿入が大半で、その野蛮さに驚いた。二〇〇〇年代の同様のセックスサーベイでも、既婚者のセックスは、前戯の実行率が軒並み低い。現代日本のカップルのクォリティ・オブ・セックスは相当に低そうだ。誰もがAVのようなセックスをしているわけではない。

セックスに文明と野蛮があるとすれば、江戸期のセックスのほうが文明度が高いかもしれない。現代人が江戸人から学ぶことは多そうだ。少なくとも、性についての思いこみや妄想が、こんなに短期間に変化してきたことがわかれば、現在のわたしたちの妄想についても、距離を置いていられるだろう。

ともあれ、自家薬籠中の題材を相手に、白倉さんの達意の文章は、快活に筆が奔《はし》っている。読者はそれを存分に娯《たの》しめばよい。

生ける春画事典

白倉敬彦、二〇一四年一〇月四日没。享年七四歳。
『春画に見る江戸老人の色事』［白倉2015］が遺作となった。それにしても、タイトルが『老人の色事』とは。

ちょ、ちょっと、待ってよ、白倉さん、春画研究は老後の娯しみ。性欲は衰えても、妄想はますます盛んなり。一緒に春画の本を書きましょうよ、と言っていたのに、先に逝ってしまうなんて。老後になったら……と言いながら、あいかわらず仕事に追いまくられて、わたしの「老後」はいっこうにやってこない。そのうち、そのうちに、と言っているうちに、時間切れとなった。後悔先に立たずとは、このことである。

わたしが春画研究に興味があると知って、読者は驚くかもしれない。八〇年代の早い時期から、わたしは江戸春画の研究にのりだした。春画について書いた短い論文なら、いくつかある。いつか単著を、と思いながら、「老後になったら」の、その「老後」がいつまで経ってもやってこない。

一九七六年、フランスの哲学者、ミッシェル・フーコーが『性の歴史』［Foucault 1976=1986］を刊行し、三巻まで書いて、八四年、道半ばにして没した。この本は、性の研究のパラダイムを大きく変えた。それまで性の研究すなわち性科学 sexology は、人間のもっとも動物的な部分である性行動を研究するものだと思われてきた。だから性科学者は、動物行動学、生物学、内分泌学、産婦人科学など、自然科学分野のひとびとだったのだが、フーコー以降、性の研究について「自然」と「本能」ということばは、禁句となった。なにしろ性に歴史がある、というのだから、性（ここではセックス sex ではなくセクシュアリティ sexuality のこと）は人文社会科学の対象となったのである。

　わたしはフーコーの影響を受けて、日本近代の性の歴史研究にのりだした。最初にわかったことは、日本近代の性についての観念が、西欧の影響下にあることだった。それなら、と時代をさかのぼり、西欧の影響を受けていない日本人の性についての観念を知ろうと思い、江戸時代にたどりついた。そこにあった性の表象の宝庫が、春画だったのである。

　日本の春画は、まずもって美しい。わたしは春画に魅了された。わたしがもっとも好きなのは鳥居清長の「袖の巻」だが、そのなかには、若い娘と若衆とのまぐわい、太り肉《じし》の新造とその夫との交歓、もう若くない男女の喜悦……が、生命の賛歌と言ってよいようなおおらかな筆づかいで描かれている。

　わたしが春画研究を始めた八〇年代は、野蛮な時代だった。有名な春画コレクター、高橋鐵さんの本など、局部がべったり黒塗りされて、醜いありさまだった。日本の浮世絵は、線彫りの繊細さが売りもの。性器まわりの陰毛の緻密さには、ほれぼれとしたものだが、その部分がすっかり隠されていた。それどころか、春画の特徴は、性器のリアリズムと、肉体描写の様式性の組み合わせにあるのに、そのいちばん核心の部分をべた塗りで隠してしまうのだから、何をか言わんや、である。

その後、春画の出版は次々に解禁されていった。その過程でもっとも功績のあったのが、ほかならぬ白倉さんである。白倉さんは春画については稀代の博覧強記、図柄や筆づかいを見ただけで、「これは英泉ですな」「これは湖龍斎だね」と、ぴたり、と当てる。それにどんな無理難題にもただちに答えてくれる。「白倉さぁん、御殿女中の張形使いものはありませんかね」とおたずねすると、「ああ、これとあれとがあります」とするする出てくる。まるでアタマの中が春画アーカイブになっていて、そこに検索をかけるとどんなデータでもただちにググれるかのようだった。

白倉さんのさまざまな功績のなかでもっとも大きい功績は、学習研究社の春画集成『浮世絵秘蔵名品集』全四巻［白倉他編 1991-1992］の刊行だろう。一冊二〇万円、全巻揃いで八〇万円。完全予約制で三千部。一般の流通ルートに乗せない、学術目的ということで、小林忠さんや早川聞多さんなど、研究者を動員して解説をつけて刊行した。白倉さんはこの刊行に、編集者として関わった。大日本印刷という世界でもトップクラスの印刷技術を持つ印刷会社を使い、原寸大の総カラー印刷の浮世絵春画のコレクションである。実はわたしはこれを持っている。このなかに鳥居清長の「袖の巻」の原寸大複製があって、拡げるたびにほれぼれする。ホンモノに手が出ないわたしのような愛好者には、垂《すい》涎《ぜん》の的となった刊行物であった。これが日本における春画の無修正版刊行の嚆矢《こうし》ではなかろうか。

それ以降、春画刊行のタブーは次々に解かれてきて、河出書房新社版のリチャード・レインの写真集シリーズや、平凡社「別冊太陽」の春画特集［白倉編 2006, 2008］など、無修正版がどんどん出るようになった。「太陽」の編集者にたのまれた推薦文に、こう書いて、編集者に喜ばれた。

「春画は、日本が誇る世界遺産である」

ヨーロッパや東アジア、イスラム圏の同時代のエロティック・アートをいくつも見たが、江戸春画の芸術性にはとうてい、かなわない、とわたしは確信している。

どんな研究も、資料がなければ成り立たない。春画研究は、長らく資料へのアクセスそのものがむずかしい分野だった。日本にいる何人かのコレクターは、コレクションを秘匿し、わずかななかまたちだけがそれを見る機会を得た。日本の春画は、明治期にも戦後にも大量に海外に流出して、ボストン美術館や大英博物館の東洋美術部門には、膨大なコレクションがあるのだけれど、それはお蔵に入ったままだった。ボストン美術館収蔵浮世絵コレクションの里帰り展が国内で開催されたが、そのなかに、春画は含まれない。大英博物館が、最近ついに収蔵した春画を公開展示する企画展を開催したが、それが日本に里帰りする可能性はいまのところ、ない。だからわたしが春画にアクセスしたのは、アメリカのキンゼイ・インスティテュートだった。『キンゼイ・レポート』で有名な性科学者のアルフレッド・キンゼイが設立した、インディアナ大学の構内にある私設の研究所である。そこでも身分証明書を示し、研究目的であることを申告して、初めて利用を許された。

そういう春画研究の状況に対して、白倉さんがプロデュースした学習研究社版『浮世絵秘蔵名品集』は、その規模と網羅性において、画期的なものだったのである。

その後、白倉さんは次々に春画研究の書物を著した。白倉さんだけではない、田中優子さんやタイモン・スクリーチさんなど、春画研究者というべきひとびとがぞくぞく登場した。本を出すたびに、白倉さんはわたしに著書を送ってきて、「あなたが書かないから、ボクが先に書くんですよ」と、挑発するような発言をした。白倉さん、挑発にのらなくて、ごめんなさい……。

白倉さんのあまたある春画研究の著書の、本書が絶筆となった。

それが『老人の色事』ときた。

章の構成は、「老爺の色事」「老婆の色事」「老夫婦の色事」とバランスがよい。

「性的欲望は、男女ともに灰になるまである、というのが、江戸時代までの性的概念であって、それゆえに、男女ともの老人の性は認められていた」

白倉さんが「はしがき」でそういうとおり、江戸のひとびとは、老人にも性欲があると考えており、しかもそれに男女の差はない、と思っていた。それが近代になって「男の老人の性については、暗黙裡には認められていて、無視されたのは、女の老人の性であった」とあるとおりである。

だから、老爺も老婆も春画には登場する。もとより、春画は描かれた表象だから、現実をありのまま写し取ったとみなすのはまちがいである。春画は「わ印」とも言われるように、「わらい絵」。皮肉や風刺をきかせて、なかまうちでくすりとわらう、そのような鑑賞のされ方をしたものである。だからこそ、イギリス人のタイモン・スクリーチさんが『春画——片手で読む江戸の絵』［スクリーチ 1998, 2010］という本を書いたとき、白倉さんはそれに『江戸の春画——それはポルノだったのか』［白倉 2002, 2017］のなかで反論した。「片手で読む」とは何を意味しているかといえば、もういっぽうの片手は春画を見ながらせんずりに忙しい、ということを指す。つまり春画は昨今のポルノやＡＶ

と同じように、「ヌク」ための実用品だった、というのがスクリーチさんの見解だが、白倉さんはそれに異議をとなえる。春画は江戸の旦那衆の文化消費のツール。オモテの掛け軸を巻き上げると、そのウラから春画があらわれる、すると旦那衆がどっとわくとか、羽織裏に絵師に春画を描かせ、羽織を脱ぐとそこからご禁制の春画があらわれるという粋な趣向のために使われた。もともと座や連のなかで集団的に消費されたものだという。現代のポルノのように、密室で孤独に「ヌク」ために使われたのではない。たしかに春画のなかには「淫情を催させる」ものもあるが、それ以上に、笑いの要素が大きい。わたしはどちらかといえば、白倉説のほうがあたっていると思う。スクリーチさんの見方には、現代人のポルノ消費を江戸時代のひとびとに投影したオリエンタリズムを感じる。

老人の性は、「わらい絵」である春画のなかでも、からかいのタネになりやすい。欲望はあるのに、モノが役に立たず、若い者から相手にされない老人の焦りや嘆き。睦事に励む若夫婦をのぞき見しながら、勃《た》たない逸物を弄《いら》う老爺。カネにまかせて妾を囲っても、妾には情夫がいてあたりまえ、という現実。

老婆も負けていない。「女は灰になるまで現役なのです」と、火鉢の灰をかいて、乃木大将の母は教えたとか。老爺に劣らず、男妾を相手にしたり、若いカップルの情事に介入したりする。閉経後らしい老婆が、巨根を相手に「いたた」などとこぼすのは、なかなかリアルである。

ほのぼのするのが「老夫婦の色事」。本書の西川祐信《すけのぶ》の描く老夫婦は、口吸いもすれば、交合もする。おだやかな喜悦の表情がよい。年の頃合いからいえば、いまなら五〇代か六〇代ぐらいだろうか。

そんなに高齢とも思えない。この年齢の日本の夫婦の現在はどうだろう。日ごろ口を吸いあい、セックスしあうむつまじい夫婦はどれだけいるだろうか。愛情表現はかたちにあらわしてこそ。スキンシップは大切だ。白倉さんはこんなおだやかな老後を味わわれただろうか。

最後に書いておきたいことがある。白倉さんは、初めから春画研究者だったわけではない。彼には『夢の漂流物《エパーヴ》』〔白倉2006〕という回想録がある。「私の70年代」と副題のある本書には、瀧口修造、荒川修作、飯島耕一、吉増剛造、安東次男など、綺羅星のごとく戦後の「前衛」を担ったアーティストや詩人たちとの交友が描かれる。白倉さんは、稀代のディレッタントでスタイリスト、モダニストにしてポストモダニストだ。

このひとを江戸の春画へ向かわせたものはいったい何だったのだろうか。モダニズムの挫折？　西欧への懐疑？　あるいは日本近代へのふかい失望？

……それを聞きそびれた。聞くべきことを聞いておかなかった。

悔やんでも悔やみきれない。

夜這いを実践した民俗学者

赤松啓介は一九九〇年代になってから、大ブレイクした。赤松さんは一九〇九年生まれ。九〇年代にはすでに八〇代に入っていた。赤松さんといえば、夜這いの研究で有名な民俗学者で、すこしとぼけた関西弁で、微に入り細にわたって語り出せばとどまるところを知らない語り部として知られている。

八〇年代終わりから九〇年代にかけて、赤松さんの八〇代は、日本社会における「赤松ルネッサンス」というべきものだった。それまで赤松さんの仕事は、異端の民俗学者として一部の人々に知られていただけで、神戸市で郷土史の専門家として暮らしていた。年譜を見れば、赤松さんが間断なく文章を書き続けてきたことはわかるが、その多くは専門誌や地方の郷土史関係の雑誌で、一般の読者の目にふれるような媒体ではない。それが大ブレイクしたのは、八六年に明石書店から『非常民の民俗文化——生活民俗と差別昔話』［赤松 1986］を刊行してからである。

それからというもの、八八年には『非常民の民俗境界——村落社会の民俗と差別』［1988］、九一年に『非常民の性民俗』［1991］、九三年に『村落共同体と性的規範——夜這い概論』［1993a］、『女の歴史と民俗（復刻版）』［1993b］、九四年には『夜這いの民俗学』［1994a］、『夜這いの性愛論』［1994b］

（のち『夜這いの民俗学・夜這いの性愛論』〔2004〕として再刊）、さらに『民謡・猥歌の民俗学』〔1994c〕、九五年には『差別の民俗学』〔1995a〕、『宗教と性の民俗学』〔1995b〕、同じ年に『猥談——近代日本の下半身』〔赤松・上野・大月1995〕という題名のわたしとの対談を共著でと、やつぎばやに単行本を刊行している。毎年一冊以上という精力的な仕事ぶりである。九五年にはあの阪神淡路大震災がおこり、兵庫県在住の赤松さんは被災者となった。難を避けて京都の親族のもとへ身を寄せ、それから病を得て二〇〇〇年に亡くなられた。享年九一歳の長寿であった。

長生きをするということは、人から忘れられていくということだ、と言ったひとがいるが、赤松さんの場合には、むしろ八〇代に入ってから、分野と世代を超えて、読者に知られるようになった。最近では養老孟司さんが六〇代で、日野原重明さんが九〇代で、それぞれ大ブレイクしているから、人の一生は何が起きるかわからない。長生きはするものである。

わたしは生前の赤松さんと何度かお会いしたことがある。九〇年には「マージナル」という文字どおりマージナルな雑誌で（笑）、「夜這いにみる近代の豊かさ」という対談をしているし、そのうえ、九五年には共著まで出した。赤松さんといえば、銀髪で小柄、肌のきれいな愛嬌のあるおじいちゃんが目に浮かぶ。だれでも最初から年寄りだったわけではないが、わたしの目の前にあらわれた赤松さんは、最初からおじいちゃんだった。

この温厚で人なつっこい、語ればエロ話を次から次へとくりだすおじいちゃんが、戦前は地下にもぐった共産党の党員であり、治安維持法違反で収監されたこともある筋金入りの活動家であったことは知られていない。赤松さんの戦前と戦後のあいだには、断絶がある。九〇年代に赤松さんがわたしたちの前にチャーミングですけべなおじいちゃんとしてあらわれたとき、かれの過去に関心を払う人はいなかった。

赤松ルネッサンスには仕掛け人がいる。衰退しつつあった日本民俗学をひとりで背負って立つつもりでがんばっていた大月隆寛である。かれは兵庫県の西端から赤松さんをひっぱり出し、東京で若い聴衆をあつめて講演会を企画したり、当時下ネタ学者として知られつつあったわたしと赤松さんとの出会いの場を設定してくれたりした。

本書（『夜這いの民俗学・夜這いの性愛論』）には赤松さんの九〇年代の仕事のうち、九四年の『夜這いの民俗学』［1994a］と『夜這いの性愛論』［1994b］を合本して収録してある。一九五〇年刊の『結婚と恋愛の歴史』［1950］の復刻版が、九三年に『女の歴史と民俗』［1993b］として世に出たときに、わたしは解説を書いた。半世紀前に刊行された書物を女性史ブームにのせて再刊するには、赤松さん自身も、世の中のほうも大きく変わっていたから、そのあいだをつなぐ必要があったためである。

かれはそのなかでこう書いている。

「日本の女性も、また世界的な苦難の歴史をたどって今、新しい解放を目にしている。特にアジア的な古い家父長制の残存によって個性を奪われていた日本の女性が、心にもない貞淑と犠牲の古い絆から解放されようとしていることは、すべての働くものにとってまた楽しい喜びであろう」［赤松 1950, 1993b］

リバイバル後の赤松さんが、階級闘争史観に裏打ちされたこの教条的な文章の書き手と同一人物とは、想像することすらむずかしい。赤松さんがお亡くなりになった今、改めて解説を書くとは、再登場した赤松さんが約半世紀をおいてどのように時代と出会いなおしたのか、その歴史的な検証をしてみることが課題となるだろう。

赤松さんの九〇年代のしごとに、新しい情報は何もない。というよりも、夜這いというすでに息絶えてしまった民俗を今さら研究しようにも、もはや対象が目の前にないから、新しい発見を付け加えることができない。だが、赤松さんの語りは、夜這いを見たことも聞いたこともない新しい世代に、新鮮な驚きをもって迎えられた。赤松さんが変わったのではない。聴衆とそれを受け容れる文脈が変わったのだ。

とはいえ、赤松さんが変わらなかったと言えるかどうかはむずかしい。赤松さんの語りくちは、先に例をあげたように、かつての唯物史観とはすっかり変わっている。民俗学は、人類学とならんで、しばしば「来た、見た、書いた」と言われるように、その場にいた者が勝ち、知らない者は口がはさめない、という側面がある。赤松さんが夜這いについて語る関西弁の語り口には、聴衆を引きこむ魅力があり、それが何度聞いても寸分たがわぬみごとな再現であることを知って、わたしは赤松さんを「語り部」であると思うようになった。そうなれば、赤松さんが語る内容も、ほんとかどうか実はよくわからない。うっとり聞き惚れているうちに、これは語りじゃなくて「騙《かた》り」じゃないか、と思わせるところがあった。

しかも赤松民俗学のすごいところは、土地の古老に聞いた、という域をこえて、「わたしが実際に経験した」というところにあった。日本民俗学の父と言われる柳田国男は、性とやくざと天皇を扱わなかった、と言われるが、赤松さんは柳田の存命中からそれを果敢に批判した数少ない異端の民俗学者だった。とりわけ下半身にかかわることは、まず多くの人が口に出さないだけでなく、記録にも残らない。ましてや外来者にはしゃべらない。「白足袋の民俗学者」と呼ばれた柳田のような人が、人力車でのりつけては、話すはずもないだろう。

柳田のお弟子さんに、瀬川清子という女性の民俗学者がいる。彼女の『若者と娘をめぐる民俗』［瀬川 1972］は、若者組の決まりなど各地の夜這い慣行を採録した労作だが、なにしろ「わしの経験では……」と言われれば迫力に負ける。赤松さんは、研究者であるだけでなく、すでに滅んでしまった夜這い慣行の、生き証人としての存在感を持っていた。村の若者と同じ低い目線で村落に入りこみ、夜這い仲間として迎え入れられ、しかも各地を転々としながら、村の若者なら自分の土地についてしか知らないところを、複数の村について比較をする。地下活動のためにもぐりこんだ都会の流民、細民のあいだでも豊富な性体験を持ち、都市下層民と農村の比較ができる。「近代日本の下半身」——これは赤松さんとわたしの共著、『猥談』の副題である——について、これ以上雄弁な生き証人はいなかっただけでなく、その語りは、ほとんど「芸」の域に達していた。本書の文体は、その語りをよく再現している。若者の筆下ろしの場面を描いた「柿の木」問答など、忘れがたい名調子であろう。

日本では夜這い慣行は、高度成長期直前まで各地に残っていたことが知られている。なかでも農村より漁村に最後まで残ったといわれる。共同労働が多く、集団の結束が固い漁村では、共同体慣行がおそくまで続く傾向があったためである。高度成長期以前、五〇年代までは、日本の農業人口は約三割、農家世帯率は五割を超える。都会に働きに出た多くの日本人にとっても、出身が農家であるという人々は多かった。夜這い慣行の消滅は、村落共同体の崩壊と軌を一にしていた。高度経済成長は、明治から長期にわたって続いた村落共同体の解体過程に、最後のとどめを刺したといってよい。

明治政府が夜這いを、「風紀紊乱《びんらん》」の名のもとに統制しようとしていたことは知られている。だが、各地で夜這いは長期にわたっておこなわれた。夜這いは、いっぽうで乱婚やフリーセックスのような道徳的な頽廃として、他方では古代の歌垣《うたがき》のようなおおらかな性のシンボルとしてロマン化され、さまざまな思いこみや思い入れをもって語られてきた。だが、タブーが解けてしだいに明らかになった夜這い慣行の実相は、共同体の若者による娘のセクシュアリティ管理のルールであることがわかってきた。初潮のおとずれとともに娘組に入り、村の若者の夜這いを受ける娘にとっては、処女性のねうちなどないし、童貞・処女間の結婚など考えられない。娘の性は村の若者の管理下におかれるが、そのなかで結婚の相手を見つけるときには、「シャンスをからくる」(瀬川清子)といって、恋愛関係のもとでの当事者同士の合意がなければ成り立たない。親の意向のもとで見たこともない相手に嫁ぐという仲人婚は、村の夜這い仲間では考えられない。夜這いには、若者にとっても娘にとっても、統制的な面と解放的な面の両面がある。

「日本の伝統的な結婚って、お見合いでしょ」とか、「日本の女性は処女のまま初夜を迎えるんでしょ」といったあやしげな「伝統」は、ほんの近過去まで夜這い慣行が存在していたことを考えると、「創られた伝統」であるといってよい。明治政府が夜這いを取り締まろうとしたとき、村の若者たちは、「夜這いがなくなるとどうやって結婚相手を見つけたらよいか、わからない」と言って反対したという。柳田は『明治大正史 世相篇』［柳田 1930–1931, 1976］のなかで、若者宿を「恋愛技術の教育機関」と呼んでいる。男女が接近する技術も、文化と歴史の産物であり、伝達され、教育され、学習されなければならないものなのだ。日本における見合い結婚とは、「封建的」なものであるどころか、おおかたの日本人にとっては、たいへん「近代的」な結婚の仕方である。六〇年代の半ば、結婚の仕方のなかで、恋愛結婚が見合い結婚を超える。このときに愛と性と生殖の三位一体からなるロマンチックラブイデオロギーとその制度的体現である近代家族が日本では大衆化するのだが、そのとき逆に、「処女は愛する人に捧げるもの」という処女性の神話がピークに達したと言ってよいかもしれない。

赤松ルネッサンスが、日本近代がひとめぐりしたあと、九〇年代のポストモダンの日本でブレイクしたことには、理由がある。近代家族に代表される性規範が、急速にゆらいでいたからだ。婚前交渉の一般化、性交の低年齢化、婚外性関係の「男女共同参画」、性の玄人《くろうと》と素人《しろうと》との閾《しきい》の低まり……。諸外国のようなドラスティックな人口学的変動（離婚率の上昇や婚外子出生率の上昇）こそもたらさなかったものの、「なしくずし性解放」といわれる日本版性革命が、あともどりしないしかたで進行していた。

赤松さんの語る過去は、もはやとりもどしようのない過去である。だが、赤松さんの話をはじめて聞く若い世代にとっては、「なぁーんだ、日本てそんな社会だったのか」と種明かしをされるような新鮮さがある。おなじ頃、学問の世界でも、性を研究対象としてとりあげるセクシュアリティの歴史・社会学的研究がようやく市民権を得てきた。フーコーの『性の歴史』〔Foucault 1976＝1986〕以来、性は本能ではなく文化であること、だから歴史や社会によって変動すること、そしてそれにはジェンダーだけでなく階級の要因があること……などが、次々にあきらかにされてきた。そういう目で、日本の過去をふりかえると、日本人が「セックスするなら愛する人と」とか「結婚までは処女で」とか思ってきたのは、明治以来せいぜい半世紀くらいのことで、それも長く続かずに目の前で解体しつつあるということになる。日本人は、ごく近い過去に何があったかを忘れる健忘症の国民なのであろう。

　赤松さんの仕事は、確実に若い研究者に影響を与えている。若者のセクシュアリティを研究主題のひとつとし、現場のフィールドワーカーでもある宮台真司は、ブルセラ少女を論じて衝撃を呼んだ『制服少女たちの選択』〔宮台 1994, 2006〕の続編、『まぼろしの郊外――成熟社会を生きる若者たちの行方』〔宮台 1997, 2000〕で、地方テレクラを実践的に（笑）取材して、以下のような結論を得ている。

　地方都市である青森市のテレクラでハントを試みたところ、首都圏とちがって、女子高生にとくべつの付加価値がつかなかった。少女売春も主婦売春も、価格水準が収斂《しゅうれん》する現象を起こしていた、という。それから得た結論は、「女子中高生の身体に付加価値がつくのは、首都に限定された現象だ」というもの。民俗学出身の大塚英志は、『少女民俗学――世紀末の神話をつむぐ「巫女の末裔」』〔大塚 1989, 1997〕で、少女の身体を「（性的）使用禁止の身体」と呼んでいる。初潮に達し性的成熟を示しているにもかかわらず、「結婚までは処女で」という近代的な性規範のもとにおかれた不自由な身体だからこそ、それを侵犯することにとくべつな付加価値がつくのだ、と。うらがえせば、そのタブーのないところに、付加価値も発生しない。日本における「セクシュアリティの近代」は、まんじゅうの薄皮のようなもので、はがせばすぐ直下に「性の民俗」が姿を見せる。「青森にセクシュアリティの近代はなかった」というのが、宮台の観察である。考えてみれば、日本におけるセクシュアリティの近代の歴史は、それほど底の浅いものだったということだろう。このあたりの性の歴史に興味のある読者は、わたしの『発情装置——エロスのシナリオ』［上野 1998b, 2015］を読んでほしい。

赤松さんの本の中で、わたしがやられている部分がある。「形式論理的にパーッと二つに分けなければ気がすまんような学者である」と言われてしまった。たしかに一事をもって一般化するきらいがあったことは、自分でも認めるにやぶさかでない。が、「ということは、つまり、こういうことですね」と性急にまとめようとするたびに、赤松さんの反応がおもしろかった。「いや、それはその村でのことで、よその村では……」と事例を次から次に繰り出すのだ。結婚前の娘だけが対象のところと、既婚の女性も夜這いの対象になるところ。総あたりの順番がきまっているところとそうでないところ。ヨソモノに排他的なところとそうでないところ。地域差もある。瀬川さんの採集した事例は主として東北日本だが、赤松さんの事例は、かれが足で歩いた播州（兵庫県南西部）の村落である。自分が「見た、聞いた、経験した」地域と事例については、こういうことが言える。ほかは知らない。そう言える。経験の強みである。だが、ほんとうをいうと、赤松さんだって、自分の限られた経験を一般化していないとはいえない。そのなかには、思いこみや偏見もある。八〇代でお会いした赤松さんは、肌のきれいな小柄なおじいちゃんで、若い頃はもてただろうな、と思わせる男性だったが、かれに、女のほうから男を評定する基準について聞いてみたときには辟易した。

「なんというても、もちもンですわな」

それからかれは、かりの張り方や大きさ、堅さについて、とくとくと語り始めたのだ。赤松さんもペニス神話の持ち主なのか……おっさんやなあ、というのが、その時のわたしの感想であった。お亡くなりになったあとで、こんなことを書くのは、あと出しじゃんけんみたいで気がひけるが、もし生きておられてこの文章を目にされることがあったとしても、赤松さんは自説を曲げたりなさらないことだろう。あのねぇちゃん、わかっとらんな、もうちょっと経験しいな……とつぶやきながら。

赤松さんは「語り部」である、と書いた。語りは騙りでもある。こんな語りなら、いっそ騙られてもかまわない、と思わせる魅力を、かれの語りは持っていた。その魅力を、本書の読者に味わってもらえたら、と思う。

柳田国男の「恋愛技術」

「赤い糸」伝説

柳田国男の『明治大正史 世相篇』［柳田 1930-31, 1976］のなかに「恋愛技術の消長」という章がある。

いまから三〇年以上前のこと。一九八〇年代にわたしが京都の女子短大で教えていたころに、この話を授業でしたら、女子学生から反発を受けたことを覚えている。恋愛とは出会ったときに「運命の人」とわかるようなものであり、技術もテクニックもいらない。それを「技術」というのは「不純っ！」とキラわれた。「赤い糸」伝説が生きていた時代のことである。つい最近、スケート競技から引退した浅田真央《まお》さんが、「恋愛は？」というインタヴューに、「出会ったときにわかるんでしょうね」と答えていたから、これまでの人生の大半をリンク上で過ごした彼女のなかには、恋愛には芸も技術もいらない、出会ったときに電《いなずま》に打たれたように「このひと！」とひらめくものだ、という伝説がまだ生きているのだろう。

あれから三〇余年。日本社会も「なしくずし性革命」を経験し、「初夜」ということばは死語になり、「婚前交渉」ということばさえ時代錯誤になった。若者が「つきあっている」といえば、性関係があることが当然視されているし、初体験の相手とそのまま結婚する割合はいちじるしく減少した。

「愛」の「恋」のと、人間に普遍な感情と思われているものでさえ、三〇年でこの変化である。

わたしの教え子の短大生たちの母親が結婚したのは一九六〇年代。配偶者選択のプロセスが、ちょうど見合いから恋愛へと逆転したころだ。その祖母たちはどうか。女子短大生に「おばあちゃんの自分史」というテーマでレポートを書かせたところ、五〇例のうち二例を除いて見合い結婚。例外の二例は、家が貧しくて奉公に出された先で奉公人同士が結びついた例と、早くに両親を失い兄の家を追い出されるようにしてヨソモノと野合したケース（恋愛結婚のことを当時「野合」と呼んでいた）。「結婚の自由」は、ないない尽くしの貧乏人にしかないのか、と思わされる結果だった。見合い結婚したおばあちゃんたちの「結婚満足度」は、満足と不満足がちょうど半々。その両方が共に、「アタリ・ハズレ」という表現を使っていた。アタリ組は「本当に運がよかった。おじいちゃんがやさしいひとで」、ハズレ組は「貧乏くじを引いたよねえ、あんな極道モンで」。そりゃそうだろう、よく知らない相手に、親の意向で嫁がされる。相性も人柄もわからない。結婚は博打のようなもの、という言い方がそのまま当てはまる結果だった。他方、恋愛結婚組は、二例とも「おじいちゃんが生きてたころが一番よかった」と思い出を語る。

それなら祖母の前の世代、曽祖母、さらに曽曽祖母の世代はどうだったのだろう？——柳田国男に訊いてみよう。『婚姻の話』［柳田 1948, 2017］はそれに答えてくれる。

「見合い」は創られた伝統だった

本書に収録した論文は、「仲人及び世間」「聟入考《むこいりこう》」の二篇を除いて敗戦後の昭和二一（一九四六）年から二二年に書かれている。新憲法によって「婚姻は、両性の合意のみに基いて成立」すると宣言された時代である。新民法によって家制度が否定され、婚姻に戸主の同意は必要なくなった。

日本は見合い結婚の国、それが日本の伝統文化である、という説に、柳田ははっきりノーをつきつける。見合いの場で初めて会ったり、極端な場合には結婚式の場で初めて会うような結婚を、柳田は「野蛮」と呼んだ。ちくま文庫版全集の「解説」で鳥越皓之［鳥越 1990］が述べるように、戦後民主主義の時代にあって、見合いという「結婚する当人たちの愛情を第一に置かないような婚姻」が不自然なものであって、庶民のあいだにはもともと婚姻自由の伝統があったことを、民俗学の助けを借りて証明しようとしたのが本書である。

エリック・ホブズボームは、『創られた伝統』［Hobsbawm & Ranger 1983=1992］のなかで、わたしたちが現在「伝統」と呼んでいるものも存外歴史が浅く、あとになって「伝統」と捏造されたものが多い、と指摘しているが、「家制度のもとの見合い結婚」という伝統も、せいぜい一世紀程度の歴史しかない。天皇の男系一系主義も、明治期の「創られた伝統」にすぎない。

なぜ見合い結婚が拡がったのか。もともと一部の武家社会の習慣にすぎなかったものが、四民平等のもとで庶民のあいだに拡がり、家柄・家格を気にする家長が遠方婚をのぞみ、そのための仲介役に仲人が登場し、結婚に「戸主」の同意を必要とする明治民法による家長権力の強化が後押しをし……

あげて日本の近代化が原因である。あまつさえ、恋愛結婚は「くっつき夫婦《めおと》」や「野合」と呼ばれて蔑《さげす》まれ、嫁入りは披露宴と同時になり、長きにわたる嫁姑関係の始まるきっかけとなった。女性史家のひろたまさき［ひろた2005］は嫁姑問題は近代の問題であると喝破した。舅姑が長生きするようになって同居期間が延びただけではない。柳田によれば「同居は古来の風ではなかった」からである。

ちょうど日本の近代化があらゆる面で怒濤のごとく進行していた時代に、柳田は変化を目の当たりにした。

「よばい」と寝宿習俗

それでは近代以前はどうだったのか？

庶民の大多数を占める村の共同体には、若者組と娘組という年齢階梯制（柳田は「年齢階級制」と呼んでいる）があり、そのもとに若者宿と娘宿という寝宿《ねやど》習俗がおこなわれた（「よばい」とも呼ばれる）。若者たちと娘たちは自由に行き来し、性交渉を含む交際期間をおいて、やがて同輩たちが認める似合いのカップルになる。本人同士の合意にたとえ戸主が反対であっても、若者組の仲間によるいささか荒っぽい介入（嫁盗みなど）があって、結局は戸主が折れざるをえない。まず婿入りという処顕《ところあらわ》し、つまり嫁の家族による公認があって、婿は嫁の実家へ通う（妻問い）。新婚の夫婦は別棟の「ヘヤ（婚舎）」をあてがわれるから、妻の親族への気兼ねもない。数年して子どもが生まれてから、舅姑が隠居して隠居屋へ移るのを機に、子どもを引き連れて堂々の嫁入りをし、主婦権の委譲を受ける。すなわち嫁入りとはオカタナリ、主婦の入家式であるから、主婦権をめぐる嫁と姑の葛藤はなかった、と。そして一家の主婦になることは得がたい地位だったから、娘たちはそれを切望した、という。

　ここで重要なのは、戸主の権力（家長権）が、共同体の力（若者組）によって制約を受けたことである。そうなれば、婚姻に「戸主ノ同意ヲ得ルコトヲ要ス」という明治民法の規定は、けっして「伝統的」なものではなく、むしろ近代民法によって家制度とそのもとの戸主権は強化されたといえる。「新らしい文化様式は特に家長のために有利であった」［柳田 2017: 323］。柳田は本書で相続について詳しく論じていないが、明治民法は戸主権の相続を男系に限ったことで男性優位の規範を強化したともいえる。戦後新憲法によって第二四条に「婚姻は、両性の合意のみに基いて成立し」とあるのは、この「戸主ノ同意」を排除したものであった。それまで、「戸主ノ同意」を得られない場合は、「欠け落ち」して内縁関係を結ぶほかなかった。

　適切な配偶者を選ぶための機関としてはたらいたのは若者組・娘組であった。労働と暮らしを共にするなかで、互いに「機転、気配り、思いやり」などが自ずと知られるようになり、その選択に承認を与えるのが同輩集団である。「雨夜の品定め」のように若い男女が互いの想い人を評定にあげ、朋輩の批判や忠告にさらすのは時代を問わない。その背景にあるのが、互いの氏素性を知り尽くしている村の共同体である。配偶者選択は村の若者組に統制され、村外の婚姻は疎まれた（が、そこにも脱け道はあった）。

自由な性交渉のもとでも、父のない子を産むことは恥だった。婚姻とは、生まれた子どもの帰属を決めるルールである。だが、避妊らしい避妊をおこなっていない村娘のあいだで、誰が誰と寝ているかはプライバシーのうちに入らず、おなかの子どもの父親を名指しすれば、男に逃げかくれのしようはなかった。

婚外子の増加

柳田は本書を、婚外子の増加を憂うるところから始めている。

のちにイギリスの家族史研究者、エドワード・ショーター［Shorter 1975＝1987］が家族規範のゆるみを婚外子出生率の波で論証しようとしたが、たしかに婚外子の増加は、日本でも婚姻規範、家族規範、性規範の変化の指標である。

「どこでその子を産み、どこでまた安らかに育てるかということを考えないで、妹背《いもせ》の契《ちぎ》りを結ぶ者はあり得なかった。それがカタラヒの最も大切な話題であったことを、私などはどうしても疑うことができない」［柳田 2017: 20］

「前途に一つの予定もなく軽々しく人に許し、末には棄てられて憂目《うきめ》を見ることを省みなかったのは、誠に恥かしい心弱さであって、笑われ嘲《あざけ》られるのは当り前」［柳田 2017: 306］と厳しい。

婚外子の母になることは、女にとって昔も今もリスクが大きい。好んで非婚のシングルマザーになる女は（めったに）いない。彼女たちが非婚シングルマザーになるのは、妊娠から出産に至るまでの過程で、相手との関係が破綻するか、さもなければ男に逃げられるからだ。

柳田は、婚外子の増加を「古来の現象でなかった」〔柳田 2017: 21〕といい、よく知らない相手と軽率に性関係を結ぶ今時の若い娘にその原因を帰しているが、それというのも「徹底したカタラヒをする練習の機会」〔柳田 2017: 20〕から娘たちが遠ざけられているからである。さらにその背後に、乗り逃げしても責任を問われない男の無責任さと自由な移動がある。だからこそ、「男女の交際には大きな拘束はなく、ただ何らの計画も用意もなしに、子を持つ女だけが責められたという時代が、たしかにわが邦にはかつてあった」〔柳田 2017: 45〕と責任のジェンダー非対称性を指摘するのを忘れない。

若者組・娘組の衰退

配偶者選択に若者組・娘組が果たした役割は、当事者たちによく認識されていた。「男女おのおの身のほどに適した選択を誤らず、いったん契りを籠《こ》めた以上は一生涯背《そむ》かぬ」相手を選ぶ際に、「正しい指導力と標準とを示すものは、土地を同じゅうして共に育ち、互いに知り悉《つく》している青年処女、自身もまたこの問題に無限の関心を寄せている者の、群《むれ》の輿論」〔柳田 2017: 199〕であった。

にもかかわらず、この「男女の結合に、本来深い関係を持っていた若者組及び娘組の退化」〔柳田 2017: 199〕が始まる。それというのも明治二〇年代から三〇年代にかけて、政府は若者組・娘組の解散を推進し、若者組を青年団に、娘組を処女会へと改組したためである。「処女」会という名称が象徴するように、「結婚までは処女で」と処女性の価値は上がり、寝宿習俗は「蛮風」として退けられた。それを推進したのが明治政府の末端エリート、教員と警察官である。明治五（一八七二）年に違《い》式詿違《しきかいい》条例が施行され、立ち小便や男女混浴が禁止されたのと軌を一にする。外国人の目に、日本が性道徳の乱れた野蛮な国であるとの印象を与えないためであった。

その結果、「『よばい』は人生の最も賤《いや》しむべき行為となり下ったのは……真に驚くに堪えない激変であった」［柳田2017: 186］と柳田は書く。「若者宿・娘宿の存在は、事情に盲目なる（原文ママ）人によって、往々嘲笑せられようとしている現況であるが、実際はかえってこの宿というものの力をもって、婚姻の乱雑を防止し得た」［柳田2017: 300-301］からである。

寝宿習俗の廃止にもっとも抵抗したのが、若者組・娘組の当事者であったことが知られている。柳田が証言するように、「わしらはどうなるか、嫁に行くことができなくなるが」という嘆きの声が寄せられたという［柳田2017: 90］。その結果は「農家青年の配偶者難」［柳田2017: 325］として現象した。

民俗学と歴史学

本書に収録された論文のうち、「聟入考」だけは他の収録論文に先立つこと約二〇年前、昭和四（一九二九）年に書かれている。柳田が『明治大正史 世相篇』を世に問うたのはその二年後、一九三一年のことである。

その序文で柳田は、風景、匂い、音のような現象を主題にして、「固有名詞のない歴史」を書きたい、と述べた。

「微々たる無名氏の、無意識に変化させた家族組織の根軸、婚姻という事実の昔今の差異は国史の外かどうか。いかなる学問がその研究を怠っていたことを責められてよいのか。これが社会からの率直なる詰問である」［柳田 2017: 264］とした柳田は、歴史学は変化する習俗を記録する民俗学に学ばなければならないとした。「聟入考」はその民俗学方法論の趣がある。

同じころ、ヨーロッパではアナール派の社会史が成立したが、都市、交易、衛生……のような主題に加えて、恋愛やセックス、婚姻が歴史研究の主題になるまでにはそれから半世紀くらい待たなければならなかった。恋愛やセックスに「歴史」がある、とは誰も思っていなかったからである。

その点で柳田の試みは、世界的に見てすこぶる先駆的であったといえよう。

性の近代化

「白足袋の民俗学者」として知られる柳田には、三つのタブーがあるといわれる。天皇制、やくざ、性である。最後の性について果敢にとりくんだのが柳田の高弟、瀬川清子と、在野の民俗学者、赤松啓介である。婚姻には性がつきもの、柳田は本書で婚姻とそれに先立つ寝宿習俗とには言及するが、その詳細には立ち入らない。娘は何歳から娘宿に入るのか？　娘宿で何をするのか？　好きな男を受け容れて嫌いな男を拒否する権利はあったのか？……その細部に立ち入ったのが瀬川清子であり、現場にのりこんで自ら参与観察したのが赤松啓介であった。

瀬川は『若者と娘をめぐる民俗』［瀬川 1972］で各地の寝宿習俗をあきらかにした。そこからわかったのは、自由な婚前交渉と見られた寝宿習俗とは、村単位の若者集団による娘集団の性の統制であったということだ。だからこそ、村の外のヨソ者との性交渉は、男も娘も制裁の対象になった。そこにはルールがあり、統制があり、制裁があった。日本では古代に「歌垣」と呼ばれた男女の宴が、その淵源であるともされた。のちに人類学の比較文化研究の分野で、婚前自由交渉 premarital promiscuity と呼ばれるこの集団単位の性交渉は、オセアニア圏一帯に広く分布していることがあきらかになった。

西欧の研究者によって「乱交」とも「群婚」とも呼ばれたこの行動は、実は制度化された配偶者選択過程であったが、「プロミスキュイティ」（本書で柳田はこの用語を一回だけ使っている［柳田 2017: 202］）という西洋語自体が、誰が誰の子を産むかわからない道徳的に劣った性行動というニュアンスをともなっていた。

その後、西欧でも「性の歴史」研究が盛んになるにつれ、婚前の男女の添い寝のような習俗が、村社会では一般的であることが知られるようになった。近代化による性規範の変化の指標が婚外子の出生であるとしたのは社会史家のエドワード・ショーター［Shorter 1975＝1987］だが、彼は都市化によって性的に自由な村娘が都会に奉公人として移動した先で、ビクトリア朝時代の偽善的な性道徳のもとにある上流社会の男性と接触したことが、ひとつの原因だとする。そこではふたつの異なる性規範の接触が起きたので、娘たちはまったくの被害者というだけではなかった。一九世紀イギリスのロマンス小説は、奉公先で妊娠して捨てられた娘のみじめな末路も、奉公先の主人を手玉にとって女主人に成り上がる女性のたくましい生き方も、共に描いた。

他方、赤松は果敢に現場へ入っていった。若者と娘の初体験（男は「筆下ろし」、女は「新鉢割《あらばち》り」と呼ばれる）はどんなふうにおこなわれるか、夜這いしてよい相手は誰か、夜這いのセックスの性技や交接の特徴は何か？……およそ柳田が避けて通ったようなディテールに分け入って、文書に残らない習俗を記録した。各地には赤裸々な「夜這い談義」が残っているのだから、柳田の記録はいささか上品に過ぎる、というべきだろう。本書で柳田は、婚前の自由な性交渉の後、添うた後の夫婦は生涯貞節を守るかのように述べているが、もちろんどんなルールにもタテマエとホンネがある。赤松は各地の夜這い習俗を比較して、既婚者が夜這いの対象から排除されない例があることを知る。そのルールを利用して、ある人妻が自分の情人を寝床に引き入れていたことを知った赤松が、彼女に、「そんなに好きおうた仲なら、いっそ欠け落ちすれば」と勧めたときの答えがこうだったという。「そんなことをすれば、道に外れる」……そこでは「道徳」の境界が、わたしたちが今日知るようなものとは違うところに引かれているのだ。

そんな夜這いからでも子どもは生まれる。婚姻とは子どもの帰属を決めるルールのことだから、妻の産んだ子どもは夫の家に属する。赤松はそんな「夜這い子」のひとりを夫があやしながら、「この子はオレに似てへんねんけどなあ」と独りごちるのを記憶している［赤松 1994a: 赤松・上野・大月 1995］。

貨幣経済に縁遠かった村社会には、買春はなかった。「佐敷、水俣、女の夜這い」といわれた地方の研究をした森栗茂一は『夜這いと近代買春』［森栗 1995］のなかで、なぜ夜這いが買春に凌駕されていったかを論じる。娼婦は交易の要路にある宿場町や港町にいて、都市と異郷のシンボルだった。江戸時代の遊女と地女の対立に見られるように、カネで買える女が、カネのかからない女よりも高い価値を帯びるようになる。それがやがて「性の工場労働」のような近代公娼制にとって代わられるまではあと一息である。大正期には帝大生の初体験の相手のトップスリーに娼婦が入るようになる（他のふたつは人妻と女中である）一方で、結婚前の娘たちには純潔が要求されるようになる。それを柳田はいささか揶揄《やゆ》気味に「深窓淑女主義」と呼んでいる［柳田 2017: 337］。性的成熟（初潮年齢）に達しているのに「使用禁止の肉体の持ち主」と、大塚英志［大塚 1989, 1997］が卓抜な定義を与えた「少女」の誕生である。

ここから先はわたしたちがよく見知っている時代である。往年の女子短大生の祖母たちや曽祖母たちが生きた時代であろう。

敗戦後の自由と解放？

寝宿習俗は、見合いのような人権無視に比べればはるかにましだろうが、柳田が理想化するほど、自由で解放的でも、また道徳的でもなかった。実態はその両極の中間点のどこかにあるだろう。

瀬川は寝宿が性の集団統制であって、排他性をともなっていることを指摘した。赤松はルールのタテマエとホンネのスキを衝《つ》いた。寝宿習俗とそれにともなう婚姻慣行が持続できたのは、村共同体の安定があったからである。安定を、閉塞と呼びかえてもよい。「御一新」は、この閉塞を打ち破った。ために個人は、地理的移動も社会的移動も自由になった。一方では家制度を強化し、それまでは共同体的統制に従っていた戸主の私権を拡大した。他方では共同体が堰き止めていた国家の家族への介入を許し、個人を国民化するのみならず、家を国家の末端装置とした。国民国家と近代家族のセットの登場である。柳田が目撃したのは、この転換期であった。

近代化には功も罪もある。近代には光も闇も両方あるが、だからといって、近代が達成した「四民平等」や移動の自由を手放そうと思う人はいない。柳田は目の前で失われていくものを憂慮した。だが、時代の趨勢に押し流されて変わっていくものを押しとどめることは誰にもできない。

彼自身もこう言っている。

「再び以前の姿には復しがたいのみでなく、村を囲いとしていることも、もう忍びがたい拘束となっている」となれば、「ぜひとも我々はこれに代るべき、もっと清らかなる選択機関を作らなければならない。それでなければこの自由は価値がないのである」[柳田 2017: 90]。

適切な配偶者選択機関がなければ、「エニシというがごとき漠然たる宿命を信じて、たまさか遭遇するものが最上の夫であるべきことを、神や仏に祈願するより他はないであろう」[柳田 2017: 90] というのは、偶然の「縁」のアタリハズレを恃《たの》むしかない現状を揶揄しているのである。良縁を求めるその選択機関が、今では合コンやコンピューターによるマッチング産業であると知ったら、柳田はどんな顔をするだろうか。

敗戦直後の「自由」と民主主義の時代にあって、わけても「婦人の世紀」に発表された論文は、「婦人解放の機運」を背景に、調子が高い。

「配偶者の選択は最初は完全に自由であり、後にはいろいろの制限も生れたとは言いながら、だいたいに当人の自由を本則としていたことは、近頃までも変りはなかった。それをまったく無視したような婚姻を、上品とも穏当ともいうことになったのは、実はよっぽど新らしい風潮であって、盲目なる（原文ママ）武家道徳の追随であり、また常識の衰頽《すいたい》だったとも言える」［柳田 2017: 174］

柳田のいう「自由」は狭い村の共同体の範囲内での「選択の自由」であり、その裏側には村を離れる自由も百姓でなくなる自由もなかったことはいうまい。

「自由」が「その価値を発揮する」には「汎《ひろ》い意味での性教育」が必要であるといい［柳田 2017: 175］、その担い手は女性だという。ついでに「誰も気付かぬことだがこの階級（武家＝引用者注）の特徴は、正しい意味における性教育の欠如であった」［柳田 2017: 30］とも指摘する。フーコーが喝破するとおり性道徳とは階級道徳の一種であるから、卓見であろう。

「社会を今あるような状態に持って来たのも、男ではなくて実はおばさんである」［柳田 2017: 175］と女性に対するリップサービスも忘れない。「今あるような状態」が敗戦なら、女もまたその共犯者だということになるが、それも問うまい。

そのためには民俗学の方法に倣って「最も普通の村の女たちの、一人一人の経験を、尋ねてごらんなさい」という［柳田 2017: 175–176］。そして婚姻が大事なのは、「天下晴れて、愛すべきものを愛し得ること」、その目的は「安らかな一生は、以前は家庭でしか得られないものときまっていた」からである。なぜなら「人間には免れがたい患難と病弱、あるいはそれよりも今一段と悪いものに接する場合にも、外で望むことのできない同情と援助とが、必ずこの中から期待し得られた」ゆえである［柳田 2017: 176–177］。今なら、自民党が唱える改憲草案にある「家族は、互いに助け合わなければならない」とされる家族主義というべき、つっこみどころ満載のこの文章には、敗戦直後の空気が反映していることだろう。すなわち国が破れて自分たちを守ってくれなくなったときに、唯一頼りになるのは家族だけだと。にもかかわらず、その家族の中には、復員兵となって帰ってきた夫たちの暴力や、子どもへの虐待があふれていたことは、のちに女性学の研究者によって次々に明らかにされた。敗戦後の自由と解放の空気にもかかわらず、村の共同体も、家族も、柳田が美化するようなものではなかった。

恋愛結婚の現実

冒頭であげた女子短大生のその後はどうなっただろうか？　祖母、母、娘の三代をさかのぼれば、見合い結婚世代の祖母たち、見合いと恋愛が半々になった世代の母たち、そして「絶対恋愛じゃなきゃ」と思い込む娘たちが入れ替わる。だがデータが示すのは、恋愛結婚は見合い結婚以上に学歴、出身階層、生活水準の共通した「同類婚」であり、「恋愛」が「身分を超える」ことなど、めったにないという事実だった。

一九六〇年代に恋愛が見合いと逆転したのは、その時期が高度成長期にあたっていたからだ。よい学歴とよい会社の組み合わせがあれば、たとえ出身階層が低くても、将来が約束されていた。『21世紀の資本』［Piketty 2013=2014］の著者、トマ・ピケティにいわせれば、キャピタル・ゲインより賃金の上昇の方が優位にあった時代だった。娘たちは「恋愛」の名において、男の「将来」を買うという投資をしていたのだ。

その後、八〇年代に入ってから、学歴と出身階層の相関が高くなり、地位の一貫性が強まり、世代間の社会移動は低下した。よい学歴を身につけるには、最初からよい家庭に育たなければならないとなれば、ストックもフローも共に条件を満たす相手が選好される。「価値観が一緒」「趣味が同じ」という「同類婚」の基準が、文化資本によって恋愛相手を選別する「合理的選択」であることを、ピエール・ブルデュー［Bourdieu 1979=1990］は完膚なきまでに論証する。かつては「親の意向」であった条件が娘に内面化され、さらにその孫娘の世代は、「親が気に入らない相手とは結婚しない」「結婚相手と恋愛相手は別」と言い放つ。「赤い糸」伝説から解き放たれたあとには、功利主義の選択が臆面もなく顔を出す。それだけでなく、結婚しない、結婚に魅力を感じない生涯非婚者が、今や男性の四人に一人、女性の六人に一人（二〇二〇年）に達しようとしている現実を、柳田はどう見るだろうか？

「婦人公論」に発表された「錦木と山遊び」では、柳田はこうもいう。「行かずもらわずに一生を送ってしまう人をふやすことも、何と考えても人類の成功とは言えない。しかもこの二つ（離婚と未婚

＝引用者注）は我々の婚姻自由の拡張のみによって、制止し得べき性質のものではないらしい」〔柳田2017: 107〕。

柳田の前には都市の「莫大な数の未婚者」が見えていた。柳田の憂慮に反して、彼らはその後、順調につがいを形成し、史上まれな出産ブームをもたらした。その当時生まれた団塊の世代は、恋愛結婚という「自由な配偶者選択」を経て、戦後男女共学で育ったカップルによる「友達夫婦」となったが、その彼らがつくった家庭がうらやむべきものでなかったのは、その次の世代、団塊ジュニアで非婚化が進んだことからもあきらかだろう。

性の自由市場へ

「始あるものには必ず終がある」と柳田はいう。「その次に来るものは果して何であろうか。これが答えなければならぬ実際の社会問題であるからである」〔柳田2017: 339〕。

近代のはじめに、旧習が音を立てて変化していくさまに柳田は立ち会った。しかし寝宿習俗は、変わるべくして変わった。いまわたしたちは、近代の終わり、近代があたりまえと見なしたものが過去に属するようになる変化に立ち会っている。柳田は失われていくものを憂慮したが、過去は美化されるだけのものとは限らない。柳田は、近代が「封建的」と唾棄《だき》した「見合い」が、実は近代の産物そのものであることを教えて、目からウロコの思いを味わわせてくれるが、その後「恋愛」の名でおこなわれている配偶者選択が、結果において「見合い」と変わらないという実態は、結婚とは「階層帰属」をめぐる合理的選択ゲームであるという、みもふたもない現実をつきつける。しかも「結婚は、男のおカネと女の美貌の交換である」と喝破した小倉千加子［小倉 2003, 2007］の定義ですら、今では古くさく感じられる。

かつて女性差別の強い時代には、女子力を磨いて高階層の男をつかまえる「シンデレラ婚」が、女にとっては合理的選択であった。『美人論』［井上 1991, 2017］の著者、井上章一によれば、明治末から大正にかけて、花柳界の女性をモデルにした「柳腰の女」が美人のスタンダードとなっていく。つまり労働には向かない、奢侈《しゃし》な消費財としての女である。アメリカではそういう妻を「トロフィー・ワイフ」と呼ぶ。だが、美貌で一発逆転をねらうシンデレラ戦略は、もはや過去のものになりつつある。女性にも選択肢が増え、人的資本としての投資とその効果が期待されるようになると、高経済階層の男性は、配偶者選択の基準に、女性の美貌よりも稼得力を重視するようになる。すでにヨーロッパで先行していたこの配偶者選択の変化は、ようやく日本でも目につくようになってきた。中国では野心的な女性経営者や成功願望の強い若い女性の美容整形ブームだという。その気になれば、美貌ぐらいカネで買える。学歴も経済力と高い相関がある。「頭のからっぽな美女」のステレオタイプの代わりに、美貌も学歴も成功も経済力も……すべてが相関する高い「地位の一貫性」が、ネオリベ社会で生まれているかもしれないのだ。そして経済力と結婚確率とが相関することもまた、知られている。結婚が「性の自由市場」のもとでの弱肉強食のゲームになったとき、柳田ならそれを見てどんな感慨を洩らすだろうか。

人口現象という謎

敗戦を目の当たりにして、柳田はこう書いた。

「日本人の予言力は、今度試みられて零点がついてしまった」〔柳田 2017: 11〕

その敗戦後に、柳田が憂慮するまでもなく、未曽有のベビーブームが起きた。戦時下の「産めよ殖やせよ」の国策キャンペーンは効を奏さず、その期間には出生率が低下しつつあったのに、戦後、外地から約六〇〇万人の復員兵や引き揚げ者が戻ってきて政府が人口抑制を唱えたときには、そのキャンペーンにも効果がなかった。

「日本総国の人口が、明治の初年には三千二、三百万、……わずか七十年の後にはそれがはや二倍を超えている」〔柳田 2017: 40-41〕。それから七〇年後、人口は明治初年の約四倍、敗戦後の約二倍、およそ一億三千万をピークとした後、減少に転じている。

人口現象には、わからないことが多い。「生れるという方にはまだ微妙なる幾多の法則の、埋もれているものがあるらしいのである」〔柳田 2017: 41〕。そして、以下のような提案をする。

「世代の推移、または個々の生活ぶりの甲乙によって、見遁《みのが》すことのできない繁殖率の差があったのである。……民族一個体としての、寿命といい健康ともいうべきものに、この際特に着目する人があってよいのではなかろうか」〔柳田 2017: 42〕

諸外国に比べて人口誌学 demography は日本では発展してこなかった。性愛、婚姻、出産、家族というミクロの現象は、人口、国家、経済というマクロ現象と連続している。『婚姻の話』は好事家の主題ではなく、学問の正統な主題であるべきことを、本書で柳田は宣言したことになる。

6　老いと介護

介護でもなく、恋愛でもなく

いささか旧聞に属するが、俳優の石坂浩二が妻の浅丘ルリ子と別れて再婚した理由が「介護」だった。そのときの記者会見で、かれが言ったせりふが、忘れられない。あまりのことに、開いた口がふさがらなかったからだ。

かれはこう言ったのだ。

「彼女（浅丘ルリ子）には、母の介護はさせられませんから」

卑劣だ。しかも二重に卑劣だ。

離婚会見のときには、もう再婚相手は決まっていた。どんないきさつがあったか知らないが、男と女だ、彼女をもう愛していない、と言えばよい。べつの女が好きになった、と言えばよい。

石坂には、要介護の老いた母親がいた。それを「大女優」の浅丘には「介護をさせられない」という。尊重しているようで、相手の口を巧妙にふさぐパターナリスティックな言い方だ。これでは浅丘には、「介護したくない」と言う自由もなければ、「介護ぐらいするわ」と言い出すこともできない。そもそも一般庶民の家庭じゃあるまいし、カネがあるなら介護の人手は妻に頼らなくても、いくらでも外注できる。皇太子妃が、皇后のお下《しも》の世話をするわけじゃないのと同じこと。再婚相手の若い女性に対しても、失礼なものいいだろう。これはまるで「介護要員として選んだ」、と言っているようなものではないか。相手の女性はこれを屈辱ととらないのだろうか。どうして、「彼女が好きだから」と一言いえないのだろう。

卑劣な男だ。別れた妻と、新しい妻の両方を同時に侮辱する、最低の男だ、と、わたしのなかで、「知性派男優」だったはずの石坂浩二の株は、大暴落してしまった。

だが、かれの「知性」は、べつの読みをしていたことだろう。「介護」を持ち出せば、おおかたの男の泣きどころを衝《つ》くにちがいない、と。母の介護、は男のアキレス腱。これで、不倫のなんの、という泥仕合の報道から免れることができる……事実、この記者会見、わたしの周囲の女性たちからはいっせいブーイングものだったのに、男性メディアからのつっこみはなかった。

遙洋子の『介護と恋愛』[遙 2002, 2006]は、もう一組のアサオカルリコとイシザカコージの物語だ。大女優になる前のキャリア志向の女は、要介護の父親をかかえている。ほんものの石坂よりおつむの軽そうな男は、ソフトな外見の背後に、男権主義のホンネと鈍感さをかかえている。つまり、いまどきどこにでもいる若い女と男の物語だ。

女は、欲が深い。自分の夢をかなえたいし、かっこいい男をつかまえて有利な結婚をしたいし、愛するパパの娘でもいたい。そのどのひとつもあきらめる気はない。だが、残念ながらこの世の中では、この三つはお互いにトレードオフ（あちら立てればこちら立たず）の関係にならざるをえない。股ざきどころか、いくえにも引き裂かれて、ずたぼろになる女の悲鳴と怒りは、同世代の多くの女たちの共感を呼ぶだろう。

つまりこの物語には、普遍性がある。そしてそれこそ、フィクションともノンフィクションともつかないこの物語の、作者のストーリーテリングの才能によるものだ。

一日は二四時間しかなく、すべての人に同じだけの時間資源しか与えられていない。そのなかでひとつのことをしたければ、他のことはできなくなる。介護はわけても、とめどなく時間を奪い、しかも時間とエネルギーを割かないことに罪悪感を感じさせる行為だ。主人公の女性は一般の介護適齢期より少し若く、恋愛のさなかに男とのデートの時間を割きながら、同じ時間を父親の介護に使わないことで自分を責める。何をしてもどこへ行っても、介護要員としての負担を背負っている女は、年齢にかかわらずこの自責の念から逃れることができない。

「男とのデート」を、「会社の仕事」とか「自分の活動」と置き換えてみたらよい。わずかな時間を盗んで気晴らしのための外出をしているさなかでさえ、介護責任を背負った女は、後ろめたさから逃れられないだろう。そして「介護」を「育児」と置き換えてみたらよい。どんなに重要な仕事をまかされていようが、この仕事には代わりの人がいても、あの子の母親の代わりはいない、子どもを置いて、わたしはいったい何をしているのかしら……という罪悪感に責められなかった働く母親はいないだろう。

娘であること、妻であること、そして母であること……を最優先するように、女は期待されてきた。自己実現など二の次、三の次。つまり女らしさとは、つねに自分より相手を優先するように気働きする心がけのことだ。

介護と恋愛。思えばこれほど、とりあわせの悪い組み合わせもない。

恋愛は欲望だ。デートも欲望だ。女は父親の介護より自分の欲望を優先する罪悪感に責めさいなまれるが、あるとき、ふと気がついてしまう。恋愛の相手も、「もうひとりの父親」にほかならないことを。女が自分に仕え、自分を優先し、自分の母親の介護をすることを当然のように疑わない、鈍感な家父長予備軍であることを。

介護と恋愛を、介護と結婚、と置き換えてみたらどうだろう？　あるいは、父と夫、と？　古来から、父権社会のふたつの権威、父権と夫権とのあいだに引き裂かれるのが女の運命だった。自分の生まれた家族と、自分がつくる家族、と言いかえてもよい。古事記のサホヒメは、兄への忠誠と夫への愛に引き裂かれて自害するが、現代の女は、父への義務より夫への愛を優先する。そうやって父に背いて恋人の許に奔《はし》ったのが、吉永小百合だ。情熱恋愛というものが、父の支配から夫の支配へと、女を自発的に飛びこませるやみくもな熱情であることも知らずに。

介護と恋愛、言いかえれば父と恋人のあいだに引き裂かれるもうひとりのヨシナガサユリになるはずだったこの物語の主人公は、卒然として気がつく……なぁーんだ、わたしはふたりのオヤジのあいだで股ざきになっていただけじゃないか。

それからの彼女のタンカが、かっこいい。溜飲《りゅういん》が下がる、とはこのことだろう。一度ほんとに口に出してこう言ってやりたいものだ、と多くの女が共感することだろう。もちろん、言うなら男と切れるときに限る。口に出したが最後、だからだ。

そのタンカとはこうだ。

「あんたとは結婚できないね。（中略）都合のいいこと言ってんじゃねーよ。自分ばかり気持ちのいいこと期待すんじゃねーよ。愛だの恋だの言ったって、テメエは自分のことしか考えてねーんだよ」

［遙 2006: 243–244］

彼女は、介護も恋愛も選ばなかった。娘にも、妻にも、母にもならずに、つまり自分以外のだれをも優先せずに、「自分」を選んだ。そして「負け犬」街道を驀進《ばくしん》している（笑）。

遙洋子は『東大で上野千鶴子にケンカを学ぶ』［遙 2000, 2004］でベストセラー・ライターになった。わたしは彼女を出版市場に押しだす側にいた。言うまでもなく、「東大」だの「上野千鶴子」だのというブランドがなくとも通用する、じゅうぶんな才能を彼女は持っていた。

それから彼女は、柳の下のどじょうを二匹か三匹、つり上げた。

この本を読んでわたしは思ったものだ。遙さん、あなたは、もう上野ゼミをとっくに卒業したよ。

本書でわたしたちは、同世代の女のリアリティをすくいとって、彼女たちと伴走する、才気あふれるオピニオン・リーダーを持った。そしてくやしいけど認めざるをえないのは、学者のことばより、このひとのことばの方が、ずーっと多くの読者に届くことだ。
健闘を祈る。

老い方に「技法」はあるか

天野正子さんの著書『老いへのまなざし――日本近代は何を見失ったか』[天野 2006] の初版『老いの近代』[天野 1999] が一九九九年。それから七年という時間は、時代にも、わたし自身にも年齢を加えた。そのあいだに、日本は介護保険の施行というかつてこの国が持ったことのない経験を蓄積し、高齢者への関心は急速に高まった。今回、再読の機会を与えられて、初版の時には気がつかなかった読み方を自分がしていることを自覚した。劈頭《へきとう》の一行に著者がいうように、まことに「老年になって人が得るのは、それまでとは異なる新しい人生の見方ではないか」とすれば、わたしは自身の加齢のおかげで、本書の「新しい読み方」を獲得した。

老いを否認することは「文明のスキャンダル」だと呼んだのは、シモーヌ・ド・ボーヴォワールである。彼女が文明論として論じた「老い」に比肩する日本の老いを、誰かが書かなければならない、と思っていた。本書はもともと、岩波書店の「日本の五〇年 日本の二〇〇年」のシリーズの一環として、書かれたものである。いや、こういう他人事《ひとごと》のような書き方をするわけにはいかない。「編集協力」のタイトルのもとに、鶴見俊輔さんの名前とならんで、わたしの名前が挙がっているように、この叢書シリーズのなかで、「老いの近代」を書くにふさわしい著者として、天野正子さんの名前をノミネートし、鶴見さんと合意したのは、わたし自身だからだ（ちなみに同じ叢書シリーズのなかに、上野千鶴子著『近代フェミニズムの陥穽《かんせい》』の書名が挙がっているが、この書がいまだに書かれていないことに胸の痛みを覚える）。

「日本の五〇年」とは、いうまでもなくその当時（九〇年代）における「戦後五〇年」をさす。すべてが過去と断絶したように見えるこの「五〇年」は、だが、それ以前からの長い近代への足どりとつながっている。「一〇〇年」とせずに、「二〇〇年」としたのは、明治維新の「断絶」を、敗戦の「断絶」と同様に、近世からの時代の胎動とともに、ゆるやかだが根底的な、そして後戻りしないひとつながりの変化として「近代」をとらえようという意図から来ていた。そしてすでに「ポストモダン」ということばが飛び交っていたそのころには、数世紀にわたる近代のもたらしたものを、功罪両面から再検討してもよい時期が来たと感じられてもいた。あの「近代」とは、いったい何だったのか？　とりわけ日本の「老い」にとって、あの「近代」とは何だったのか？　この問いに、天野さんはみごとに答えてくださった。

天野さんはこの問いに、「普遍」や「文明」の俯瞰的な視点からは答えない。初っ端から彼女は、日本の「老い」の道案内に、民俗学者の宮本常一を選ぶ。彼の地を這うような著作、『忘れられた日本人』とは、ほかならぬ「忘れられた老人」たちのことだ。彼女の筆はさらに、柳田国男が『明治大正史　世相篇』［柳田 1930-1931, 1976］で描き出す、一九二九（昭和四）年の「位牌を背負ってさまよう老人」に及ぶ。師走の寒い雨の夜に、先祖の位牌四五枚を包んだ風呂敷包みひとつを背に、門司の町をあてもなくさまよう九五歳の老人……とは、死者とのつながりを絶とうとしない者を、その存在ごと置き去りにした日本の近代の象徴である。宮本にも柳田にも、変化する世相が置き去りにしようとするものへの、鋭敏なまなざしがある。そしてそれらのエピソードを、あまたのテキストのなかから的確な引用として拾い出してくる天野さんのこれまた鋭敏な視線のおかげで、わたしたちは「老いたテキスト」を改めて再発見することができる。

実際、天野さんの読書遍歴はまことに多彩で柔軟だ。社会学者である彼女の関心は、社会学的な研究書はもとより、小説、詩歌、歴史書、エッセイ、ルポ、漫画、自分史の類に及ぶ。丹羽文雄の『厭がらせの年齢』があるかと思えば、岡田誠三の『定年後』がサラリーマンの老いの先駆けとして言及される。

なかでも、本書で圧倒的なのは「第二部　『昭和』の老い」である。ここでは天野さんの関心と読書歴の幅の広さが、縦横に発揮されている。世界の多くの人にとって二〇世紀は、そして日本の多くの人にとって「昭和」は、戦争を抜きに語ることのできない特別な時代だ。侵略、植民地、徴兵、強制連行、被爆等々、個人を超えた力に翻弄されたひとびとの運命。第二部で彼女が語るのは、原爆被災者の老い、未復員兵の老い、在日朝鮮人の老い、中国残留孤児・婦人の老い、アイヌに育てられたシャモ（和人）女性の老いである。これら「境界線の上」で生きるひとびとの老いは、ただ特殊なだけではない。伸びきったゴムが表面にある絵柄をグロテスクに映し出すように、この時代がいったい何だったのかをその極限型において表現する。それとともに、「老い」が、個人の歴史であり、時間の蓄積であり、変容であることを、ひとりひとりの人生の重みとともに実感させてくれる。

思い出すのがあまりにつらいために、故郷を離れた長崎原爆被災者の松尾あつゆきは、定年になって故郷に帰り、子どもたちを失った時間を凍結させたまま、胸の中の永遠に歳をとらない子どもたちへの繰り言をくりかえしながら生き、それをよしとする。赤紙で召集されたもと陸軍一等兵の大木てつ太（仮名）は、戦地で精神障害を起こし、国立武蔵療養所に収容されたまま、敗戦も知らずに長い戦後を生きる。そのかれにとっての老いは、六四歳で「そろそろご奉公から定年退職してもよいのではないか」という、おそらく生涯はじめての自己主張としてあらわれる。開拓農家に生まれて貧しさからアイヌの養女となった明治生まれのトキは、アイヌ語と縁を絶った五〇年の人生のあとに、誤解だらけのアイヌ語に怒りを覚えて、六八歳でアイヌ語再興にのりだす。

要約を書きしるすだけでむなしさにおそわれるのは、何よりも天野さん自身の文章を読んでもらいたいと思うからだ。わたしは彼女の道案内で、これから読む本の得がたいリストを手に入れた思いだ。そしてそれは何より、彼女の視線とことばを介して再発見された「老いのテキスト」として、である。

昭和の老いは、天野さんの次のような感慨に象徴される。

「老いを迎えることのできなかった人々の墓前にたたずむとき、老年期を持てることは一つの『特権』なのだ、という思いに強くとらわれる」

そのような長寿の「特権」が、歓迎されない「お荷物」としてしか扱われない時代を、生き延びた者たちが経験していると知ったら、死者たちはどう思うだろうか。

彼女の道案内は、さらに沖縄のおばあにも、職人の老いにも、演技者の老いにも、文体にあらわれた老いにも届く。吉野せいの『洟をたらした神』をこんなふうに「老い方の技法」として読むのか、「老女」俳優の北林谷栄の「演じる」老いと「生きられた」老いとを、このように互いに鏡に映しながら論じるのか……　本書は、論じられた対象の魅力ばかりでなく、論じ方の思いがけない切り口で、わたしには読書案内の宝庫に見える。

並みの社会学者にはない彼女のストライクゾーンのこの広さと捕球の柔軟さは、ご本人が述べているとおり、思想の科学研究会のサークル「老いの会」の経験がもたらしたものである。その成果は、共同研究『老いの万華鏡――「老い」を見つめる本への招待』〔思想の科学研究会〈老いの会〉編1987, 1991〕として結実した。四〇歳でこの研究会に参加した経験が、六〇代の天野さんのなかで発酵し、わたしたちは天野さん自身の「老い」によりそって、熟成したテキストを読むよろこびを味わうことができる。

そんな彼女が本書の最後に置いたのは、「朝日新聞」の「ひととき」投稿欄の投稿者を中心に生まれた「草の実会」、戦争で結婚相手の候補者を失って生涯独身を貫いた「独身婦人連盟」、生活クラブ生協でワーカーズ・コレクティブという新しい働き方を編み出した「たすけあいワーカーズ」、そして介護保険をつくりだすのに最大の貢献のあった「高齢社会をよくする女性の会」……という、さまざまな「サークル」である。天野さんには別に「サークル」研究というテーマがあるが、本書は、彼女のサークル経験が生み出したものだと言ってもよい。もしこの叢書シリーズが続くなら、わたしは彼女に「サークルの時代」というタイトルで本を一冊書いてもらいたい、とひそかに思っているくらいだ。そしてサークルを語るときの彼女の口ぶりは明るい。この章を最後に持ってきたいと思った彼女の気持ちはよくわかる。

「老い」は孤独である。いや、もっと正確に言おう。「老い」は、人間が孤独であるという事実を、粉飾なしに自他ともに思い知らせてくれる点で、ひとつの覚醒である。そのときに、それが死者たちであれ、孤独を知る同じような魂がかたわらにいること、孤独を孤独と知る者の「あきらめ」(「明らかにすること」)が待っていることは、救いであろう。老いは、美しくない。老いは、かわいくもない。「なんのために生きるか」という問いを超越したところで、自分の生を未完のまま、受け入れて生きていくこと。

言葉にするほどたやすくはないかもしれない。

天野さんはわたしよりちょうど一〇歳年長だ。わたしは自分より一〇歳年長の、とりわけ女性の年齢の取り方にずっと関心を持ち続けてきた。人間の想像力の射程は短いので、三〇年後のことは考えられないかもしれないが、一〇年後なら想像できそうな気がするからだ。わたしの今の年齢で、ひとつ上の世代から、こんなメッセージを受けとることができるのは、なんという幸運だろう。その幸運を、読者の方々にも分かちあってもらいたいと思う。

「息子介護」に学ぶ　もうひとつの男性学

息子介護が増えた理由

家族、家族というたびに、違和感を感じてきた。家族っていうが、いったい誰のことだ？　家族介護、っていうけど、いったい、誰が誰を介護しているんだ？

厚生労働省の「主たる家族介護者」の統計では、「家族介護者」の続柄の類型が、同居の配偶者、子、子の配偶者、次いで別居親族となっている。割合はこの順番に多い。政府は性別に中立な統計だと思っているのかもしれないが、こういうのを「ジェンダーに敏感でない」統計という。

だって、配偶者っていったって、妻が夫を介護するのと、夫が妻を介護するのとでは大違い。子の配偶者っていっても、つまりは息子の嫁のことでしょ？　ムコが手を出すなんてことがあるの？と疑問だらけ。子といっても、娘か息子か、どちらかがわからない。別居親族って、誰のこと？　別居している長男の嫁が通って介護しているの？　それとも嫁いだ娘が通勤介護しているの？　その区別さえわからない。性別が明らかでない統計なんて、現実を知るには、ほとんど役に立たないと思う。

それだけじゃない。いったい誰を介護しているの？　嫁による介護だって、舅を世話するのと姑を世話するのとでは、向き合い方がちがうだろう。親の介護だって、父の介護なのか、母の介護なのか？　それに子の性別をかけあわせれば、娘による母の介護、娘による父の介護、息子による母の介護、息子による父の介護……の都合四とおりの組み合わせができる。この四とおり、同じ子が親を看る介護といっても、なかみはとっても違うように思えないだろうか？

近年の傾向でいうと、子の配偶者より、男女を問わず実子。それに加えて、同居している子ども優先。その背景に、親が要介護状態になる高齢になっても、いつまでも親の家から出ていかない息子、娘たちの晩婚化・非婚化があり、不況で経済的自立ができず、親の家から出るに出られないパラサイトの現実がある……だろう。気がつけば、成人した子どもと老いた親からなる世帯が、まわりにいつのまにか増えている。平山亮さんの『迫りくる「息子介護」の時代――28人の現場から』［平山2014］のデータによると、同居のケースに限っていえば、主に息子から介護を受けている高齢者の割合は、もう一二パーセントにも達しているんだとか。そして長生きするのは女性だから、この親たちの多くは母親のはずで、そうなると、シングルの息子の介護を受けている母親も確実に増えているのだろう。

あらら、一昔前は、息子に下《しも》の世話をさせるなんて……、自分が生まれてきた秘所を目にするなんて……と母親の側でも、息子の側でも、たがいに避け合う気持ちがあったんじゃなかったっけ？　それを微妙に描いたのが、佐江衆一さんの『黄落《こうらく》』［佐江1995, 1999］だった。だが、現場の声を聞くと、「自分一人しかいないのに、そんなこと、言ってられない」……そりゃそうだろう。

そんなこんなで、今や「息子が介護をしない理由」は、すっかりなくなってしまった。

息子介護はブラックホール

そういうわけで息子介護は現実に増えているのに、もっとも実態が知られていないのが息子介護である。数が少ないから、ばかりではない。息子介護者たちが、自分について語らず、他人に救いを求めず、他人の介入を拒《こば》むからだ。息子介護は、まるでブラックホールみたいなのだ。

このブラックホールにアプローチするのはなかなか難しい。しかもこのブラックホールのなかで、何やらただならぬことが起きているらしいこともすでにわかっている。

二〇〇〇年代に入ってから、高齢者虐待の加害者トップに躍《おど》り出たのが、嫁に代わって息子。息子介護者の割合の少なさからいえば、息子が虐待の加害者になる蓋然性はすこぶる高い、と言わなければならない。虐待の確率は、ふつうに考えて、一緒にいる時間の長さに相関すると見なしてよいからだ。

嫁の虐待が多かったのは、たんに嫁が介護している割合が高い、という結果にすぎない。それにくらべて息子介護の割合は少ないのに、虐待者が多いのは、やっぱり息子介護にはなにか問題があるらしい。

地域のケアマネさんが「処遇困難事例」と呼ぶケースの多くがこれにあてはまる。食事も入浴もさせないネグレクト、外部の支援者からの介護や医療の拒否、親の収入に依存する年金パラサイト……など、さまざまな事例が報告されてきた。ほんとはそこで何が起きているのか、よくわからない……それが息子介護の現場なのだ。

平山亮さんは、そのブラックホールに挑戦した。もちろん、息子介護者のすべてが虐待をするわけではない。虐待しない息子介護者もいる。当然だろう。だが、虐待する介護者と虐待しない介護者とは紙一重。虐待しない介護者の現実についてわかれば、虐待する介護者についても理解が深まるだろう。

これまで、息子介護は問題事例として扱われてきた。それにアプローチするのは至難の業《わざ》なので、高齢者虐待についての第一人者、春日キスヨさんの事例研究［春日 2008; 春日 2010］も、情報源は、ケアマネジャーや介護職の人たちからの間接情報である。

春日さんには、『父子家庭を生きる——男と親の間』［春日 1989］という名著がある。父子家庭で子育てをしている父親たちの会に通って、参与観察するという方法から生まれたこのすばらしい研究も、親を介護する息子たちには通用しなかったようだ。そもそも息子介護者たちが、自分の思いを語り合うような自助グループなど、無きにひとしいからだ。そしてその理由も平山さんは明らかにしてくれる。

平山さんは息子介護者ひとりひとりに向きあう。まわりの誰も理解も共感もしてくれないだろうと孤立感を抱いている彼らに、ていねいに聞き取りをする。それができたのは平山さんが彼らと同性で同世代、そして本人のことばによれば「男らしさ」に違和感を抱いている男性だからだろう。

春日さんの研究は、父子家庭のほうが母子家庭よりもっと生きにくい、ということを明らかにした「男性学」だが、もし春日さんが男性の研究者だったら父子の会に同席を認められなかっただろう、とご本人はいう。父子家庭のお父さんたちは、妻と死別したり子どもを置いて出て行かれたあと、再婚もせず子どもを施設にあずけることもしないで、子育てに奮闘している「けなげな」お父さんたちだ。それにくらべると、社会的地位もあり妻もいる研究職の男性は、彼らがもっとも避けたい相手だからだ。ケアという「女のしごと」をしているレアな男たち……の実証研究から浮かび上がってくるのは、平山さんが「はじめに」でいうとおり、「男ゴコロの心理学」というもうひとつの「男性学」なのだ。

息子介護があばくジェンダー非対称

わずか二八例というのに、本書が「介護する息子」について教えてくれることは、広く、深い。うんうん、あるある、へえーという知見に充《み》ち満《み》ちている。そして思い込みや偏見を破ってくれる。そのうえで、なるほどねえ〜、という普遍的な理解に導いてくれるのは、彼の分析の緻密《ちみつ》さと繊細さによるものだ。

育児とちがって介護には、「主たる家族介護者」の周辺をとりまく複数の介護関係者がいる。たとえば、妻のいる息子が介護者になった場合。「女房はどうしてるんだ⁉」と周囲から譴責《けんせき》の声が飛んできそうなところに、平山さんは、妻の後方支援なくしては夫の「息子介護」も成り立たないのに、その貢献が期待より低いことを怨《うら》んだり、当然視して評価しなかったり、妻の葛藤を理解しなかったり……という事例を挙げる。

妻の方は妻で、「介護しないこと」への自責の念から自由になれなかったり、自分の貢献を過小評価したりする。それにつけこんで「オレがひとりでやっているんだ」と「大きな顔」をする息子介護者もいる。その機微を、平山さんはまるで夫婦のあいだに立ち入って聞いてきたみたいに詳細に分析する。

反対に妻が、自分の親の「娘介護」を背負ったら、この夫たちはどうふるまうだろうか？　想像できるだけに、先が思いやられる。

たとえば、本人以外にきょうだいがいる場合。平山さんは、それも男きょうだいがいる場合と女きょうだいがいる場合とに分けて考える。当然だろう。そして女きょうだいがいる場合のほうが、息子介護はもっとやりにくい、という思いがけない発見をもたらす。なぜなら女きょうだいは、自分の介護に評価を下すだけでなく、勝手にやってきては介入するからだ。だから姉妹がいて助かった、ということには、簡単にならない。

たとえば、息子介護だから手抜きでも言い訳できる、という発見。これを平山さんは「ミニマムケア」と呼ぶ。本人の自立を促す、残存能力を生かす、できるだけ手を出さない見守りケアだという見方もある。それから見れば、世話の焼きすぎのような姉妹や妻のケアはかえって妨げになる。だから介入を遠ざける結果にもなる。男の介護については、笹谷春美さんの研究［笹谷 1997-1998］で、「夫による妻の介護」の特徴が「介護者管理型介護」であることがすでに指摘されている。過剰な介護にせよ、過少な介護にせよ、いずれも介護者主導型介護であり、きょうだいや妻といえども第三者の介入によって自律を侵されたくない、というのが「男の介護」なのかもしれない。

それから、息子介護者と職場。友人関係。地域のネットワーク。息子だって働かなければ食べていけない。親の介護も続けられない。だが、ここでも息子介護者と娘介護者とのあいだには、大きな非対称がある。

息子の場合には、周囲から「ちゃんとおしごととして、お嫁さんもらって（その嫁に介護をまかせて、ってことか?:）、親を安心させてあげなくちゃ」というのが期待される「親孝行」となるのに対し、娘介護者の場合には、「しごとを辞めて親の介護に専念しなさい」という期待がのしかかる。その背後には「あなたのやってるようなしごとなんて誰にでもできる程度のしごとなんだから」という侮《あなど》りがないだろうか。同じことを息子になら言わないだろう。

家で「女のしごと」をやっている息子介護者は、あたかもそれがないかのようにふるまう。だから、職場に「息子介護者は『いない』」と言う平山さんの指摘は、痛い。思えば介護だけでなく、育児についても、男たちは「あたかも家庭責任がないかのように」（これをlike a singleという）ふるまってきたのではなかったか？　家を一歩出れば涼しい顔をして、なんの負担もない「ひとりもの」のようにふるまってきたことが、職場から育児も介護も「見えなく」させてきたのじゃなかったか？

「自分で介護すると決めたとたん、介護だけに専念するしかない状況に陥るのだとしたら、これもまた別の意味で、介護をする自由が奪われている状況だといえる」という平山さんの指摘は鋭いし、このことは「介護」を「育児」に置き換えても、一〇〇パーセント成り立つだろう。

同じことは、友人関係にもいえる。年齢の若い息子介護者は、同世代の男友だちが理解も共感もしてくれないところに、おたのしみを共有する「ツレダチ（英語ではcompanionshipというそうだが）」に自分だけグチをこぼして水をさすようなことはしたくないし、世代が上の場合も介護経験を共有した同性の友人たちとも、「自分だけ泣き言をいうなんて、いさぎよくない」と感じてやはり介護経験は語れない、のだそうだ。同性同世代の友人たちこそ、息子介護者が「もっとも避けたい相手」という平山さんの「発見」は、「男どうしの絆」の性質についてよく教えてくれる。

かつて「友情」は男の独占物と思われてきたが、弱みも吐けず、助け合いもできない「男の友情」って、いったい、なんなんだ？　そう思えば、「女友だち」のほうが、ずっと頼りになる。そのとおり、息子介護者にとっては、同性の男友だちより、異性の女友だちのほうがホンネやグチをこぼしやすいそうだ。これはわたしが『男おひとりさま道』［上野 2009, 2012］で指摘した観察と重なり合う。「男どうしの絆」は、平山さんによれば「馴れ合い、張り合い」の関係。困ったときの助けにはならない。それなら、同性よりは異性のほうが弱みを見せられる。

それが事実なら、女友だちのいない息子介護者は、どうしたらいいのだろう？　こういう男女関係は、お叱りモードのバーのママに、カウンターでクダを巻いてグチをこぼすオジサン、を連想させるが、女のほうはとっくに、こんな男のケアはカネでももらわなくちゃやってらんないわよ、と思っているはずなのだ。

こういう「男どうしの絆」は、介護する相手が父親か母親かにも関わってくる。父親ならばヨコ並びの関係。世話されて当然と思っている父親を世話するのも、父親から感謝のことばが聞かれないのも、「男ってそういうもん」で納得できる。

反対に「ケアする性」である母親と立場が逆転することは、息子にも母親にも双方にとって困惑として経験される。母親の変化に息子が気がつくのは遅いんじゃないか、という平山さんの指摘は、おそろしい。それは男性が一般に周囲の人の気分や感情の変化に敏感でない、というコミュニケーション力の不足以上に、自分にとって「不都合な真実」を否認したい、というとっても「男らしい」心理を思わせるからだ。

息子の母親介護は、父親のそれより困難かもしれない、という本書の指摘は、異性介護の困難以上に、「ケアする性」としてのジェンダー非対称に関わっている。

そして地域。ここでも父親と母親のちがいが明らかになる。地域に根をはっているのは女性。母親が要介護になれば、母親の同性の友人・知人たちが、息子介護を支援する資源になる。妻が夫の介護者になっても、同じ支援が同性の友人・知人たちのネットワークから得られる。わたしが「女縁」[上野 2008a] と呼んだものだ。

だがその資源が活用できるのも、母親が生きているあいだ限定。母親に属するネットワークだから、母親が亡くなれば潮が引くように去ってゆく。そうなれば、父親を介護する息子が、地域ではもっとも孤立することになるだろう、という平山さんの予測は当たっている。父親は地域でネットワークをつくってこなかったからである。

同じことは、しごと一途で働きつづけてきた女性の老後についても、いえるだろうか？

わたしの調査では、ほとんどの働く女性は、職場と地域とに両脚をかけていて、けっして男のように、職場と縁が切れたと同時にすべての人間関係を失うことにはならないようだけれど。だが、これからの働く女性の老後がどうなるかは、未知数だ。

男という困難

そう、家族介護とひと言でいっても、誰が誰を介護するかで、状況はおそろしく違ってくる。平山さんの詳細な調査を通じてわたしたちは、息子介護の実態にようやくすこしだけ、近づくことができた。

だが、読者のなかには、これでもこの本に登場する息子介護者たちは恵まれている、と思う人たちもいるだろう。だって何より、しごとがあって収入があって、家があって、そのうえ妻やきょうだいたちがいて……対象者を医療機関から紹介されたというとおり、公的支援にもつながっている人たちだ。追い詰められてもいないし、どうやら虐待をしている様子もない。そもそも調査の対象になることを引き受けるってこと自体が、ゆとりの証明なんじゃないか。これではほんとうに深刻な「困難事例」はわからない、と。

とはいえ、平山さんがいうとおり、本書を通じて、わたしたちは「どういう条件のもとに息子介護者は虐待者になるのか」をいくらかなりとも知ることができるだろう。それを知ることは、逆に「どういう条件がそろえば、息子介護者は虐待をせずにすむのか」を知ることにもつながる。

そして何より、本書が示すのは、「男という困難」についてだ。「困っていない」から「助けを求めない」へ、それどころか外からの「介入を拒否したい」息子たちは、ほんとうに「困っていない」のだろうか?

「『困っていない』僕らは、本当に困らなくてよいのか?」

「どうしたら僕らは、困るべきときに困ることができるのか?」

困っているときに困ったと言えない、助けてほしいときに助けてと言えない、弱みを見せられない男の「弱さ」を、「強さ」とかんちがいするのはやめたほうがよいのではないだろうか。男には弱さを認めることのできない「弱さ」がある……この問いに答えるのは、男たちの永遠の課題だろう。

それに平山さんがさりげなくつけ加える次の一文、「たとえ息子が困っていなくても、介護されている親の方は、困っている場合もあるからだ」……は秀逸だ。

介護は誰のためにある? 介護する側のためではなく、介護される側のためにある。介護される側が困る介護、介護する側にとって自己満足で、はた迷惑な介護が、「家族介護」の美名のもとにおこなわれては困る。

考えてみれば、これって男の人たちが、職場や家庭でやってきたふるまいと、とっても似ていないだろうか? 介護というコミュニケーションにかぎらず、あらゆるコミュニケーションにおいて、相手の感情とニーズに応えることは「基本のき」、なのだが、男性はそれが苦手なのではないだろうか？

息子介護が、男たちが「男であること」について学び、変わっていくための経験の場になればよい、と思う。なにより息子介護者とは、父子家庭の父親たちと同じように、ケアを必要とする親に向きあい、親を施設にも病院にも送らず、ふんばって在宅で支えようとしている愛情のある息子たちなのだから。すべての息子たちから、その親を介護するという絶好の機会を奪ってはならない、とさえ言いたい思いだ。

なぜなら、著者が予言するとおり、「息子介護者はこれから確実に増えていく」からだけでなく、すべての男たちは、誰かの息子なのだから。

老後の沙汰も金しだい

林真理子さんが老人ホームを舞台に描いた問題作『我らがパラダイス』〔林 2017, 2020〕を読むと、老後の沙汰も金しだい……そんな言葉が浮かんでくる。

親の介護に悩む三人の女の人生が、高級老人ホームで交錯する。三人は真面目に働いてきた親思いの女たち。ひとりは受付職員の細川邦子、ひとりは看護師の田代朝子、もうひとりは食堂のウェイトレス、丹羽さつき。それぞれに家庭の事情を抱えている。三人の女の設定とディテールのうまさには、いつもながら舌を巻く。

三人の勤務先はひとり最低でも八六〇〇万円の入居金が必要な富裕層向けの有料老人ホーム。お仕えする側とお仕えされる側とには、はっきりした「階級の壁」がある。その壁を不法に越えようとした者たちが受けるペナルティを、スラップスティックばりのブラックユーモアで描いたのが本作だ。

『下流の宴』の著書もある林さんは、現代日本の格差社会に敏感だ。そして上流の現実も、下流の現実も両方知っている。入念な取材にもとづいたと思われる本書『我らがパラダイス』は、トップクラスからボトムレベルまで、さまざまな施設を見てきたわたしにも、「あるある」感満載のリアルなディテールに富んでいる。

舞台となる有料老人ホーム、セブンスター・タウンはたんに入居金が高いだけではない。身元の確かな、社会的経歴のある名士や有名人が入居している、「選ばれた者」たちのためのホームである。クラシック音楽が流れる館内に掲げられたエッチングや水彩画は本物、毎月一回のホールのコンサートは燕尾《えんび》服《ふく》とドレスを身にまとったプロ、食事は朝から和洋を選べ、ディナーも前菜からデザートまでと豪華。温水プールがあって、訪ねてくる孫たちの遊び場になっている。施設だけではない。職員の配置もゆとりがあり、質も高く、給与もよい。医者も看護師も常駐しており、「最高のケア」を受けられる。入居者の女性は名家の令嬢たち、その夫の男性たちは働いて出世した成り上がりであることなども、観察が細かい。入居者は身なりも身だしなみもよく、公共の場に出てくるときにはお洒落《しゃれ》を忘れない。ジェネラル・マネージャーの福田は、この職場の責任者であることを誇りにしている。

「ここならずっと勤めたい」と思う職員たちのネックは、自分たちとその家族が絶対に入居することのできない施設だ、ということだ。いろんな施設を訪問するたびに、わたしにはそこの職員に聞く質問がある。「ご自分の親ごさんを入れてもよいと思われますか?」という質問と、もうひとつ畳みかけて「ご自身が将来、入居してもよいと思われますか?」というふたつの質問だ。多くの施設職員は、「親を入れてもよい」とまでは言うが、ふたつめの質問には、ぐっと詰まる。あるところで施設長をしている男性が、「ここならボクも入ってよいと思えます」ときっぱり答えた。が、その直後に彼はこう言ったのだ、「残念ながらボクの年金では入れませんがね」と。日本の格差社会は、老後格差社会でもある。

だが、そんな理想的に見える施設にも、罠《わな》はある。重度の要介護や認知症になったら、介護付き居室と呼ばれる上層階に隔離されることだ。大枚の入居金を払って使用権を獲得した自室に、なぜ最後までいられないのか？　自立型老人ホームと呼ばれる施設を訪ねるたびに、「要介護になったら、どうなりますか？」という問いに対して、職員は「ご安心下さい、介護居室に移っていただきます」と答えるのを、わたしは疑問に思ってきた。どんなに濃厚な介護を受けるにしても、狭い介護居室に隔離幽閉されるのは施設側の都合にすぎない。それをセブンスターの入居者たちは「〝上〟に行く」と忌避する。〝上〟では暗証番号付きのドアで施錠され、外に出ることもできない。老いて衰えた姿を見せない、見たくない、見られたくない……からだ。老いを受け入れる施設で、実は老いはタブー視されている。だが、容赦なく訪れるのが、失禁、徘徊《はいかい》、寝たきり、認知症……などの老いの現実だ。

セブンスターで働く親思いの三人の女が、自分の勤める施設に親を入れられたらどんなにいいだろう、と夢みる。それぞれの事情で切羽詰まった女たちは、共謀して思いがけないトリックを思いつく。契約したまま使われていない空き部屋に、認知症の親を緊急避難のために連れ込んだ経験が思いがけず成功して、それなら、と大胆な策に踏み込む。〝上〟のフロアの職員が利用者を識別できないのをよいことに、〝上〟の階への移動がおきるたびに、入居者と自分の親とを入れ替えていこうというのだ。

作家のこのアイディアには仰天した。どんな想像力があれば、こんなＳＦばりの奇策を思いつくのか。ひとりはクモ膜下出血で意識を失った女性、ひとりは認知症でわけのわからなくなった男性。それをひとりずつ職員の親と入れ替えていく。代わって入居者を、彼女たちの親が行くはずだった地方の施設に送り込む。「どうせ意識がないのだから」「どうせ認知症でわからないのだから」どこに入れても同じ、という理由が、彼女たちの選択を正当化する。親思いの彼女たちの、親に自分の目の届くところで気持ちよく過ごしてもらいたい、という愛情から、ということになっている。

だが……実のところ背筋の凍る思いをした。「意識がない」と思われている高齢者でも、家族や親しい人の呼びかけには反応する。「認知症で何がなんだかわからない」はずの高齢者でも、我に返ることはあるし、喜怒哀楽の感情は持っている。環境の変化は、かれらに影響を与えているはずだ。「毎日新聞」に連載されたこの小説を読んで、読者のなかには、「もしこれが自分だったら」とひやりとした人も多かったのではないか？「どこに入れても同じ」はずの意識を失った老女が、送り込んだ先の施設で突然死亡したことから、てんやわんやのドタバタ劇が始まる。「どこに入れても同じ」でないことは、遺体の描写からもわかる。自分の親に代わって送り込んだ老女の遺体の足首の裏側に褥瘡《じょくそう》があることを、看護師の朝子は気づく。寝たきりで同じ姿勢のまま、体位交換も充分にしてもらえなかった証《あかし》だ。「遺体は介護の通信簿」と呼んだのは、大田《おおた》仁史《ひとし》医師だ。褥瘡やむくみがあるかないかで、生前どんなケアを受けたかがわかる。

介護の質は金しだい……なのか？　残念ながら、それには一半の真実がある。母を年金の範囲で施設に入れようとした朝子は、結局満足できる施設を探すことができない。その施設に、朝子は他人の親を送り込んだのだ。

「階級の壁」を越えるのは難しい。そのタブー破りをやってしまったのが、ウェイトレスのさつきだ。ダンディで名を馳《は》せた元編集者の入居者、遠藤からプロポーズされて結婚する。認知症が進行する恐怖に怯《おび》える遠藤は、さつきの飾らないまっすぐさに救いを求めた。愛のない結婚と言うなかれ、窮地に陥ったひとにには、愛より親切、が真理なのだ。正式の配偶者になったさつきは、夫の居室で同居する権利を得る。それをどうしても許せないのが、体面を重んじるマネージャーの福田だ。由緒正しい素性の方々が入居しているセブンスターでは、正式の夫婦でないと同居はできない。愛人関係にある別のカップルをこっそり入居させていることを、知られたくないと思っている。その福田が言う。

「人間には、分相応ってことがあるんだ。分不相応な者が……自分よりずっと上の場所に入り込もうなんて、それは許されないことなんだよ」

「ふざけないでよ。ここにいる人たちと、私たちとどこが違うって言うのよ」

さつきの怒りが爆発する。

なにもかもがばれた後で、〝上〟のフロアに立てこもった三人の女たちとその親、そして協力者たちの「抵抗」が始まる。警察に通報させまいとマネージャーと事務局長を監禁し、事務職員からの通報に駆けつけた警察との攻防戦が始まる。学生運動の元活動家らしい入居者のご指導まであって、バリケードから火炎瓶まで登場する。

「切羽詰まった貧乏人が何をしても許される」……こんな差別主義の「世の中に対して一石を投じたい」「一矢報いたい」というのが、抵抗の理由である。この理屈に、溜飲を下げる読者もいるだろうか。

本書では差別主義は、自ら仕える側にいながら、「分際をわきまえろ」と弱者を排除する福田が体現している。選んだわけでもないのに上流の身分に恵まれた入居者のなかには、弱者の味方になる者さえいる。なるほど権威主義というものは、トップクラスにはかえってなく、セカンド、サードクラスの者たちの方に序列意識がつよいという作者の鋭い観察眼もほの見える。ほんものの「上流」に属する者たちは、天然にふるまう特権を持っているのだ。だが、入居者の元活動家は自分が差別者の側にいることを自覚しないのだろうか、とか、ツッコミを入れたいところは多々ある。

荒唐無稽な展開は、しょせん作り話だと言ってもよい。だが、後味はよくない。反逆した三人の女たちにどんな「造反有理」があろうとも、意識を失った、認知症になった、寝たきりになった年寄りは、どんな処遇を受けてもかまわない……という考えが伝わってしまうことがこわい。

林さんだって、いつかは歳をとる。要介護にも認知症にもなるだろう。これがわたしなら、と思わずにはいられない。地方の施設に送られて死亡した老女には、情の薄いと思える娘がいた。林さんにも娘がいる。わたしには子どもがいない。チェックしてくれる者がいなければ、どこかへ追いやられたら、それっきりだろう。

意識がなくなれば、認知症になれば、「どこにいても同じ」でないことは、たくさんの現場を見てきた者として言っておきたい。そしてその違いを生むのは、決してお金ではないことも、言っておきたい。ケアの質を決めるのは、負担できる金額の差ではない、事業者と介護職の志の有無だ。

「飛行機のファーストクラスやエコノミークラスのように負担できる金額によって設備に差があるのはたしかです。でも、わたしたちの目的は、フライトと同じように、すべてのお客さまを同じように安全に目的地に送り届けることなのです」

特別養護老人ホーム新生苑を運営する社会福祉法人新生会の名誉理事長、石原美智子さんのことばだ。

林さんにも知ってもらいたい。そして林さんがもっと歳をとって要介護が近くなったときに、どんな作品を書いてくれるか、心待ちにしている。

7 思いを受け継ぐ

てっちゃんはＮＰＯの先駆者だった

てっちゃん、と呼ばせてください。てっちゃんは会ったときからてっちゃん、でした。初対面なのに、前から知っているような気分にさせました。かまきりみたいな風貌なのに、人当たりはやわらかく、シャープなアイディアマンなのにおしつけがましくない。いつのまにか他人を巻きこんでいるこの人は、ＮＰＯの時代にいつのまにか時代の先端を走っていました。

そのてっちゃんこと加藤哲夫さんがこのわたしに、新刊『市民の仕事術』二分冊［加藤 2011a; 2011b］の解説を書け、といいます。このひとのしごとに、そしてこのひとのわかりやすい表現に――なにしろ『市民の日本語――ＮＰＯの可能性とコミュニケーション』［加藤 2002］の著者ですからね――どんな解説もいりません。解説は書けませんが、ラブレターなら書けます。きっとてっちゃんの下心もそのへんにあったかも？（笑）

てっちゃんは「せんだい・みやぎＮＰＯセンター」の創設者であり、代表理事です。てっちゃんの

ＮＰＯは、仙台市市民活動サポートセンターの指定管理者をはじめ、多賀城市市民活動サポートセンターや名取市市民活動支援センターの受託者にもなっています。そのせいで、宮城県と仙台市はいちやく日本のＮＰＯ支援の最先端地域になり、各地から学びにくるひとが絶えないモデル地区となりました。いえ、もっと正確にいうと、自治体がてっちゃんたちを指名したのではなく、てっちゃんたちが自治体を動かしてＮＰＯ支援センターをつくらせたのです。そしてお役人がやるよりずっとよい、と指定管理者に名乗りをあげたのです。しかも、民間のファンドや情報開示のしくみなど、行政とは別のサービスもちゃんと築いてきました。宮城県と仙台市がＮＰＯ先進地域として知られるようになったとしたら、そこにてっちゃんという人材がいたからです。そしててっちゃんが人材を育てたからです。

てっちゃんはＮＰＯがＮＰＯと呼ばれるようになるずっと前からＮＰＯ活動をやってきました。ＮＰＯことNon Profit Organization、意訳すれば「カネに・ならない・しごと」のことです（笑）。一九九八年にＮＰＯ法が成立したからＮＰＯが生まれたわけではありません。ＮＰＯとは呼ばれないけれどＮＰＯと同じ活動をしているてっちゃんのようなひとたちが全国各地にいたから、そのひとたちの後押しでＮＰＯ法が生まれたのです。

てっちゃんは東北ソーシャルビジネス推進協議会の会長もやっています。このところ「社会企業（ソーシャルビジネス）」ということばが大はやりで、大学のなかには「社会企業学科」なんていう専攻をつくってしまったところもありますが、こんな横文字コトバや輸入概念をつかわなくたって、てっちゃんはずぅーっと昔から社会企業家（ソーシャル・アントレプレナー Social entrepreneur）でした。

てっちゃんのやっていることを説明するのに、NPOだの、社会企業だのと、外来の概念はいりません。反対に、てっちゃんのような先覚者たちがやってきたことを説明するために、概念と理論とは生まれました。わたしは研究者として確信をもっていいますが、概念と理論は、実践と現場のあとを追いかけていきます。そしてもっとも誠実な学問とは、実践と現場のあとを愚直に忠実に追いかけていく学問のことなんです。

てっちゃんはそのうえ、NPOという「カネに・ならない・しごと」を「食える・しごと」に変えてしまいました。せんだい・みやぎNPOセンターには、常勤・非常勤を合わせて、現在四〇人ものスタッフが働いています。そのひとたちの雇用をつくりだし、しごとを産みだし、社会になくてはならない活動にしたてあげてしまったのがてっちゃんです。その後二代目理事長は紅邑《べにむら》晶子さんという女性に代わりましたし、さらに三代目、四代目理事長も生まれました。つまり「せんだい・みやぎNPOセンター」は、てっちゃんなしでもまわるようになったのです！

かれはこうやって、活動をしごとにし、しごとを事業に変え、ひとと組織を育て、それをてっちゃんなしでも自分の足で歩いていけるところまで、一人前に仕立てあげました。経営者としては、辣《らっ》腕《わん》！といわなければならないでしょう。

そのてっちゃんが『市民の仕事術』［加藤 2011a; 加藤 2011b］を書くというんだから、おもしろくて役に立たないわけがありません。

本書は二分冊になっています。Ⅰ部が『市民のネットワーキング』、Ⅱ部が『市民のマネジメント』です。

のっけからてっちゃんはこう書きます。

「私もまた、（中略）数多くの市民活動やNPOにかかわってきました。その中で人との出会いや結びつきの持つ意味、つまり『ネットワーキング』と、集団を組むときの方法論、つまり『マネジメント』に自覚的であったことが、関わってきたいくつかのプロジェクトの目標達成や、社会変革の実現につながったと考えています」〔加藤 2011a: 7〕

うなりました。

「ネットワーキング」と「マネジメント」、これはなにをするにもクルマの両輪です。ヒトと情報、モノとカネを動かすには、この両方がなければなりません。わたしだってこれまで、てっちゃんに負けないくらい、人後に落ちぬネットワーキングをしてきました。ですが、うーむとうなったのは、わたしはネットワーキングをしてきたが、マネジメントをしてこなかった、という悔いと反省です。

これまで運動は、ヒトと情報を動かしてきました。それに対して会社のような営利組織は、モノとカネを動かしてきました。運動にはネットワーキングがあってマネジメントがなく、会社（社会、ではありません！）にはマネジメントがあってネットワーキングがない、と言いかえてもよいかもしれません。ちなみにてっちゃんの定義によれば、「ネットワーキングとは、『異質なるものに出会い、学ぶ』方法」［加藤2011a: 29］のことです。同質なもののつながりはネットワーキングとは呼びません。

ヒトと情報、カネとモノ、のすべてを動かすためには、ネットワーキングとマネジメントの両方が必要です。これを実現してしまったのが、市民事業ことNPOでした。そしてその先陣を走り、前例のないモデルをつくったてっちゃんが、後からくるひとたちに、自らの手の内を明かそうというのです。これはてっちゃんがわたしたちに残してくれる相続財産、というものかもしれません。

実はわたしはこの春から、NPO法人の理事長になりました。ウィメンズアクションネットワーク（WAN）というウェブ事業をおこなう団体です。名前のとおりネットワーキングが趣旨の団体ですが、ヒトとヒト、ヒトと情報をつなぐためにもカネとモノを動かさなければなりません。ネットワーキングだけでなく、マネジメントの必要に迫られました。同じくNPO経営の先輩として、「勉強しろよ」と与えてくれたテキストが、この本だったのかもしれません。実際、きびしいスケジュールの中を、待ったなしでほいっと投げてきたてっちゃんからのリクエストに、「んたく、もぉっ」と思いながら、しょうがないな、てっちゃんからのたのまれごとなら、と引き受けたこの「解説」で、トクをしたのは実はわたしのほうでした。

こうやって他人を巻きこむ力、巻きこまれた他人にかえって感謝されるお人柄も、てっちゃんならでは、でしょう。

ネットワーキングにもツールとルールがあります。

「今でこそブログやツイッターがありますが、当時は紙の時代です」とてっちゃんは書きます。かれはミニコミ、コピー、ファックス、出版など、ありとあらゆるツールを駆使してきました。マスメディアが送る情報のたんなる受信者ではなく、現場から「わたし」を主語にした情報発信のためです。ネットワーキングのためには、情報の双方向性が確保されなくてはなりません。インターネットが登場し、情報革命などといわれるずっと前から、てっちゃんはずっとそれと同じことをやってきたのです。

インターネットは、情報の民主化をもたらした巨大な発明であるといわれました。革命ともいわれました。情報生産のコストが低くなり、だれもが情報発信者になることができるようになったからです。

革命とは一夜にして天地がひっくりかえるような変化のことをいいます。とりわけ3・11の大震災のあとで、「3・11以前と以後で、あなたは、日本はどう変わりましたか?」という問いをマスメディアが投げかけているのを見ると、うんざりします。3・11以前と以後とで、言っていることとやっていることを変えずにすむひとの言うことしか、わたしは信じないと言いたい気持ちになります。てっちゃんにとっては、情報革命のもたらしたものは、「なぁーんだ、そんなこと、ボクは昔からやってきた……」という感慨でしょう。こういうほんものの先覚者にとっては、紙媒体から電子媒体に発信のツールが変わっただけ。やってることはすこしも変わりません。こうやって革命の前後にソフトランディングするのが、真のパイオニアというものでしょう。

市民の情報発信と共有は、権力にとって脅威です。だからこそ、権力は情報をあれだけ統制しようとするのですし、逆にいまやツイッターやソーシャルメディアが、中近東の「ジャスミン革命」をひきおこす時代になりました。てっちゃんが紹介している国家権力によるコピー機の管理は、笑いごとではありません。わたしが統一後の東ドイツで民主化闘争に参加した活動家たちを取材したときに、レズビアン・グループがミニコミを出すために、キリスト教会のコピー機を利用した、というエピソードを聞いたことを思いだしました。キリスト教会は国家内国家だったので、東ドイツの全体主義のもとでも治外法権だったからです。レズビアンとキリスト教、なんてありえない組み合わせですが、神父は黙認してくれたそうです。

マスコミもミニコミも、一対多の一方通行の情報発信ですが、それを多対多の情報共有のしくみにしてしまったアイディアに考現学があります。今でいうML（メーリングリスト）やソーシャルメディアです。このアイディアを思いついたのは、「すくーるらくだ」を始めた平井雷太さんでした。わたしをてっちゃんに紹介したお仲人さんは、実は平井さんです。平井さんよりてっちゃんとのおつきあいのほうが長くなりました。考現学という概念を平井さんに教えたのは、実はわたしでした。考現学は、戦前の風俗学者、今和次郎《こんわじろう》がつくった概念ですが、平井さんはそれを換骨奪胎して、ちがうものにつくりかえました。てっちゃんが紹介しているように、全国にちらばった数十人の仲間が、「最近気がついたこと、感じたこと」などをおたがいにファックスで共有しあう、というしくみです。こうやって居ながらにして現場情報がつぎつぎに自分の手元に届きます。それにまた応答がついてかえってきます。ネット上のフォーラムやチャットの紙媒体版と言ってよいでしょう。いえ、この言い方は倒錯しています。こういう紙媒体でおこなわれてきた情報の共有を、よりコストとハードルを下げてやりやすくしたのが、電子媒体というツールにほかなりません。

ネットワーキングとは「異質なものに出会う」こと。情報生産は「異質なモノとの出会い」から生まれます。異質なものに出会う「方法」のひとつが、自分から動くこと。これをかれは「動くネットワーキング」と呼びます。でも、自分と異質なヒトと情報とを、自分の居場所に招き入れることができれば、動かなくてもネットワーキングができます。これが「広場のネットワーキング」です。考現学はそのひとつの工夫でした。

そしててっちゃんは自分の店を広場にし、自分のミニコミを広場にし、活動を広場にし、ついには自分自身を「広場」という媒体にしてしまいました。

本書のなかには、そのてっちゃんのネットワーキングのつくり方の智恵と工夫とが、惜しみなく公開されています。それがそのまま、「ボクはこうやってネットワーキングしてきた」という自分史の軌跡になっています。が、多くの自分史がつまらないのは、いくらそのひとのやってきたことに感心しても、「ふーん、それはあなただからできたことよね」という特殊ケースのレポートになりがちだからですが、てっちゃんのすごいところは、自分のやってきたことを、「技術」や「方法」として伝達可能な共有財にしていこうとすることです。たとえば、「ネットワーキングの技術」からいくつか引用しましょう。

「想いを伝えるのではなく、行動をリクエストする」

「参加したら何が得か（ベネフィット）を明確に訴求する」
「サービスの提供ではなく、ソリューションの構築と考える」
それに「伝える」ではなく「伝わる」ために、コピーとデザインは大事。てっちゃんのいうコピーとは、広告の宣伝文句と同じコピー文のこと。実際、てっちゃんのコピーのうまさには、舌を巻きます。

空き缶をひろうボランティア運動を組織するために「空き缶を拾うのは市民の権利である」。NPOの政策提案力向上のための連続講座のタイトルに「NPOが社会を変えられない五つの理由」。ね、そそるでしょう？　カラダが前のめりになり、話を聞いてみたくなります。そのためにはむっとさせたり、おや、と思わせたり、挑発やノイズの発生もいといません。情報とはノイズから生まれるものだからです。

わたしはⅡ部の『市民のマネジメント』から、より多くを学びました。ネットワーキングならわたしも人並み以上にやってきましたが、マネジメントはわたしにとって新しい課題だからです。もしかしたらてっちゃんは新米理事長のわたしに、研修の機会をくれたのかもしれません。

「もしドラ」こと、『もし高校野球の女子マネージャーがドラッカーの「マネジメント」を読んだら』という経営学の本がベストセラーになっていますが、はい、高校野球部にだってマネジメントは必要です。ましてヒトと情報、モノとカネを動かす事業には、それが非営利であっても、マネジメントは必須です。それどころか、ヒトとモノを動かすのにカネと権力を用いることができる営利組織や行政組織に比べて、自発性と共感しか資源として使えない非営利組織にとっては、マネジメントはもっと重要です。わたしは、NPOは経営を学ぶかっこうの現場であり、NPO活動のなかからのほうが、すぐれたマネージャーが育つ、と思ってきました。ですからマネジメントを本気で学びたいなら、ビジネススクールなんかへ行くより、どこかのNPOで現場研修をしたほうがましだ、と思っているくらいです。

このⅡ部も市民のマネジメントについての智恵と工夫の宝庫です。

いくつか引用しましょう。

「みんなで目的・使命（ミッション）、目標を設計しましょう」

「組織は、役割と権限の束です。（中略）ルール（約束）とロール（役割）の明確化が民主的な組織運営のカギです」

「間違っても理事と理事会を名誉職にしないでください。必ず、情けないことになります」

「支援者、活動者、受益者の区別をして、それぞれのニーズに応えるマネジメントが必要」

いろいろあって、そしてこれです。

「マネジメントを考えていくと、結局のところリーダーシップとメンバーシップに行き着く」

実績と経験に裏打ちされたことばだから、重みがあります。

わたしは本書を、わたしの属するNPOの理事全員に読んでもらいたくなりました。

てっちゃんは重い病気です。Ⅱ部で自分の口からこくっているのですから、わたしがここで触れてもかまわないでしょう。

わたしにはこの本がかれの「遺言」に思えてしかたがありません。同世代の者たちとすこしずつ別れを告げるようになりつつある年齢に達しているわたしは、本書にあるてっちゃんの次のことばに出会って、涙が出そうになりました。

「たとえ明日地球が滅びようとも、私はいましていることをするだけである」〔加藤 2011a: 110〕

このことばを口にすることができるひとは、どのくらいいるでしょうか。そうか、わたしはこれを言いたいために「会社」（東大のことです）を辞めたのだ、と思い至りました。

かれはこうも書きます。

「選べない現実をもういちど選びなおすということ（中略）それが大人になるということであった。（中略）つまり、していることがそのまましたいことになる世界である」〔加藤 2011a: 111〕

そう、それが「運命に支配されている人間のかすかな、しかし非常に大事な自由」です。かれはいま過酷な運命に支配されています。わたしたちもまたそれぞれの運命に支配されています。ですが、かれはいま、とてつもなく「自由」を味わっているにちがいありません。かれは「自分のしていること」を「したいこと」に変えただけでなく、「したいこと」を「していること」に変えてきたからです。

てっちゃんは、「ボクは広場だ」と言います。

「僕は他者からの問いかけに、ひたすら応えてきただけです。そして、それが僕のネットワーキング

哲学の、一番大事な部分です」〔加藤 2011a: 19〕

わたしの知るかぎり、偉大なネットワーカーには、こういう「受動性」を強調するひとが多いような気がします。

ですが、わたしは思います。ウソおっしゃい、その受動性のなかにこそ、まぎれもない、あなたの能動性があったくせに、と。

「他者と出会うことなしに、主体である自分は起動しない。他者の存在なしに、自分は存在しない。社会を生き抜くための主体は、他者によって呼び覚まされる。これこそが、私のネットワーキング哲学です」〔加藤 2011a: 20〕

そう、ネットワーク術の背後には、ネットワーク哲学があります。かれは自分の前に登場する他者に、いちいち応答しようと覚悟を決めたひとだからです。現場に入り、現場から逃げない、と能動的に引き受けたひとだからです。こういうひとが他人からみて、チャーミングでないわけがありません。

このことばを、他者とつながることをおそれているすべての引きこもりや自傷系の若者たちに教えてあげたい、と思います。このことばを、他者に傷つけられることをおそれて恋愛にしりごみしている男女に聞いてもらいたい、と思います。このことばを、異質な他者に出会うことをおそれている、すべての会社人や組織人、ニッポンの大人たちや子どもたちに伝えてあげたいと思います。

ここまで読んで、わたしたちは、この本が「ネットワーク術」についての本ではなく、「生きるための術」についての本だと知るのです。

京おんなは稀代のネットワーカー

サンフランシスコ往きの飛行機のなかへ、中西豊子さんの新刊『女の本屋の物語――ウィメンズブックストアものがたり』［中西2006］のゲラを持ち込んで、一気呵成に読んだ。読み終わったら、涙があふれた。

トランジット。どこにも属さない時間。少し前にのんだワインの酔いも手伝っていたのかもしれない。『ノルウェイの森』ではないが、客室乗務員から「どうなさいましたか？」と声をかけられないように、ライトを落として暗くした座席で、声を殺して泣き続けた。

豊子さんと過ごした時間。

わたしたちの時代、と呼ばせてほしい。

何もかもが過去形で書かれた、自分史は墓碑銘に似ている。そしてそれにことばを送るのは、弔辞に似ている。

あなたを将来喪《うしな》うことがあるとしたら、そのときのわたしの喪失感は、こんなにも身を切るように痛いだろうか。わたしはその痛みを先取りしているように感じる。痛みは悼み。

そんなわたしに、この本のはしがきを書かせるなんて、あんまりむごいよ。

わたしたちの時代。

それはもう過去に属している。

七〇年代からの三〇年間を、豊子さんは駆けた。駆け抜けた。どんなに休みなく駆け続けたかは読めばわかる。そしてその時代はもはやくりかえすことはない。


だが、この本は回顧や懐旧のために書かれたのではない。

この本にとって、わたしは特別な読者だが、そしてこの本に登場する有名無名の多くのひとびとにとってこの本は、なつかしいセピア色のアルバムのようなものかもしれないが、だが、この本は仲間内の思い出話のために書かれたのではない。

この本は、過去のためにではなく、未来へとつなぐために書かれた。

女であることを愛し、女たちに共感し、女たちとつながろうとする若い女、もう若くない女、もと若かった女のために書かれた。このなかにある「思い」を、リブと呼ぼうが、フェミニズムと呼ぼうが、名前は好きに選べばいい。

この本を読めば、ここに書かれてあることが、いまなお「ライブ（生きて）」であることが実感できるだろう。

『女の本屋の物語』と題されたこの本は、中西豊子という稀有な女性のただの自分史ではない。京都で初めて産声をあげた日本で最初の女性専門の本屋さん。それが本を売る側から、よそでは出してくれそうもない本を作る側になった。豊子さんは編集者になり、イベント企画のプロモーターになり、駆け込み寺のように持ち込まれるさまざまな訴えのカウンセラーになった。どれも必然性があって、つぎつぎに生まれてきた仕事だ。

京都は日本のフェミニズムと女性学の歴史にとって、とくべつな土地だ。この保守的な中世の街で、日本で最初の女性学研究会の一つが生まれ、日本で最初のウィメンズブックストアが生まれた。一時は、冬型気圧配置にちなんで、「日本のフェミニズムは西高東低」とすら言われたほどである。大学にはどこにも女性学の講座などなく、勉強しようと思えば仲間を募って独学するほかなく、ひたすら女とは何かを知りたい、女たちのおかれた状況を打開したいという熱い思いだけで手探りするほかなかった時代のことだ。

京都という地方都市の歴史は、そのままグローバルに同時代の他の地域とつながっている。京都から女の本を携えて、ロンドンへ、オスロへ、ユトレヒトへ。こんなにも世界中を股にかけていたのか、とスケールの大きさにびっくりする。

本書は、中西豊子という女性の個人史と、京都という土地の地域史、そして日本におけるフェミニズムの歴史を一筋の太い縄のようにないあわせた作品だ。そしてそれを通じて、フェミニズムというものが、ひとりひとりの個性を持った女たちの生き方そのものであることが伝わってくる。フェミニズムはただの思想でも、イデオロギーでも、知識でも、理論でもない。それは血の通った女たちの思いであり、実践なのだ、と。

このひとがいなかったら、ウィメンズブックストアは生まれなかった。このひとがいなかったら、『からだ・私たち自身』［ボストン女の健康の本集団1988］は誕生しなかった。このひとがいなかったら『資料　日本ウーマン・リブ史』全三巻［溝口他編1992–1995］はこの世に登場しなかった。このひとがいなかったら、女のフェスティバルは成り立たなかった。

このひとは、ことばの真の意味でプロデューサー（作品をつくりだすひと）だった。関西でなにかおもしろいことがあると、かならずそのつなぎめに、このひとがいた。

こうやって裏話を明かされると、できあがった作品の背後で、どれほどの労力が費やされているかがひしひしとわかる。このひとはそのせいで、からだを悪くし、視力を損なった。本文中にわたしが何度か登場するが、電話一本で「ねえ、なんとかならない？」と持ちかけては無理難題をおしつけたわたしは、今さらのように舞台裏の苦労を知って恥じ入りたい思いだが、このひとはいやな顔ひとつせず、そして確実に、アイディアをかたちに変えていった。

豊子さんに頼めば、なんとかなる……その点では、だれよりも頼りがいのあるひとだった。「迷惑をかけたりかけられたり」……の関係は、今でも続いている。このひとはわたしが持ちかけた「おねがい」を断ったことがなく、だからわたしも、このひとから頼まれることは断れない。

このひとがいなかったら……今のわたしはなかった。

そう思うひとがたくさんいることだろう。ひととひととの出会いと、それをつなぐことにおいても、このひとは稀代のネットワーカーだった。

それには彼女のキャラクターがおおいに影響しているだろう。この本を読んで初めて彼女の少女時代を知ったが、小さい頃から彼女は好奇心が強く、活動的な女の子だった。まっすぐで無鉄砲、おそれを知らず、ものおじしない。どんな有名人に会っても、同じ目線で相手をみていることが、ベティ・フリーダンとの出会いのエピソードからもわかる。

何より明るい。苦労を苦労と感じさせない。遊び好きで、おいしいもの好き。手料理は絶品だ。そしておしゃれ。明るい色が似合う。家族を愛して、日常生活を大事にする。ていねいな暮らしぶりが伝わる。他人への配慮と理解はだれよりも深いのに、クールな距離があるのも京都らしい都会人ぶり。それは知的で抑制の利いた文体にもよくあらわれている。

そして寛大だ。迷惑をかけられたことや裏切られたこともたくさんあっただろうに、他人を赦《ゆる》し、他人に惜しみなく与える豊かさがある。

豊子、とはよくも名づけたものだと思う。

日本の野球チームがワールドゲームで勝ったからといって、わたしは日本人であることを誇りに思う、なんていうことはない。イチローが日本人であることと、わたしが日本人であることとはただの偶然だからだ。

でも、わたしはこのひとの友人であることを、誇りに思う、と言いたい。なぜなら、わたしと彼女の友情は偶然ではないからだ。このひとと、豊かな時間をあんなにもたくさん分かち合うことができたことを幸運に思う。わたしだけではない、彼女と出会ったことのあるたくさんのひとが同じように感じていることだろう。

そして。あとから来る読者にも、その経験を分かち合うために、本書は書かれた。

豊子さんと会ったことのあるひとは、会ってよかった、と思うだろう。

豊子さんと会ったことのない人は、会ってみたいと思うだろう。

豊子さんと会う機会をもつことのないひとは——想像しただけで胸がしめつけられそうだ——会ってみたかった、と思うだろう。

心配しなくていい。この本のなかに、豊子さんは「ライブ」で生きているから。

女から女たちへ。

フェミニズムの標語はこれに尽きる。先を駆け抜けた女から、あとから来る若い女たちへ。思いは手渡されるために、ある。

本書は、豊子さんからわたしたちへの、最高の贈り物だ。

あとがき

日本には「解説文学」というジャンルがある。

いったん単行本として出版された書籍を数年後に文庫として再刊する際に、「文庫解説」を付加価値としてつける習慣がある。文庫とその解説には、意外性のある組みあわせもあって、お、この本についてこの書き手は何を言うのだろう、と好奇心をそそる。

わたしのところには、なぜだか有名・無名の著者からこの「文庫解説」の依頼がよく来る。ハードルが低くて頼みやすいと思われているのか、ばっさり斬られて快感を感じたいのか、思いがけない読み方を示してもらえると期待されているのか……よくわからない。文庫解説の仕掛け人は、実は著者ではなく、編集者である。わたしがいちばんうなったのは、江藤淳さんの『成熟と喪失――〝母〟の崩壊』[江藤 1993]の文庫解説を依頼されたときである。たしかに『男流文学論』[上野・小倉・富岡 1992, 1997]のなかでわたしは『成熟と喪失』について、「涙なしには読めない」と漏らした。だがそれを除けばわたしの政治思想信条は、保守の論客と目されていた江藤さんとはことごとく対立するものだった。それを承知で、一面識もないわたしに依頼してきたのである。ギャンブルと言っていい。その解説は『近代家族の成立と終焉　新版』［上野 2020］に収録されている。

そんな解説を書きつづけているうちに、一冊の本になるくらいにたまった。解説は書評よりも長く書けるので、作品の価値や提示された問題を論じやすい。もとは書評の依頼だったのに、書き出してみると言いたいことがたくさんあって解説に変えてもらったものもある。読みかえしてみると、それぞれの作品が刊行された時代背景や著者の立ち位置、他の作品とのインターテクスチュアリティなどが論じられていて、読み応えがあった。それを本にしようと言ってくださったのは、編集者、矢坂美紀子さんである。

朝日新聞出版からはすでに二〇〇〇年に『上野千鶴子が文学を社会学する』［上野 2000, 2003］が出ている。だから今回は、『上野千鶴子がもっと文学を社会学する』である。小説もエッセイも評論も論文も同じ「書かれたテキスト」である。それを解説するのに、とくべつな方法があるわけではない。「文学を社会学する」と銘打ったが、社会学者が文学を含むさまざまなテキストを論じたら、おのずと社会学の作法が滲み出たというにすぎない。文学畑では「社会学的」という形容詞は、「二流の文学」という蔑称らしいが、それどころではない。最近の文学批評や文芸評論で「社会学的」でないものはあるだろうか？　いまはテキストの解読はどの分野の者にとっても、ジャンル越境的にならざるをえない。

二〇一五年にスヴェトラーナ・アレクシエーヴィチが、二〇一六年にはボブ・ディランがノーベル文学賞を受賞した。ために「文学」の定義は大きく拡大した。「文学」はフィクションだけとは限らない。すぐれたテキストなら、歴史書や哲学書、エスノグラフィーや社会科学の論考もひろい意味の「テキスト」にならないだろうか。そして「解説」とはそのテキストとの快楽に満ちた対話であり、もうひとつのテキストの生成なのだ。
わたしが味わった快楽が、読者のあなたにも伝わればうれしい。

上野千鶴子

注と参考文献

■注

＊1　本稿は『どぶろくと女』［阿部 2009］重版の際に、「解説」として収録するために執筆した。機会が得られず未発表であったが、『追想文集　阿部健のワンダフルワールド』［徳山・原編 2019］に収録し、阿部さんが長らく望んでいた公表がかなった。

＊2　本書の日本語版の刊行企画は、版元との交渉が決裂し現在に至るまで実現の見通しがない。企画に関わった者として、訳文の提供を翻訳者から受け、その使用についてニキ美術館館長であった故・増田静江さんから許可を得た。記して謝辞を述べたい。

＊3　このフィルムは八〇年代後半にのちのニキ美術館館長、増田さんの尽力で、東京・上野のスペース・ニキで連続上映会を持たれ、日本に紹介された。わたしはその機会にこのフィルムを見ており、それにもとづいて次のエッセイを書いている。上野千鶴子「DADDY'S GIRL」［上野 1998b, 2015］。他に上野によるニキ論としては、同書に収録した「存在する権利」［上野 1998b, 2015］がある。翻訳は増田静江編『ニキ・ド・サンファル・イン「ダディー」』（スペース・ニキ、一九八六年）より。

＊4　精神科医の斎藤環は『戦闘美少女の精神分析』［斎藤 2000, 2006］のなかで、ヘンリー・ダーガーをとりあげ、妄想の中で幼い少女たちに嗜虐的な攻撃を加えたダーガーが実生活のなかでは物静かな独身者

だったことを示して表現の加害性を擁護する。また連続幼女殺傷事件の「M君」に強い関心を示す「おたく」評論家の大塚英志［大塚・中森 1989］も、多くの「おたく」がM君と同種の二次元VTRを消費しながら、表象と現実との境界を逸脱しない無害な人々であることを強調している。

＊5　全文は以下に収録されている。本稿はもともとスタジオジブリ「熱風」「特集　いわさきちひろ」（二〇一二年八月）のために書かれた。

＊6　本稿は二〇〇三年一一月八日、東京大学山上会館で開催された現代台湾文学国際シンポジウム（東京大学大学院人文社会系研究科・文学部・中国語中国文学研究室主催）の場における講演「李昂文学とフェミニズム」をもとに改稿したものである。シンポジウムを企画し、わたしを講演者に招待してくださった藤井省三さんに感謝する。なお文中、敬称を略していることをお断りしておく。

＊7　このシンポジウムの開催にあたって、主催者の藤井はふたりの作家、李昂と小川洋子に「海」という同名のタイトルで短い作品を競作するように要請した。それに応えて李昂は「海峡を渡る幽霊」という短編を寄せたが、その原題「吹竹節的鬼」に、「鬼」という用語が使われている。

＊8　シンポジウム当日の発言。

＊9　李昂自身の発言を引用すれば、以下のとおりである。
「なぜ『夫殺し』の結末でヒロインは虐待の余り精神錯乱状態になったうえで夫を殺すのか、なぜその前に虐待に抵抗し意識的に殺人を犯さなかったのか。ヒロインは自覚して夫を殺し、フェミニズム宣言を語るべきである……」［李 1993: 166］

＊10　『殺夫』は『夫殺し』の中国語原題。

＊11　現在名称は「保健師」と改称されている。

＊12　実在した女性革命家、謝雪紅（一九〇一〜七〇）。鹿港の近くに生まれ、一一歳のとき両親を亡くし幼い花嫁として売られる。その後神戸で日本語と北京語を学び、上海で社会主義運動に参加、モスクワへ留学。台湾共産党を結成し、指導者に。敗戦後四七年に反国民党蜂起の失敗から大陸へ亡命、文革による虐待を経て七〇年に死亡。（記述は「台湾文学国際シンポジウム」のパンフレットによる）

＊13　『サバルタンは語ることができるか』［Spivak 1988＝1998］のなかで、スピヴァクは自分の親族のなかで自殺した女性をとりあげ、性的な関係（妊娠）を疑われて自殺したのではないかという周囲の解釈を拒むために、彼女があえて月経の時期を選んで死を遂げたことを論じる。自殺の時期を選ぶことが、死へと追いつめられた女性にとって、限られた選択肢のなかでみずからの自発性を主張するエイジェンシーの発動であったとする。スピヴァクはもの言わぬサバルタンに代わって、彼女の死を読み直すことによって、歴史に被害者のエイジェンシーを回復する。エイジェンシー agency とは、「能動的行為体」と訳すが、完全に自由でも完全に不自由でもない状況に拘束された主体の、自発的な関与をさす用語として、八〇年代のフェミニズム批評理論のなかで定着したものである。

■文献（欧文）

Bourdieu, Pierre, 1979, *La Distinction: Critique sociale du jugement*. Paris: Les Éditions de Minuit.＝1990 石井洋二郎訳『ディスタンクシオン——社会的判断力批判（Ⅰ・Ⅱ）』藤原書店

Butler, Judith, 1990, *Gender Trouble: Feminism and the Subversion of Identity*. Routledge, Chapman & Hall, Inc.＝1999 竹村和子訳『ジェンダー・トラブル——フェミニズムとアイデンティティの撹乱』青土

社
Butler, Judith, 1997, *Excitable Speech: A Politics of the Performative*. New York & London: Routledge.=2004竹村和子訳『触発する言葉――言語・権力・行為体』岩波書店、2015岩波人文書セレクション
Eagleton, Terry, 1982, *The Rape of Clarissa*. Oxford: Basil Blackwell. =1987大橋洋一訳『クラリッサの凌辱――エクリチュール、セクシュアリティー、階級闘争』岩波書店，1999岩波モダンクラシックス
Foucault, Michel, 1976, *Histoire de la sexualité, tome I, La volonté de savoir*. Paris: Editions Gallimard. =1986渡辺守章訳『性の歴史Ⅰ　知への意志』新潮社
Heilbrun, Carolyn, 1988, *Writing A Woman's Life*. New York: W. W. Norton & Co..=1992大社淑子訳『女の書く自伝』みすず書房
Hobsbawm, E. & Ranger, T., eds., 1983, *The Invention of Tradition*. New York: Cambridge University Press.=1992前川啓治他訳『創られた伝統』紀伊國屋書店
MacKinnon, Catharine A, 1987, *Feminism Unmodified: Discourses on Life and Law*. Cambridge: Harvard University Press.=1993奥田暁子他訳『フェミニズムと表現の自由』明石書店
Piketty, Thomas, 2013, *Le Capital au XXIe siècle*. Paris: Seuil.=2014山形浩生他訳『21世紀の資本』みすず書房
Saint Phalle, Niki de, 1994, *Mon secret*. Paris: La Difference.=『私の秘密』日本語訳制作・版権ニキ美術館（未刊行）
Saint Phalle, Niki de, 1999, *Traces*. Zurich: Acatus.=速水葉子訳『痕跡』翻訳版権ニキ美術館所有（未刊行）
Sarton, May, 1968, *Plant Dreaming Deep*. New York: Norton.=1996武田尚子訳『夢見つつ深く植えよ』みす

ず書房
Sarton, May, 1973, *Journal of a Solitude*. New York: W. W. Norton&Co.＝1991 武田尚子訳『独り居の日記』みすず書房
Shelley, Mary, 1818, *Frankenstein or The Modern Prometheus*.
Shorter, Edward, 1975, *The Making of the Modern Family*. New York: Basic Books.＝1987 田中俊宏他訳『近代家族の形成』昭和堂
Spivak, Gayatri Chakravorty, 1988, *Can the Subaltern Speak? in Marxism and the Interpretation of Culture*. Urbana: University of Illinois Press.＝1998 上村忠男訳『サバルタンは語ることができるか』みすず書房

■文献（日本語）

赤松啓介 1950『結婚と恋愛の歴史』三一書房
赤松啓介 1986『非常民の民俗文化——生活民俗と差別昔話』明石書店
赤松啓介 1988『非常民の民俗境界——村落社会の民俗と差別』明石書店
赤松啓介 1991『非常民の性民俗』明石書店
赤松啓介 1993a『村落共同体と性的規範——夜這い概論』言叢社
赤松啓介 1993b『女の歴史と民俗』明石書店（復刻版は『結婚と恋愛の歴史』改題）
赤松啓介 1994a『夜這いの民俗学』明石書店
赤松啓介 1994b『夜這いの性愛論』明石書店

赤松啓介　1994c『民謡・猥歌の民俗学』明石書店
赤松啓介　1995a『差別の民俗学』明石書店、2005ちくま学芸文庫
赤松啓介　1995b『宗教と性の民俗学』明石書店
赤松啓介　2004『夜這いの民俗学・夜這いの性愛論』ちくま学芸文庫
赤松啓介・上野千鶴子・大月隆寛　1995『猥談——近代日本の下半身』現代書館
阿古真理　2013『昭和の洋食　平成のカフェ飯——家庭料理の80年』筑摩書房、2017ちくま文庫
阿古真理　2015『小林カツ代と栗原はるみ——料理研究家とその時代』新潮新書
アディーチェ、チママンダ・ンゴズィ、くぼたのぞみ訳　2017『男も女もみんなフェミニストでなきゃ』河出書房新社
阿部健　2009『どぶろくと女——日本女性飲酒考』酒文化研究所
天野正子　1999『老いの近代——日本の50年日本の２００年』岩波書店
天野正子　2006『老いへのまなざし——日本近代は何を見失ったか』平凡社ライブラリー
有賀千恵子　1996『ジェンダー解体の軌跡——文学・制度・文化　ポスト構造主義フェミニスト文化批評』日米女性センター
アンデルセン、山室静訳　1966『絵のない絵本』童心社
飯沢耕太郎　1996「少女環境と写真の現在」「スタジオ・ボイス」1996.3、INFAS
飯沢耕太郎編著　1996『シャッター&ラヴ　Girls are dancin' on in Tokyo』INFAS
井上清　1949『日本女性史』三一書房、1967新版　三一書房
井上章一　1984『霊柩車の誕生』朝日新聞社、1990新版　朝日選書、2013増補新版　朝日文庫

井上章一　1986『つくられた桂離宮神話』弘文堂、1997 講談社学術文庫
井上章一　1991『美人論』リブロポート、2017 朝日文庫
井上章一・布施英利　1995「〈美人〉の凡庸性」「DRESSTUDY」Vol. 28　京都服飾文化研究財団
いわさきちひろ　1968『あめのひのおるすばん』至光社
いわさきちひろ　1972『ことりのくるひ』至光社
いわさきちひろ　1973『戦火のなかの子どもたち』岩崎書店
いわさきちひろ　2004『ラブレター』講談社
岩村暢子　2003『変わる家族　変わる食卓――真実に破壊されるマーケティング常識』勁草書房、2009 中公文庫
岩村暢子　2005『〈現代家族〉の誕生――幻想系家族論の死』勁草書房
岩村暢子　2007『普通の家族がいちばん怖い――徹底調査！　破滅する日本の食卓』新潮社、2010 新潮文庫
上野千鶴子　1982『主婦論争を読む　全記録』Ⅰ&Ⅱ　勁草書房
上野千鶴子　1989『スカートの下の劇場――ひとはどうしてパンティにこだわるのか』河出書房新社、1992 河出文庫
上野千鶴子　1991「梅棹『家庭』学と文明史的ニヒリズム」［梅棹 1991］
上野千鶴子　1994『近代家族の成立と終焉』岩波書店、2020 新版　岩波現代文庫
上野千鶴子　1998a『ナショナリズムとジェンダー』青土社、2012 新版　岩波現代文庫
上野千鶴子　1998b「DADDY'S GIRL」「存在する権利」『発情装置――エロスのシナリオ』筑摩書房、2015

新版　岩波現代文庫
上野千鶴子　1999「書評『迷いの園』」「日本経済新聞」1999. 4. 18
上野千鶴子　2000『上野千鶴子が文学を社会学する』朝日新聞出版、2003朝日文庫
上野千鶴子　2002「セクシュアリティの社会学」『差異の政治学』岩波書店、2015新版　岩波現代文庫
上野千鶴子編　2005『脱アイデンティティ』勁草書房
上野千鶴子　2007『おひとりさまの老後』法研、2011文春文庫
上野千鶴子　2008a『「女縁」を生きた女たち』岩波現代文庫
上野千鶴子編　2008b「おひとりさまマガジン」文藝春秋
上野千鶴子　2009『男おひとりさま道』法研、2012文春文庫
上野千鶴子　2016「読書日記」「毎日新聞」2016. 4. 12夕刊
上野千鶴子・小倉千加子・富岡多恵子　1992『男流文学論』筑摩書房、1997ちくま文庫
上野千鶴子・佐伯順子・スミエ・ジョーンズ・田中優子　1999「《座談会》春本・春画研究の臨界」「文学」1999. 7　岩波書店
上野千鶴子・中西正司編　2008『ニーズ中心の福祉社会へ——当事者主権の次世代福祉戦略』医学書院
梅棹忠夫　1957「女と文明」「婦人公論」1957. 5［上野 1982］
梅棹忠夫　1959a「妻無用論」「婦人公論」1959. 6［上野 1982］
梅棹忠夫　1959b「母という名のきり札」「婦人公論」1959. 9［上野 1982］
梅棹忠夫　1991『梅棹忠夫著作集　第九巻　女性と文明』中央公論社
江藤淳　1993『成熟と喪失——〝母〟の崩壊』講談社文芸文庫

大塚英志　1989『少女民俗学――世紀末の神話をつむぐ「巫女の末裔」』光文社、1997光文社文庫
大塚英志・中森明夫　1989『Mの世代――ぼくらとミヤザキ君』太田出版
大平光代　2000『だから、あなたも生きぬいて』講談社、2003講談社文庫
大平光代　2009『今日を生きる』中央公論新社、2012中公文庫
岡庭昇　1993「書評『夫殺し』」「サンデー毎日」1993.7.4
小倉千加子　1988『セックス神話解体新書――性現象の深層を衝く』学陽書房、1995ちくま文庫
小倉千加子　1989『松田聖子論』飛鳥新社、2012増補版　朝日文庫
小倉千加子　1990『アイドル時代の神話』朝日新聞社、1994朝日文芸文庫
小倉千加子　2001『セクシュアリティの心理学』有斐閣選書
小倉千加子　2003『結婚の条件』朝日新聞社、2007朝日文庫
落合恵美子　1994『21世紀家族へ――家族の戦後体制の見かた・超えかた』有斐閣選書
笠原美智子　2018『ジェンダー写真論――1991-2017』里山社、2022増補版　里山社
春日キスヨ　1989『父子家庭を生きる――男と親の間』勁草書房
春日キスヨ　2008「ニーズはなぜ潜在化するのか――高齢者虐待問題と増大する『息子』加害者」［上野・中西2008］
春日キスヨ　2010『変わる家族と介護』講談社現代新書
加藤秀一　2010「『女性同士の争い』の彼方」「解放教育」2010.2
加藤哲夫　2002『市民の日本語――NPOの可能性とコミュニケーション』ひつじ書房
加藤哲夫　2011a『市民のネットワーキング　市民の仕事術I』メディアデザイン

加藤哲夫　2011b『市民のマネジメント　市民の仕事術Ⅱ』メディアデザイン
川上未映子　2008『乳と卵』文藝春秋、2010文春文庫
川上未映子　2019『夏物語』文藝春秋、2021文春文庫
川西政明　1993「書評『夫殺し』」「読売新聞」1993. 6. 15
金美齢　1993「書評『夫殺し』」「週刊文春」1993. 6. 24
黒柳徹子・飯沢匡　1999『いわさきちひろ――知られざる愛の生涯』講談社＋α文庫
小池真理子　2021『月夜の森の梟』朝日新聞出版
斎藤茂男　1982『妻たちの思秋期――ルポルタージュ日本の幸福』共同通信社、1994講談社＋α文庫
斎藤環　2000『戦闘美少女の精神分析』太田出版、2006ちくま文庫
佐江衆一　1995『黄落』新潮社、1999新潮文庫
三枝和子　1993「書評『夫殺し』」「週刊読書人」1993. 6. 28
酒井順子　2000『少子』講談社、2003講談社文庫
酒井順子　2003『負け犬の遠吠え』講談社、2006講談社文庫
酒井順子　2009『儒教と負け犬』講談社、2012講談社文庫
笹谷春美　1997–1998『家族ケアリングの構造分析――家族変動論の視点から』（文部省科学研究費補助金研究成果報告書）
思想の科学研究会〈老いの会〉編　1987『老いの万華鏡――「老い」を見つめる本への招待』御茶の水書房、1991新装版　御茶の水書房
品田知美編　2015『平成の家族と食』晶文社

白倉敬彦他編　1991–1992『浮世絵秘蔵名品集』全四巻　学習研究社
白倉敬彦　2002『江戸の春画――それはポルノだったのか』洋泉社、2017講談社学術文庫
白倉敬彦　2006『夢の漂流物《エパーヴ》――私の70年代』みすず書房
白倉敬彦編　2006「別冊太陽　春画　江戸の絵師四十八人」平凡社
白倉敬彦編　2008「別冊太陽　続春画　色模様百態」平凡社
白倉敬彦　2010『春画にみる江戸の性戯考』学研パブリッシング
白倉敬彦　2015『春画に見る江戸老人の色事』平凡社新書
スクリーチ、タイモン、高山宏訳　1998『春画――片手で読む江戸の絵』講談社選書、2010講談社学術文庫、

解説　上野千鶴子

瀬川清子　1972『若者と娘をめぐる民俗』未來社
瀬戸内寂聴　2012『烈しい生と美しい死を』新潮社、2014新潮文庫
曽野綾子　1999「時代の風　セクハラの正しい晴らし方」「毎日新聞」1999. 11. 7
大工原秀子　1979『老年期の性』ミネルヴァ書房
高群逸枝　1948『女性の歴史』上下、印刷局、1972上下　講談社文庫
竹村和子　2000『フェミニズム』岩波書店
チェ・スンボム、金みんじょん訳　2021『私は男でフェミニストです』世界思想社
チョ・ナムジュ、斎藤真理子訳　2018『82年生まれ、キム・ジヨン』筑摩書房
津森陽　1999「『殺夫』論」「中國文學報」中国文学会1999. 10
徳山明美・原洋子編　2019『追想文集　阿部健のワンダフルワールド』阿部健追想文集刊行の会

ドーナト、オルナ、鹿田昌美訳　2022『母親になって後悔してる』新潮社
鳥越皓之　1990「解説」『柳田國男全集12』ちくま文庫
長島有里枝　2009『背中の記憶』講談社、2015講談社文庫
長島有里枝　2020『「僕ら」の「女の子写真」から　わたしたちのガーリーフォトへ』大福書林
中西豊子　2006『女の本屋の物語――ウィメンズブックストア・ものがたり』ウィメンズブックストアゆう
二村ヒトシ　1998『すべてはモテるためである――「キモチワルイ」が「口説ける男」になる秘訣』ロング
　セラーズ、2002『モテるための哲学（改題）』幻冬舎文庫、2012『すべてはモテるためである（改題）』
　イースト・プレス
長谷川清美　2002『叩かれる女たち――テクスチュアル・ハラスメントとは何か』廣済堂出版
端信行　1991「文明論的家庭論――その意味と方法」［梅棹 1991］
林真理子　2017『我らがパラダイス』毎日新聞出版、2020集英社文庫
遙洋子　2000『東大で上野千鶴子にケンカを学ぶ』筑摩書房、2004ちくま文庫
遙洋子　2002『介護と恋愛』筑摩書房、2006ちくま文庫
平田由美　2005「非・決定のアイデンティティ――鷺沢萠『ケナリも花、サクラも花』の解説を書きなお
　す」［上野千鶴子編 2005］
平山亮　2014『迫りくる「息子介護」の時代――28人の現場から』光文社新書
ひろたまさき　2005『女の老いと男の老い――近代女性のライフサイクル』吉川弘文館
藤井省三　1993「李昂インタビュー　台湾のフェミニズム文学」［李昂 1993］
藤井省三　1997「李昂の政治小説と女性政治家」「すばる」1997.12　集英社

藤井省三　2000「李昂『自伝の小説』――〝周縁〟台湾のフェミニズム」「創文」2000. 7　創文社
藤重典子　1994「『夫殺し』――多様な読みの可能性」「日本中国当代文学研究会会報」1994. 3
プロップ、ウラジーミル、北岡誠司・福田美智代訳　1987『昔話の形態学』白馬書房
ボストン女の健康の本集団、日本語翻訳グループ訳　1988『からだ・私たち自身』松香堂書店
溝口明代・佐伯洋子・三木草子編　1992–1995『資料　日本ウーマン・リブ史』全三巻　松香堂書店
宮尾正樹　1993「書評『夫殺し』」「日本経済新聞」1993. 7. 11
宮迫千鶴　1984『《女性原理》と「写真」――来たるべき〝水瓶座の時代〟のために』国文社
宮台真司　1994『制服少女たちの選択』講談社、2006朝日文庫
宮台真司　1997『まぼろしの郊外――成熟社会を生きる若者たちの行方』朝日新聞社、2000朝日文庫
妙木忍　2009『女性同士の争いはなぜ起こるのか――主婦論争の誕生と終焉』青土社
村上信彦　1955–1956『服装の歴史』全三巻、理論社、1974新装版　1979講談社文庫
村上龍　2003『13歳のハローワーク』幻冬舎
森栗茂一　1995『夜這いと近代買春』明石書店
柳田国男　1930–1931『明治大正史　世相篇』朝日新聞社、1976講談社学術文庫
柳田国男　1948『婚姻の話』岩波書店、2017岩波文庫
湯山玲子　2004『女ひとり寿司』洋泉社、2009幻冬舎文庫
李昂、藤井省三編集監修、山内一恵訳　1991「G・Lへの手紙」『バナナボート――台湾文学への招待』JICC出版局
李昂、藤井省三訳　1993『夫殺し』宝島社

李昂、藤井省三訳、今福龍太他編　1996「色陽」『世界文学のフロンティア2　愛のかたち』岩波書店
李昂、藤井省三訳、藤井省三編　1998「さらば故郷」『現代中国短編集』平凡社
李昂、櫻庭ゆみ子訳　1999『迷いの園』国書刊行会
李昂、藤井省三編訳　2004『自伝の小説』国書刊行会
李昂・上野千鶴子　1993「徹底討論　李昂vs上野千鶴子」「宝島30」1993.8　宝島社
李昂・上野千鶴子　1999「対談　女性にとっての快楽戦略――台湾史を描いたフェミニズム文学『迷いの園』をめぐって」「世界」1999.7　岩波書店
李昂・吉本ばなな　1999「対談　自由への夢を描いて」「すばる」1999.7　集英社
脇田晴子　2005『能楽のなかの女たち――女舞の風姿』岩波書店

初出一覧

1　家族はどこからどこへ

妻は無用になったか――「KAWADE 夢ムック 文藝別冊　梅棹忠夫――地球時代の知の巨人」河出書房新社　二〇一一年四月（原題「『妻無用論』から半世紀をへて」）

食を切り口にした鮮やかな戦後女性史――阿古真理『昭和の洋食　平成のカフェ飯――家庭料理の80年』解説　ちくま文庫　二〇一七年二月

どぶろくと女への二千年の愛と怒り――徳山明美・原洋子編『追想文集　阿部健のワンダフルワールド』阿部健追想文集刊行の会　二〇一九年一一月

2　女はどう生きるのか

女ひとり寿司は最後の秘境――湯山玲子『女ひとり寿司』解説　幻冬舎文庫　二〇〇九年四月

女のための下着革命をなしとげた鴨居羊子――「北國文華」第四八号　北國新聞社　二〇一一年六月（原題「女の、女による、女のための下着をなしとげた『革命家』」）

日本初のセクシュアリティの心理学――「書斎の窓」二〇〇一年一〇月号（原題「私の書評　小倉千加子著『セクシュアリティの心理学』」）

「一一歳でわたしはパパの愛人になった」――家族機能研究所編「アディクションと家族」第二一巻三号

二〇〇四年一一月（原題「ニキ・ド・サンファルのふたつの『自伝』から」）
「極道の妻」から弁護士へ――大平光代『今日を生きる』解説　中公文庫　二〇一二年七月
「なんで昔にもどれましょう」――「KAWADE 夢ムック　文藝別冊　総特集　いわさきちひろ」河出書房新社　二〇一三年九月（原題「いわさきちひろの闘い」）
喪失のあとに――「好書好日」https://book.asahi.com/article/14458369　二〇二一年一〇月二九日配信（原題「上野千鶴子が読む『月夜の森の梟』わたしにはわからない、と思っていたが」）

3　男はどう生きるのか

すれっからしの京都人の『美人論』――井上章一『美人論』朝日文庫　二〇一七年六月（原題「『すれっからし』の知性」）
なぜ魔女のキキは一三歳なのか？――スタジオジブリ・文春文庫編『魔女の宅急便』文春ジブリ文庫　二〇一三年一二月（原題「なぜキキは十三歳なのか？」）
モテたい男のカン違い――二村ヒトシ『モテるための哲学』解説　幻冬舎文庫　二〇〇二年六月　『すべてはモテるためである』に解説を再録　イースト・プレス　二〇一二年一二月
男なのに、フェミニストです――チェ・スンボム『私は男でフェミニストです』解説　世界思想社　二〇二一年一一月（原題「『82年生まれ、キム・ジヨン』の夫、それとも息子？」）

4　文学と社会学のあいだ

東アジア儒教圏の負け犬たち――酒井順子『儒教と負け犬』解説　講談社文庫　二〇一二年六月（原題「酒

井ハカセの社会学的想像力」）
女たちの「処女生殖」の夢――「文藝」第五八巻第三号　河出書房新社　二〇一九年八月（原題「女たちの『処女生殖』の夢　父の不在と母の過剰」）
母性賛美の罠――「熊本日日新聞」二〇二二年四月一七日付（原題「母性賛美の罠　あぶり出す」）／「補遺」は書き下ろし
長島有里枝が書きかえた写真史の her story――「新潮」第一一七巻第七号　新潮社　二〇二〇年六月（原題「写真史の her story――長島有里枝『「僕ら」の「女の子写真」からわたしたちのガーリーフォトへ』について」）
メタ小説としての回想録――瀬戸内寂聴『烈しい生と美しい死を』解説　新潮文庫　二〇一四年一二月
「単なるフェミニズム文学ではない」？――「トーキングヘッズ叢書（TH series）No.20『中華モード』」アトリエサード　二〇〇四年三月

5　色と恋

春画はひとりで観るもんじゃない――タイモン・スクリーチ『春画』解説　講談社学術文庫　二〇一〇年七月（原題「春画研究の画期」）
江戸人から学ぶセックス――白倉敬彦『春画にみる江戸の性戯考』解説　学研パブリッシング　二〇一〇年一〇月（原題「江戸人から学ぶもの」）
生ける春画事典――白倉敬彦『春画に見る江戸老人の色事』解説　平凡社新書　二〇一五年一月（原題「聞きそびれたことなど」）

夜這いを実践した民俗学者――赤松啓介『夜這いの民俗学・夜這いの性愛論』解説　ちくま学芸文庫　二〇〇四年六月
柳田国男の「恋愛技術」――柳田国男『婚姻の話』解説　岩波文庫　二〇一七年七月

6 老いと介護

介護でもなく、恋愛でもなく――遙洋子『介護と恋愛』解説　ちくま文庫　二〇〇六年九月
老い方に「技法」はあるか――天野正子『老いへのまなざし』解説　平凡社ライブラリー　二〇〇六年一二月（原題「『老い』の新しい読み方」）
「息子介護」に学ぶ　もうひとつの男性学――平山亮『迫りくる「息子介護」の時代』解説　光文社新書　二〇一四年二月（原題「もうひとつの『男性学』」）
老後の沙汰も金しだい――林真理子『我らがパラダイス』解説　集英社文庫　二〇二〇年三月

7 思いを受け継ぐ

てっちゃんはNPOの先駆者だった――加藤哲夫『市民のネットワーキング　市民の仕事術Ｉ』解説　メディアデザイン　二〇一一年六月
京おんなは稀代のネットワーカー――中西豊子『女の本屋の物語』解説　ウィメンズブックストアゆう　二〇〇六年七月（原題「思いは手渡されるために、ある」）

装幀　坂川朱音（坂川事務所）

書籍化にあたって加筆、修正しました。

上野千鶴子（うえの・ちづこ）
一九四八年、富山県生まれ。社会学者。東大名誉教授。認定NPO法人ウィメンズアクションネットワーク（WAN）理事長。
「女性学・フェミニズムとケア問題の研究と実践」で朝日賞。主な著書に『おひとりさまの老後』『男おひとりさま道』『おひとりさまの最期』『身の下相談にお答えします』『また身の下相談にお答えします』『まだまだ身の下相談にお答えします』『女ぎらい――ニッポンのミソジニー』『在宅ひとり死のススメ』『女の子はどう生きるか――教えて、上野先生！』ほか多数。

上野千鶴子《うえのちづこ》がもっと文学《ぶんがく》を社会学《しゃかいがく》する

二〇二三年一月三〇日　第一刷発行
二〇二三年三月一〇日　第二刷発行

著　者　上野千鶴子《うえのちづこ》
発行者　三宮博信
発行所　朝日新聞出版
〒一〇四-八〇一一　東京都中央区築地五-三-二
電話　〇三-五五四一-八八三二（編集）
〇三-五五四〇-七七九三（販売）
印刷製本　共同印刷株式会社

ISBN978-4-02-251878-1
定価はカバーに表示してあります。

上野千鶴子の本

『女ぎらい　ニッポンのミソジニー』
男の「女ぎらい」と女の「生きづらさ」を解剖する。皇室、婚活、ＤＶ、自傷、モテ……社会の隅々に潜み、家父長制の核心である「ミソジニー」を明快に分析した名著。文庫版に「セクハラ」と「こじらせ女子」を新たに加筆。

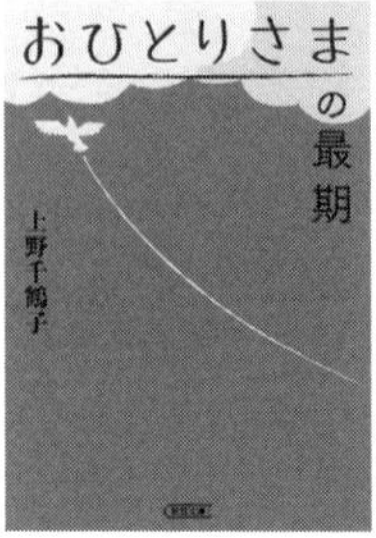

『おひとりさまの最期』
同時代の友人の死を経験した著者が「いよいよ次は自分の番だ」という当事者の目線で取材して20年。医療・看護・介護の現場で垣根をこえてたどりついた「在宅ひとり死のススメ」を大公開。

『身の下相談にお答えします』
家族関係、恋愛問題、仕事のトラブル……あなたの悩みを丸ごと解決。朝日新聞土曜日別刷りbeの人気連載「悩みのるつぼ」から著者担当の50本を収録。

『また　身の下相談にお答えします』
『まだまだ　身の下相談にお答えします』

『上野千鶴子が聞く　小笠原先生、ひとりで家で死ねますか？』
（小笠原文雄と共著）

朝日文庫版